講談社文庫

# 銀の檻を溶かして

## 薬屋探偵妖綺談

高里椎奈



講談社

# 目次

《登場人物紹介》

深山木《ふかやまぎ》秋《あき》……………妖怪。

座木《くらき》（ザギ）………イギリス出身の妖怪。妖精の一種。

リベザル……………ポーランド出身の妖怪。山の精霊の一種。

小《こ》海《かい》由《ゆ》里《り》子《こ》…………呉服屋の女将《おかみ》。

市橋厚《いちはしあつし》……………不動産屋社員。

桜庭零一《さくらばれいいち》……………秋の友人（秋談）。フィンランド出身の悪魔。

高橋総和《たかはしそうわ》……………太平山大小寺《おおひらさんだいしょうじ》の息子。大学生。

佑海《ゆうみ》りく……………総和に片思いをしている女子高生。

高遠《たかとお》……………上流《かみる》坂《さか》署の刑事。

葉山《はやま》……………上流坂署の刑事。

白木《しらき》……………伊原署の刑事。高遠の元同僚。

来村《きたむら》……………伊原署の刑事。

庄野《しょうの》……………伊原署の刑事。

# 銀の檻を溶かして

## 薬屋探偵妖綺談

＊

『雪の妖精・現る‼　身長百メートルの奇蹟』


　昨日三月三日、甲宮《こうみや》小学校校庭に、一晩の間に巨大な雪の妖精が現れた。

　雪の妖精とは一般に、雪の上に大《だい》の字に倒れた人間が両手足を上下に動かすことで出来る雪上の軌跡のことで、手を羽撃《はばた》かせた跡が妖精の羽根のように見えることからそう呼ばれている。今回話題になっている雪の妖精は、全長百メートルはあろうかという大きなもので、前日の忘れ物を始業前に取りに行った生徒と教員によって、屋上から発見された。校庭いっぱいに両手を広げた雪の妖精は蝶《ちょう》の標本の様に見えて、校舎に向けて「陽光に煌《きら》めいていた」とは一緒に居た宿直の教員の言。

　雪は前日夕方から三日未明まで降り続けていたが、雪の妖精跡には深さもあり、深夜から朝方にかけて作られたものだと見られている。

誰が何の目的で行ったのかは今のところいっさい不明だが、上空から見ても縁《ふち》のラインが大変滑《なめ》らかで、枠《わく》内、周囲ともに足跡などもいっさい残っていないことから、その美しさと謎が多くの観衆を集めている。学校側でも雪が溶けるまでの『新ミステリーサークル』として校庭への出入りを禁止。あと二、三日はこの不思議な光景を楽しめそうである。(写真はヘリコプターから撮影したもの)

《三月四日　毎道新聞朝刊より》

# 第一部　察——scrutiny——

# 第一章　緑衣の悪魔

## 1

『前日は雨が降っていたが、それも夜半過ぎにはすっかりやんでいた。今年は梅雨明《つゆあ》けがずいぶんと遅れて、もう七月も終わるというのに毎日ぐずついた天気が続いている。死体が放置されていたのは古い武家屋敷の離れにある子供用の勉強部屋で、母屋《おもや》からは百メートルほどの距離がある。こちらは簡素なプレハブだった。

被害者はこの家の長男佐々木恭一《ささききょういち》、三十八歳、会社員である。跡継ぎではあるが、当主佐々木恭助《きょうすけ》が存命で現役として活躍中のため、今はまだ、ただの家族の一員にすぎない。いや、すぎなかった。死因は鈍器《どんき》による後頭部の強打。凶器は見つかっていない。死亡推定時刻は午前三時から五時。雨は上がっていたが地面がぬかるんでいたため、被害者以外の人物がプレハブから出入りをすれば足跡が残っているはずである。しかし、そこにあった足跡は五列、被害者と、発見者である恭一の妻と息子の足跡以外は何も残っていなかった。

「密室殺人ですね。その時間、皆さんは何をしておられましたか」

刑事の行った事情聴取によると、一家の全員は母屋の部屋で寝ていたが、皆、一人部屋でお互いに確認できている者はいない。

プレハブには基本的に子供の勉強道具以外は置いていない。筆記用具、ノート三冊、辞書、教科書（音楽史、英語学）、濡れた傘、電話の子機、恭一の鞄と会社の書類、以上十一点である。どうやら恭一は前日やり忘れた会社の書類を思い出して、家族を起こさぬようここで片付けようとしたらしい。

さて、これが今週の読者への挑戦状だ。真摯《しんし》にして聡明なる読者諸君にこの謎を解いてもらいたい。突き止めてもらいたいのは、密室トリックと犯人、凶器の三つである。但し容疑者は以下八名の中にいて、部外者の介入は認めないこととする。

佐々木恭助（65）…佐々木グループ総帥
佐々木香織《かおり》（36）…恭一の妻

佐々木基恭《もとやす》（18）…恭一の長男、専門学校生、ロッカー志望
佐々木恭二（36）…恭一の弟、佐々木グループ勤務
佐々木和代《かずよ》（35）…恭二の妻
佐々木宏恭《ひろやす》（15）…恭二の息子、中学三年
佐々木恭美《やすみ》（33）…恭一の妹、ミュージック・プロデューサー
蔵原尚斗《くらはらなおと》（45）…刑事

正解者の中から抽選で五名様に、三年後の宇宙旅行をプレゼントします』

2

「分かんない――――ッ！」

リベザルは切ったばかりの赤い髪をブンブンと振って、読んでいた雑誌から目を上げた。それは当たれば宇宙旅行をプレゼントという食品会社の懸賞広告だったが、活字に不馴れな彼には文字を追って文章の意味を考えるだけでやっとだった。推理など出来ようはずもない。パイプ椅子の上で正座していた膝を伸ばし、机の向かい側まで

体を乗り出す。

「兄貴、これやりましたか？」

「何？」

リベザルに前触れもなく話しかけられた青年は、店のカウンター代わりにしている机の上に唯一置かれたデスクトップ・パソコンのモニターから、目を逸《そ》らさず手元のキーを打ち続けている。ダークグレーのスーツに『座木《くらき》』と書かれた名札のついた白衣を重ね、長身痩躯《そうく》に美男ではないが穏やかな顔つきが、片手間のあしらいでさえも好印象を与えた。

リベザルはパイプ椅子には少し高い机にどうにか頬杖《ほおづえ》をついて、もう一度雑誌に目を落とす。

「宇宙旅行プレゼントです。ジュースに付いてる応募券とこのクイズの答えを送ると、抽選で当たるんです」

「ふーん、ついこの間まで鎖国とか文明開化とかしてたと思ってたけど、日本も進んだものだね」

「……兄貴、それいつの話ですか？」

リベザルは思わず手の上から顎《あご》を滑らせた。自分は数年前に日本に来たばかりなので詳しくは知らないが、鎖国とは確か今から百五十年ぐらい前まで日本が取っていた外交政策のはずだ。懐かしいとかいう時代さえ、とうに通り越している。

「下手に寿命が長いと、そういう時事にも疎《うと》くなりがちになるね。あまりに目紛《めまぐる》しく変化するから」

「目紛しいって、もっと短い期間に使う言葉だと思いますけど……」

台詞《せりふ》が外見にそぐわない。どう見ても彼は二十七歳がいいところだ。が、しかしそれは百年単位でサバの読み過ぎである。ちゃんと訊いたこともなかったしリベザルとは種族が違うのでよくは分からないが、多分あと三百年経っても彼はこのままなのだろう。そういうリベザルも随分長い間、この小学生のような外見のままだった。

座木はフロッピーをイジェクトしてケースにしまい、リベザルの方に顔を向けた。

「推理なら秋《あき》に訊いた方がいいんじゃないのかな？」

「そうですね、って、あれ？　そういえば師匠《ししよう》いませんね」

「秋なら……」

「ただいまー」

ギイ、ギギギギギィ。

噂をすれば影。しかし、声はすれども姿は見えず。よく通る少し高めの声とドアが軋《きし》む音がしたが、まだその姿は見えない。原因は店の内装だ。

というのも、店の入り口とこの奥のスペースの間には、天井に届くぐらいに高い本棚が、地震が来れば一発でドミノ倒しされそうな状態に並んでいて、内外の視線を完全にシャットアウトしてしまっているからである。一見図書館風のその棚には、しかしロクな物は入っていない。地球儀、鮭《さけ》を銜《くわ》えた木彫りの熊、作りかけのジグソーパズルに小型扇風機と、商売にはおおよそ関係のない物ばかりである。事実、リベザルはこれらの物が仕事に使われるところを一度も見たことがなかった。

座木もリベザルも、黙って机の正面に十一列並ぶその高い棚の間から声の主が現れるのを待つ。

「前の道路、雪が溶けて泥ッドロだよ。ザギ、悪いけどモップ持って来て」

不快そうにも聞こえない軽い口調で愚痴《ぐち》を零《こぼ》しながら、棚の隙間《すきま》から両手に荷物を抱えて、茶髪《ちゃぱつ》の少年がカニ歩きに出て来た。百六十五センチの小柄な体に不似合いなほど大きなダッフルコートを着て、手には同様に大きすぎる手袋をはめている様子は、未だ大きいランドセルを背負った新一年生を思わせた。不格好ではあるがどことなく可愛らしいのだ。

加えて世間の同世代の子供を、男女問わず百馬身ほど引き離してダントツ綺麗に整う顔をしかめ、泥だらけの靴で軽くステップを踏んだ。床と靴底の間の水が、ピチャ、と粘着質な水音をたてる。

「雪は溶けてからが危ないんですよね」

座木が右から三番目の列からモップを取って来た。乾いた黄色いモップは木の床に散った泥水を吸い込み、見る間に焦茶色に変色する。

「もうあっちこっち凍ってた。サンキュー。後は自分でやるよ」

荷物を机に下ろし、秋は座木からモップを受け取った。そしてもと来た方向にモップを引きずりながら、自らの足跡を消していく。木の床には浸みて濡れたあと以外、少しの泥も残されない。器用なものだ。

リベザルはその跡が乾くのを暫《しばら》く見ていたが、後ろで紙袋がガサガサ鳴る音が耳についで振り返ると、机の上では座木が荷物の整理を始めていた。手伝わなければならない。

「兄貴、上の冷蔵庫に持って行く物下さい。置いて来ます」

「ありがとう。じゃあこれと……」

出しかけて、ふとその手が止まる。目線も袋の中に注がれたまま固定されてしまった。何があったのだろう。

「兄貴？」

「……また、変な物を……」

座木は片手で黒髪をかきあげた。顔には彼にしては珍しく苦悶《くもん》の表情が浮き出している。

リベザルは好奇心に堪えかねて、机に飛び乗りその中を覗《のぞ》き込んだ。そこには、「象？」

の人形が入っていた。よく街角の薬屋の前に立っている、固い置物の象だ。ただしリベザルの身長とそう変わらないあのオブジェ——と言っていいのか？——と違って、両手の平に乗るくらいのわりに小さいヤツである。オレンジ色の象は無邪気に笑って、両手と右足を上げている。お菓子の『グリコのおじさん』の絵に似ていて少し笑えた。

「へへー、可愛いだろう！」

掃除を終わらせた秋が、裸足《はだし》になってペタペタ歩いて来た。その表情は満足気で、問題の象に負けず劣らず無邪気である。唖然《あぜん》とする二人を前に、彼は袋から象を抱き上げその頭に軽く唇を触れた。

「久彼山《くがやま》モールの薬屋のレジに乗ってるの見てさあ、頼み込んで貰って来ちゃった」

「その代償がこの薬の山ですか？」

座木は震える声で象の入っていた袋を逆さまに、中身をぶちまけた。まさしく山。机の上が俄《にわか》に薬屋らしくなる。

「だって何も買わずにくれなんて、そんな厚かましいことこの上ないじゃないか」

「だからって、薬屋がよそで薬を買ってどうするんですか？」

「そこはそれ、『医者の不養生』ってよく言うじゃん？」

「よくも言わないし、意味が全然違います」

全く悪怯《わるび》れない秋に、座木は諦《あきら》めたように深い溜め息をついた。だが溜め息一つで許してしまうのだから座木は甘い、とリベザルは思う。しかも秋はそれを計算の上で、毎度馬鹿げたことをしでかすのだ。まったく、同情を禁じえない。リベザルは両腰にグーの手をあてて、座木に代わって秋に戒告することにした。

「師匠、最近お客様少ないんですから衝動買いも自重して下さい」

「客？　そういやここのトコ御無沙汰《ごぶさた》だな」

御無沙汰どころか今日、三月十三日でちょうど四ヵ月、十一月に店を改装してからたったの一人しか来ていない。改装工事のローンが残っていないことだけが唯一の心の救いではあったが、逆にその改装が客足を遠退《とおの》かせる原因であることも、紛れもない事実だった。

「せっかく改装したってこれじゃあ……」

リベザルは溜め息混じりに呟《つぶや》いて、持ち主に似て過剰なほどにうさんくさい店内を見回した。


焦茶色の木の床、木の壁、木の天井。その天井からは昔のガス灯をイメージした古くさいランプがぶら下がっているが、中はれっきとした丸型蛍光灯である。棚と机以外には、レジも栄養食品の並んだワゴンもなかった。

店内もさることながら外観も同じくレトロ仕立てに焦茶色の木張りで、古ぼけた骨《こっ》董品《とうひん》店を彷彿《ほうふつ》とさせる。というより、もはや店そのものが骨董品のようであった。四ヵ月前に改装したばかりとはとても思えない。

元は普通の二階建て店舗付きの鉄筋コンクリート建築で、一階が薬屋、二階に彼等の住居があった。しかし、何を思ったかここの店主は、外壁にはタイルに代わって木を張り、店内もそのように改装させた。二階内部が元のまま残されたことは、不幸中の幸いと言えるだろう。

（ついでに、看板もセンスが悪い）

リベザルは遠く本棚の向こうの看板があるあたりで視線を止めた。

外見に合わせたその看板はどこかの武術道場にあるような、墨《すみ》で『深山木《ふかやまぎ》薬店』と書かれた木の板である。それがこの数ヵ月で風雨に晒《さら》され、文字が解読出来ないほどに黒ずんでいた。そしてその脇にはこんな貼り紙がしてある。


『どんな薬でも症状に合わせてお出しします』


質《たち》の悪い冗談みたいにも思えるが、看板に偽り無し。この器用な店主は、人間のそれに比べれば遥かに長い人生経験と豊富な知識、そして通常の薬剤師には手に入らないような材料を駆使して、要求に合わせた薬を作り上げてしまう。そして、その薬の種類もまた胡散《うさん》くさいのだ。

普通の捻挫《ねんざ》用湿布、風邪薬《かぜぐすり》、胃腸薬から、名前を聞いただけではその効果も疑わしい忘れ薬、脂肪燃焼薬、増毛特効薬まで。薬事法をものともせず自分で調合し勝手に売っているのだが、これで検挙されたことがないのだから、呆れるどころかかえって感心してしまう。もっともその為の『副業』でもあるのだが。

「で？　『改装したって』何？」

一人で嘆息するリベザルに、厭《いや》なタイミングで秋が声をかけた。吐き切らない溜め息が肺の底に沈澱する。

「……見かけ倒れだなあ、と」

「見かけ、倒れ？」

「見かけ倒しの逆です。外見が中身に伴っていないっていうか……」

全《すべ》てが『らしくないもの』で構成されている。ガス灯みたいな蛍光灯、木造に見える鉄筋コンクリート建築、そして風貌と中身の伴わない住人達。

秋は少し眉間《みけん》に皺《しわ》を寄せて、象の頭を逆さまに持った。

「それは褒《ほ》め言葉か？」

「そう思ってもらえると、俺的には平和です」

「でも客が来ないのは不満と？」

「だって……このままず――っとお客さんが来なかったらどうするつもりなんですか？」

「うちが暇ってことは、イコールその分、世の中が平和ってことじゃないか。髀肉《ひにく》をかこつ前にまずそれを喜ぶべきじゃないのか？」

「師匠……また、心にもないコトを」

思ったことをすぐ口に出してしまうのはリベザルの短所であり、人生損をしている部分でもあった。しまったと後悔して咄嗟《とっさ》に口を塞《ふさ》いだがもう遅い。秋はリベザルの小さな頭をその大きな手で摑んで、余った右手の指を鳴らした。


パチン！


彼得意のマジックでどこからともなく取り出したのは乳白色の薬瓶。その側面には稚筆でジョリー・ロジャーに描かれているような髑髏《どくろ》マークが付いている。彼が意地悪そうな笑みを浮かべ親指でコルクの蓋《ふた》を弾《はじ》き飛ばした瓶からは、鼻の曲がるような異臭が発せられていた。

「春の新作だ。一番にお前に試させてやろう」

「師匠や兄貴を差し置いて、そんなっ。遠慮しますッ！」

「ムダな遠慮は逆に相手に失礼だ。覚えておけ」

両手を振って逃れようとしたが、秋は瓶を目の前に掲げたまま一歩も引かない。リベザルは涙目になって人よりいい自分の嗅覚《きゅうかく》と、口のように閉じられない鼻の穴を呪った。手で押さえても息を止めても、その悪臭は容赦無く彼の嗅覚を刺激する。飲まずとも匂いだけで十分拷問《ごうもん》だった。

(冗談抜きで、死ぬかもしれない)

頭がクラッとして意識が遠退きかけた時、不意に秋の手が弛《ゆる》んだ。

飽きっぽいというか、注意力放散というか、あらゆることに目が行く秋の性格に救われた。

「この雑誌、何?」

リベザルは秋の手から瓶を奪い取るとすぐに蓋を拾って栓をした。『臭いものには蓋』とはまさに名言である。ようやく無味無臭の空気を吸って肺を洗浄し、怨《うら》みがましく秋を睨《ね》めつけた。

秋はそれには特に構わず、机の上に放置されていた件《くだん》の雑誌を手に取る。裏を返して表紙を見、開いていたページのあおり文句を読み上げた。

「『レッツゴー!　僕と一緒に宇宙の旅』?」

その横には親指を立ててこちらに向けた、その会社のフルポリゴンのイメージ・キャラクターが写っている。秋はゴキブリでも見たかのように顔をしかめた。

「リベザルは宇宙旅行に行きたいそうですよ」

「うえー、勝手に行ってくれ。血迷っても僕を誘うなよ」

「師匠は行きたくないんですか？」

「地球に住めなくなったら考えるよ。推理か」

相変わらず前後が自分の中でしか繋がっていない台詞を吐いて、秋は雑誌に目を落とした。

リベザルは小さく飛び跳ねながら秋と雑誌の背表紙を見上げた。

「師匠、こういうの得意ですよね。いつものよりは簡単でしょう？」

「人を推理オタクみたいに言うなよ。それに僕らがやってるのは、人間に妖怪の存在を確固たるものとして認識させない為の後始末だ。あくまで本職は探偵まがいの揉《も》め事《ごと》解決屋ではなく薬屋。間違えてもらっちゃ困る」

「……はーい」

そう、秋も、座木も、そしてリベザルも種族は違えども、ともに妖怪である。

昔は、人々に恐れあがめられた妖怪も、現代では大半がその姿を人間の精神障害や自然現象へと変えている。彼らが——妖怪の全てという訳では無いが——望んでいるのは、そのまま人間達とともに波風立てずに生きて行くことで、数百年前までは何の疑いも無くそういう日常が半永久的に続くものと思っていた。

だが、人間はいつのまにか長い間寄り添うように進化して来た妖怪と袂《たもと》を分かち、別の方向へ一人歩きを始め、今では全てのことを自分達の理解し得る許容範囲に収めようとする傾向にある。文系学者に過去の伝奇から研究されるのに支障はないが、科学者が乗り出してくるとなると話は別だ。まだ手術台の上で開きにされるのは遠慮したい。

その為、時々妖怪達が起こす問題をなるたけ穏便に処理すべく、奇妙な事件が起きてはその相談を進んで引き受けるようになっていた。妖怪の存在がサイコな研究者達の間でのみメジャーになって不快な思いをさせられるくらいなら、地上の犯罪全てが迷宮入りになってしまった方がまだ救いがある。が、完全解決したように見せかけて、人の目を欺《あざむ》き通すに越したことはない。

ところが実際は、依頼される事件の半分以上が人間の起こしたものというのが現状だった。しかし元より、妖怪の存在など認めていないのが大半の人間に対して、奇妙な事件の中でも、妖怪の関わっているものだけを持って来てくれ、とは言えないのが辛いところだ。

かといって、一度引き受けた以上、無視することの出来ない性分であるが故に、この店主は毎度探偵の真似事をする羽目となるのである。それでも、何だかんだ文句を言いつつも、毎回事件を解決してしまうのだから、このうさんくさい薬屋の方が本職だと言われても何だかピンと来ない。

「夜半過ぎまで雨。……傘？」

「何か分かったんですか？」

「材料が少ないからどんな解釈も可能だけど。ザギ、お前はどう思う？」

「事故死か、刑事の蔵原さんが犯人だといいですね」

「何でですか？」

「身内で殺し合いなんてできれば見たくないからね」

座木は机の引き出しにあり余った薬をテトリスみたいに綺麗にしまって、ニコリと笑った。たかが紙の上での絵空事、だが彼が心からそう望んでいる以上、笑い飛ばせることではない。全く彼の心根には毎度のことながら頭が下がった。

秋は手の甲でパンと雑誌を叩くと、濡れた髪を振って水滴を飛ばした。

「よし、じゃあそうしよう」

「はあ？　師匠、そうしようって……」

秋は歯並びのいい白い歯を見せて笑い、赤いサインペンを引き出しから取り出すと、机の上に雑誌を置いてあちこちに赤ペンでラインを引き始める。

「『濡れた傘があった』ということは被害者がプレハブに行った時にはまだ雨が降っていた。つまり被害者の足跡が残っている筈がない。イコール密室ではなかった」

「……そっか」

密室という言葉に騙《だま》されていたが、あれは刑事の台詞《せりふ》であって断定されていた訳ではない。雨が降っているうちに被害者が移動したならば、足跡は消えている。刑事が被害者のものと言っていたのは、実は犯人の堂々たる足跡となる訳だ。

「犯人は雨が降っている間に来て被害者を殺したが、帰りには雨がやんでしまっていた。それで逆さまに歩いて行きだけの足跡を作った。あとは署に帰って通報を待つだけ。動機は……地元の組織との癒着《ゆちゃく》がばれて、ってのどう？」

「凶器はどうなります？」

座木は雑誌の応募要項を指差した。

その言葉に秋は、よくぞ訊いてくれた、と言わんばかりに目をランランとさせて笑う。悪巧みを思いついた時の顔だ。

「刑事はプレハブに行く前に母屋《おもや》の玄関を物色して、息子の靴に履き替えた。パンクなお兄さん方の履く、踵《かかと》に鉛の詰まったヤツだ。それでこう……」

秋は机から少し離れて足を振り上げた。そして勢いよく下ろす途中、ちょうど座った人の頭の高さくらいでピタッと止める。

「踵落としだ」

「え――？」

「後は靴を自分のに履き替えて、踵を洗って靴箱に戻す。万が一発見されても容疑は息子にかかる。格好いい、素晴らしい、ワンダフル！」

秋は仮想犯人を賛美して、赤ペンを指に挟んでクルクル廻した。

「それって、息子が犯人って考えた方が自然じゃないですか？」

リベザルが思いつく限りの矛盾点を考え反論しようとしたが、

「事件を他人のせいにする、いつものクセが抜けなくてね」

と先を越された。

(それなら方法とトリックはそのままで、犯人は息子で、動機は進路……ってのが無難かな？)

秋の解読不可能に近い走り書きのされた雑誌を手に取り、葉書に書く内容を頭の中でまとめたが、

（もう一口、出そうかな？）

あくまで願望に過ぎないだろう幸せ家族の偶像に。

そして、応募券のついたジュースを買いに行きかけ、リベザルは棚の手前で足を止めた。

ドアの、軋《きし》む音がしたのだ。

3

ギギギギ、ガタッ。


「あ、靴っ」

ドア付近に立て掛けておいたのだろう。倒れた靴に慌てて動く人の気配がした。座木は椅子に座り直し、そちらに向かって低めの柔らかい声をかけた。

「そのままで構いません、奥へどうぞ」

動きが止まって、こちらに歩き出す音がした。

「リベザル、行こう」

客となれば二人はここに居ても、邪魔にこそなれ役には立たない。こんな怪しい薬屋に来る客は、たいてい公の場に出られないか切羽詰《せっぱつ》まっているかのどちらかのパターンが多いからだ。人目は少ない方がいい。が、退場する訳ではない。棚の間に隠れるだけである。要は盗み聞きをするのだ。

リベザルは秋の目を盗んで棚の奥に先程の薬瓶を隠した。流石《さすが》の彼でも、居場所の分からない物までは取り出すことは出来ないだろう。

そして再び視線を戻した先には、約三ヵ月ぶりの客が姿を現していた。

そこにいたのは、ベージュのスーツに趣味の悪い花柄のネクタイをした中年の男だった。手には同じくベージュのコートをかけていて、革のアタッシェケースを小脇に抱えている。太ってはいないが体脂肪率の高そうな体型だ。黒ブチの眼鏡をかけ、窺《うかが》うようにわずかに微笑《ほほえ》んで座っている座木を見る。

「あのー」

「はい、どうぞお掛け下さい」

座木が机の正面に置かれたパイプ椅子を勧める。男は軽く会釈をし、しかし尊大な態度でパイプ椅子に腰を下ろした。

「どんな薬を御入用ですか？」

「……灰色の木を金色に戻す薬を、売って貰えると聞いたのだが」

二人は思わず顔を見合わせた。男が不審感の滲《にじ》み出る声で返事に使ったその言葉は、この店においての事件を依頼する時の暗号であった。

余談にはなるが、この暗号はいつだったかの事件の時に、秋がふざけて作ったものだ。本人曰《いわ》く、ゲーテの言葉に由来しているらしいが、言葉の詐欺《さぎ》を得意としている彼の言うことなので、どこまでが本当なのかはわからない、とリベザルは思う。それ以前に、詩など読まないリベザルがこの言葉から連想することといったら、せいぜい『花咲か爺《じい》さん』止まりであった。

そう思うとこの緊迫したムードも何だか間が抜けて見えたが、でかけた思い出し笑いは喉元で押しとどめた。

その暗号を聞いた秋がゆっくりと机に歩み寄って、座木に代わって店主席に座る。座木は事態の変化についていけずに縋《すが》り付く依頼人の視線をかわして、入り口に鍵を締めに行ってしまった。対応としては冷たいが、それもこれも依頼人の為。秘密厳守、というヤツだ。

「ご用件を伺いましょう」

机に組んだ手を乗せた秋にそう言われた男は、座木の消えた棚の方と彼を見比べて目を白黒させた。毎度依頼人の見せる、当然の反応といってよい。二十代後半の白衣の青年と、どう見ても十五がやっとの茶髪の少年。どちらが店主かと問われて即座に思うことは、皆同じである。

「あの男ではなく君のような……失礼……だが、子供、が？」

「はい。僕がこの店の店主、深山木《ふかやまぎ》秋《あき》です。今後ともヨロシク」

秋がニコリと微笑んだ。

＊

「世の中には、外見で判断する人が多くて」

呆然としてしまっている男に、秋は既に毎回の決まり文句となりつつある説明を始めた。

「たいていの方が僕のような子供が出した薬じゃ信用出来ないとおっしゃるので、彼に代理を頼んでるんです。どちらにしろ、選んでいるのは僕なんですけどね」

はあ、と男は曖昧《あいまい》なあいづちを打った。なおも秋の説明は続く。

「以前は、こちらの方も彼に任せて僕は影に徹していたんですが、どうにも依頼人に直接話を聞いたり質問したり出来ないのは、後々の調査に与える影響が余りに大きい。それで、仕方なく依頼人の前にだけは名乗り出ることにしたのです」

秋はいったん話を切って、相手の出方を待った。客がインテリ系や頑固親父の場合は更に、卒業した大学名やら経歴を話のはしばしに織り込んだり、心理トリックにはめたりして、少しずつこちらのペースに巻き込んでいくのだが、今回はその必要もないと見える。

男はフウと頬に溜めた息を吹き、この寒いのに額に浮かんだ汗を白いハンカチで拭《ぬぐ》った。そして何故かしきりに左手首をシャツの袖の上からさすっている。

「助けてもらえるなら何でも……、それに、そうだ！　あいつも形は子供だった」

「あいつ？」

「ああ、いや、失礼。まず自己紹介をさせて頂こう。私は……」

男は背広の内ポケットからやけに分厚い名刺入れを出して、中から一枚引き抜き、立ち上がって秋に手渡した。

「都賀橋《つがばし》不動産、社長。馬目《まめ》慎也《しんや》、さん」

「そう、栃木県で小さな不動産屋を経営しているんだが……順を追って話させて頂いても、よろしいかな？」

「どうぞ。あ、ザギ、お茶。今日はダージリンにしよう」

「――……はい、すぐに」

やや間を置いてから、秋に応えて座木は机の背後のドアに入っていった。その奥は店用の簡易キッチンと調合室になっている。

馬目はそれを目だけで追って、椅子の上にふんぞり返った。

（あのおじさん、偉っそー）

リベザルは陰で見ながら男の話は勿論、その態度が癇《かん》に障《さわ》った。社交辞令的で丁寧な言葉遣いの中に残る偉そうな口調が、やはりまだ秋を軽く見ているように感じられる。座木に席を外させたのは秋のその辺への配慮だろう。

そんなことをしたのも何を隠そう、座木は普段は温和で滅多なことでは怒らない分、怒ると結構どころではなく手に負えないからだ。東京湾で荒れ狂う初代ゴジラ並みである。そして、彼の逆鱗《げきりん》は礼儀正しさと密接に関係していた。加えて今の時期、質のよいダージリンの葉は入手しづらく、紅茶好きの秋に飲ませる満足のいくダージリンティーとなると他の注文よりそれなりに時間がかかる。この注文は、要は彼を遠ざけておく為の時間稼ぎというわけだ。

（師匠、ナイス判断！）

リベザルは心の中で秋に拍手喝采を送った。

男は座木を目で見送って、持参したアタッシェケースから地図を取り出して机のうえに置いた。椅子から上半身を伸ばし、順に紙を広げていく。

「私は今、地元の再開発計画に携《たずさ》わっておるのですが、この家がどうしても店を手放そうとせんのですよ」

「……お引き取り下さい」

「？　どういうこと、だ」

「僕は本当のことを話してくれないような人に、力を貸す気はありません」

「何？」

秋はそれだけ言うと、プイッと顔を背《そむ》けて目を合わせない。馬目慎也は怒って勢いよく立ち上がり、パイプ椅子を後ろに倒した。

「まだ肝心の話もしていないのに、なんて言い草だ！　私が嘘をついているだと？　そんなわけあるか。どこにそんな証拠が……」

「気付いてないんですか？　あなた嘘をつく時、唇の右端が上がるんですよ。さっきからね」

「えっ？」

馬目慎也は慌てて手で指摘された部分を押さえた。本当に上がっていたかはリベザルからは見えない。すると秋はガス圧チェアを回転させて右手で頬杖をつき、左手で男を指差した。

「嘘ですよ。でも、あなたも嘘をついていたようですね」

「ふっ、ふっ、ふざけるな！　このッ、小童《こわっぱ》がぁ‼」

耳から首まで真っ赤にして机に両腕を叩き付ける馬目慎也を、秋はたじろぎもせずに上目遣いで見、口元だけで笑っている。

「そう、小童ですよ。だったら子供の言うことにいちいち目くじら立てないで下さいよ、ねえ『イチハシ』さん？」

「それを、どこで……⁉」

馬目、いや市橋――なのか？――は笑う膝で一歩後ずさって声を上ずらせた。踵《かかと》に倒れたパイプ椅子があたってそのまま後ろに転倒する。尻餅をつき口を半開きにしてすっかり狼狽《うろた》えてしまい、さっきまでの勢いは微塵《みじん》も残っていなかった。癖なのか、ただただ不安そうに手首をさすっている。

「どうぞお掛け直し下さい。最初から話を聞きましょう」

パチン！

秋は指を鳴らして灰皿を出し、その上で貰った名刺を燃やした。いきなり現れた灰皿と勝手に上がった炎に、せっかく体勢を立て直そうとしていた市橋は、またパイプ椅子を手から取り落としてしまった。まるきり怯《おび》えてしまっている。

「秋！」

「おお、ザギ、遅かったな」

座木がお茶を載せた盆を持って出て来て、秋を叱りつけた。

「お客様にそういうことするのやめて下さい、いつも言っているでしょう」

「……分かってるよ。だからダージリンを頼んだんだ」

(あれ？)

話が見えない。とりあえず座木を遠ざけた理由は、リベザルの予想とは違うところにあったらしいことだけは分かった。しかし、どういうことだろう？

座木は机に盆を置くと、市橋を立たせて椅子を開いてやった。市橋は泣きそうな顔で、だが少しだけ安堵《あんど》して、座木に何度もお辞儀している。

「すみません、すみません」

「いえ、こちらこそ店主の越権行為でとんだ御無礼を働きました」

『越権行為』？　先に嘘ついた方が悪いんじゃないか」

「秋は嘘が悪いとか以前に、反応を楽しんでいただけでしょう？」

「いえ、ありがとうございます、スミマセン。私が悪かったんです。本当に申し訳ありません」

一転して弱気な口調で市橋が机に手をついて額を押し付ける。

秋は面《おもて》をあげるよう彼の片肘にそっと触れ、その性格を知る者には詐欺《さぎ》にしか思えない天使のような微笑みを向けた。

「気になさらずに、話を元に戻しましょう」

「あ、その前に……」

「何ですか？」

「あの、なんで私が馬目ではなく市橋だと分かったんですか？　その、推理とか……？」

少し気を取り直した市橋が、座木から紅茶のカップを受け取っておそるおそる訊いた。秋は、ああそれか、と一瞬遠い目をして、もう一度指を鳴らした。

パチン！

鎮火した灰皿が跡形もなく消え去る。市橋がまたビクッと痙攣《けいれん》した。

「あなたがどんな噂を聞いてここに来たのかは知りませんが、僕は探偵でも仕置き人でもなくこの通り一介《いっかい》の手品師です。だから人の嘘とかトリックにも、無条件に反応してしまうんですよ。これも一種の職業病ですね。

まず不自然に感じたのはあなたの言葉遣い。一生懸命尊大に、横暴に話そうとしているのに、丁寧な口調と腰の低さがぬけ切らない。動作にしても同じです。申し訳ないですけど、どう贔屓目《ひいきめ》に見ても『社長』という雰囲気ではなかった。

更に名刺入れにはそんなに沢山《たくさん》未使用の名刺が入っているのに、馬目さんの名刺は一枚だけ別にしてある。おかしいなーと思って注意して見ていたら、コートの内側に入った『Ichihashi. A』って刺繍《ししゅう》に気付いたんです。僕の方の説明はこれでいいですか？」

(俺が思ったのは逆の印象だったのか……)

丁寧ぶってる偉そうな人と、横暴ぶってる礼儀正しい人。リベザルは秋の眼力に感心してから、自分の与えた拍手喝采も逆の意味だったと知り、

（また騙《だま》された）

と少しブルーになってしまった。それは市橋も同じことらしい。完全に意気消沈してしまって、しかしそれでも秋の論拠を聞いておこうという、好奇心に裏づけされたなけなしの理性がその背中から感じられた。

「ええ、私は都賀橋不動産の営業をしています。あ、名刺どうぞ」

市橋はわざわざ立ち上がって、両手で二人に名刺を手渡した。なるほど、こういう姿の方がこの男にはしっくりくる。

「その、身元がばれるのが怖くて……社長の名前を使いました」

「却って不審でしたけどね」

「ス、スミマセンっ。でも、ある店が立ち退いてくれないというのは本当です。立ち退きの理由は、再開発ではありませんが……」

「再開発ではない？」

「はい。その店が建っているのはうちの事務所の貸地なんですが、社長がその店を閉めさせてマンションを建てようとしているのです。でもそれは表向きの理由で、社長はその店の未亡人の方にー、そのー」

「片思いなさってる？」

「……というか……、まあ砕《くだ》けて言えばそうなんです」

　市橋は察して訊いた秋の言葉にも、慣れたらしくそれほどの驚きも見せないで同意した。左手首の内側を押さえ、何度も頷きながら説明を続ける。

「それでぼくが彼女の所に何度も足を運んで、社長と結婚して店を守るか、店を没収されるかどちらかを選んでくれとお願いしていたのですが、なかなか承諾してくれません。社長は社長で、引っ越すにしてもそれならその土地は半永久的に貸したままにして、毎月請求に行くとまで言い出す始末で……。法的には間違っているのですが、そんなことを彼女に教えてしまったらぼくの立場がまずいのです。余計な入れ知恵をしたと会社はクビになるでしょう。もうかれこれ丸一年になります」

　何て横暴な社長だ。リベザルは物陰で独り憤慨した。地所や家を楯《たて》に結婚を迫った上、しかもその交渉を部下にやらせるとは徹すべき筋が通ってない。だが。リベザルの不意に冷めた頭の片隅に疑問が生じた。

（この人、師匠に何を頼むつもりだ？）

　こうして聴いている限りどこにも奇妙な現象は起きていないし、妖怪も絡《から》んでこない。その社長が妖怪というなら話は別だがそれもなさそうだ。

そこまで話して先を言い淀んでいる市橋に、座木は熱い紅茶を淹《い》れ直してリベザルの疑問を代弁してくれた。

「市橋さんは何を頼みにいらっしゃったんですか？　残念ながら私達には、立ち退きのお手伝いは出来ないと思いますが」

「ああ、でも社長にその気を無くさせる薬なら作れますよ」

「そんな……――わあっ！　やっぱり来るのが遅かったんだー！」

秋の言葉を聞いた瞬間、市橋は弾かれたように泣き出して机に突っ伏した。秋が持ち前の反射神経でもって、彼の前のカップを避難させる。避けきれなかった砂糖壺は机上に転がって、その軌跡に角砂糖を転々と落として基点から百二十度の位置で止まった。

オンオンと男泣きに泣き続ける市橋に、秋と座木は困ったように顔を見合わせた。きっと妻子ある身であろう中年男性に泣かれて、お互いに声には出さずに慰める役を譲り合い……いや正確に言おう、擦《なす》り付けあっている。結局秋が『店主という責任上』という感じで不承不承折れて、両手をその肩に触らず添えるように広げ、彼にしては目いっぱい優しい口調で話しかけた。

「あの、市橋……さん？　どんな噂を聞いてこちらにいらっしゃったんですか？」

「……ウッ、ヒクッ、お客様から人づてに、エグッ、聞いた話なんですが……化け物とか、奇妙な事件にッ、解決してくれる人が……ウック、いるって……ウウ、うわあああーん!!」

顔まわりを赤くしてしゃくり上げ、涙が見えないリベザルからはまるで酔っ払いオヤジのように見えた。しかし言葉の最後にはまた両手で顔を覆って泣き伏してしまう。

秋は座木に恨みのこもった眼差しを向けてから、もう一度、市橋に冷や汗混じりに苦笑して首筋を掻《か》いた。

「えっと、いちおう正しい情報は伝わってるみたいですけども——じゃあ、何で薬の話で泣かなくちゃならないんです？」

「そんな薬があるならッ、全財産はたいたって、ウウー、ここに来てましたよお。命には代えられませんからッ、ああ、美智子《みちこ》、裕志《ゆうじ》、父さんが悪かった——ッ!!」

「命？」

「いいかげんちゃんと話してもらえませんか？　これじゃあ、どう願ったって力になりようがありません」

「す、スミマセンッ！」

先にキレたのは意外にも座木だった。言葉上は変わらず丁寧なままだが、飛ばした視線は凍るように冷たい。目だけでこれほど印象が変わるという見本の様だった。

いきなり怒られた市橋はいっそう畏縮《いしゅく》して、椅子の上で丸くなってしまう。

少し黙って考え込んでから、秋は小さく溜め息をついて椅子から降り、両腕を胸の前に組んで市橋をサイドから見下ろした。

「まさかとは思いますが、悪魔と契約したりなんか、してませんよね？」

「どっ、どうしてそれをっ!?」

――……呆れてものも言えない。

「頼むよ、おっさーん」

「冗談、でしょう？」

「何でそんなっ……無謀だぁ」

秋は力なく頭を抱えて座り込み、座木は茫然と市橋を見下ろし、隠れていたはずのリベザルまでもが飛び出して大声を出してしまった。

# 4

悪魔との契約は宗教や国によっても微妙に異なるが、たいていはその召喚から行われる。魔方陣や力ある文字、道具を使って、もしくはそれに見合う場所で強く祈ればそれでいい。呪文が決まっている国もあるが、それは精神力を高める自己暗示のようなもので、その祈りに一定以上の心力が込められていれば、その地面に描いた模様が次元の断層を生み出し悪魔を召喚してくれるのだ。

ここまで来れば、あとは召喚され出て来た悪魔に願いごとを告げるだけだ。ただしチャンスは一人につき一回のみ。なぜならば悪魔との契約にはその代償として、召喚者の魂を与えなければいけないからだ。囚《とら》われた魂は何処へ行くことも叶《かな》わず、その悪魔に拘束される。

悪魔には大きく二種、召喚に反応してしまう種と全く関知しないのとがいて、リベザルは後者だった。なので、彼には囚われた魂がその後どうなるのかは見当もつかない。ただ間違いなく言えるのは、悪魔を喚び出して契約を交すと、願いは九割方叶えられ、ビジネスライクに魂を取られてしまうということだ。そこには何の躊躇《ちゅうちょ》も情状酌量《しゃくりょう》も認められない。

「あなた、九十九％ほぼ間違いなく殺されますよ。何でそんなことしちゃったんですか？」

秋が床に座り込んだまま、顔だけを上げた。市橋はハラハラと大粒の涙を床に落として、鞄から汚い雑誌を一冊出した。表紙には何だか奇妙なオカルトティックな絵が描かれている。

「立ち退きを迫られている奥様の気持ちも、痛い程分かります。でも、社長に逆らえば今度はぼくの家族三人、路頭に迷うことになるのです。奥様の懇願と社長の催促《さいそく》の板挟みになって……あの日は妻は実家に帰っていて、家で一人で酒を飲んでいました。やけになっていつもの倍も酒を呷《あお》って、ふと居間に転がっていたこの雑誌が目に止まりました。子供の雑誌らしくその途中にこんな物が……」

市橋は覚束《おぼつか》ない手元でそのページを探した。開いたところは漫画の一ページで、紙面いっぱいに魔方陣が描かれている。

「これを見てふざけて……いえかなり本気でした。なにせかなりの量の酒を飲んでいましたから。このページを開いたまま『本当にいるなら悪魔でもいい、助けてくれ』と」

「本当に出て来たんですか？」

突然のリベザルの登場に――先程から姿は現していたのだが、ようやく落ち着いて気がついたというのが正しい――市橋は少し困惑《こんわく》した表情になった。

秋が立ち上がってズボンの埃《ほこり》を払う。

「御心配なく、身内です。お話を続けて下さい」

「え、ああ、そうですか。可愛いですね」

息子がいるというせいだろうか？　市橋は初めて笑顔を見せてリベザルに会釈をした。リベザルは急に恥ずかしくなって、走って秋の後ろに隠れた。彼は初対面というのがひどく苦手だった。

市橋は視線をいったん秋に戻し、ハア、と息を吐いて、両手で頭を抱えた。

「悪魔は出て来ました。しかし小さな、小学生にもならないくらいの小さな子で……」

＊

『願いは、な――に？　叶えてあげるよ』

その悪魔は鈴を転がすような声で訊いてきた。金色の直毛を短く刈り込み、七分のパンツに森の木々の色をしたスモックを着ている。足には緑の革のブーツを履き、首から下げた三つの石をつらねたペンダントが動作のたびに揺れて煌めく。その姿は悪魔というよりむしろ妖精だった。

『願いを……叶えてくれるのか？　君が……』

『そ——だよッ。さあ、言って』

市橋はその姿と妙に間延《まの》びした喋り方の可愛らしさに、思わず微笑んだ。酒のせいか恐怖心も猜疑心《さいぎしん》も浮かばない。

『じゃあ、今ぼくがしている仕事を終わらせてくれないかな？　立ち退いてくれない人がいて困ってるんだ』

『な——んだ、オッケーおやすい御用。期待して待っててよね。その代わり、成功した時は報酬忘れないでよね』

『報酬？』

『そ——だよッ』

彼は邪気のない笑顔を見せて、その紅葉《もみじ》のような小さな手で市橋の腕を痛む程握り締めた。

『こーれーでっ、あなたの命はボクのモンだよ。約束——』

リンッ。

それきり、悪魔は鈴の音を一つ残して消えてしまった。

＊

「その時は大したことだと思わなくて、半分夢のような気分でしたし。しかし……朝になって、顔を洗おうとシャツをまくったら……」

市橋は袖を折って、先程からさすっていた左手首を見せた。リベザルが背伸びして覗《のぞ》き込むと、……？　別に何も付いていない。市橋は、手首を一心に見つめたまま下唇を噛んで続く涙を堪《こら》えているが、その対象がこのまっさらな腕のどこにあるというのだろう。リベザルは、最早《もはや》隠さず呆れ切った風な顔の秋のシャツの裾を引っ張った。

「師匠？　これが何なんですか？」

「契約の刻印だね。後でしらを切られないように、契約時に残していくんだ」

「？　俺には見えません。普通の腕に見えます」

「僕にもよくは見えないけど……たぶんね。刻印は本人と、人間に召喚されるタイプの妖怪にしか見えないんだ。本人には契約を忘れないように、他の妖怪には二重契約をしないように、だろうな。僕もよくは知らない」

「そうなんです！　こんなにハッキリ付いているのに妻にも子にも、会社の皆にも見えていません。それが恐ろしくて」

「本物だ、と言っている気がして？」

市橋は袖を戻しながら頷く。その顔は憔悴《しょうすい》し、最初に来た時の空威張《からいば》りが痛々しく思えた。

依頼を聞き終わった秋は、親指を頬に当てて考え込んでいる。彼には考え事をする時、他のいっさいの動作を止めてしまうクセがある。リベザルはまだ訊きたいことがあったのだがその思考を妨げるのも気が引けて、座木の側に移動して彼に尋ねた。

「兄貴」

「何？」

「何で二重契約はいけないんですか？」

「やっぱり、命は一つしかないからじゃないかな」

「あ、そっか」

納得。というか不当な疑問だった。

「それで、昔お客様から聞いた噂を思い出してここにお邪魔したんです。命と家族以外なら何でもお支払いします。助けて下さい！　お願いします!!」

市橋は床に土下座した。秋の目に光が戻り、ますます呆れた顔をして座木を顎《あご》で促す。座木も軽く溜め息をついて笑み、市橋の肩をもって椅子に座り直させた。

「座って下さい。これでは話が出来ません」

「お願いします、お願いします!!」

「契約を破棄できるかどうか、いちおうやってみます。代金はいりません。話すと長いし言う気もないので言いませんが、こっちの仕事は自分の為にやっていることですから。但し、薬の方はキッチリ料金は頂きます」

「薬？」

「社長さんに飲ませるヤツですよ」

「!!　よろしくお願いしますッ」

秋が笑ってみせると市橋は立ち上がって、見た目よりも柔軟な体を半分に折り曲げてお辞儀をした。

5

その晩、普段ならおのおの別々に行動しているのだが、今日は何となくそんな気になれなくて、食後のお茶と称してリビングで見るともなしにテレビのニュースを眺めていた。

リビングには少し大き目の硝子《ガラス》テーブルを挟んで、カウチのソファがL字形に二つ並んでいる。その角の対角線上にテレビ、カウチの背を向けた壁にオーディオ機器が並んでいる。家具はどれも、コンポも含めて天然木か籐《とう》で出来ていて、自然で暖かな空間を作り上げていた。

「兄貴、これなんですか？」

「当ててごらん」

深い考えもなしに訊いたお茶の種類だったが、座木にそう言われて改めて色や匂いに注意した。が、普段はそんなこと気にもしていないので、判別出来ようはずもない。

「分かりません」

「レピシエのミックスクラシック、セレモニー」

「……分かりません」

聞いた名前は鼓膜《こまく》が穴《あな》あき杓子《しやくし》にでもなったかのように、右から左へと素通りした。連想によるビジョンすら何一つ浮かんで来ない。リベザルがこの横文字の名前の記憶に関する断片を拾い集めて、眉間に皺を寄せて紅茶を飲んでいると、座木は苦笑して親指と人さし指で円形を作ってみせた。

「これくらいの銀色の、薄い円筒形の缶に入ってる葉っぱだよ?」

「あ！　あの、喉飴《のどあめ》みたいな缶のヤツですね⁉」

「ハッ、アハハハハ。お前の認識ってその程度のもんだよな」

笑い上戸の秋は腹筋を押さえて、ソファの上に倒れこんだ。彼はちょっとしたことにも敏感で、かつ笑い出すと止まらない。笑われる方としては有り難くない性質の持ち主である。

リベザルが頬を膨らませて視線をそちらに移すと、笑い転げる秋と一緒に一面真っ白いテレビの画面が目に入った。画面に雪原の上に形作られた蝶が、カメラを引いた状態で小さく映されている。

「雪の妖精だー」

「ああ、藤岡町《ふじおかまち》の」

「きれいですよねー。誰が作ったんだろう？」

ニュースでは最近話題になっていた、甲宮《こうみや》小学校校庭に出来た『新ミステリーサークル』が取り上げられていた。何者かが一晩のうちに周囲には足跡もいっさい残さず、真っ白な雪野原に全長百メートルの妖精の形を作り上げたのである。いっぱいに広げた羽根は大きく、まるで揚羽蝶《あげはちょう》のようだった。

最初の報道では三日ほどで溶けてしまうと思われていた雪も、その後何度か降った粉雪によってカバーされていたが、さすがに十日めともなると真っ白だった一面雪の校庭も陽光に溶かされ、あちこちに茶色い地面が顔を出していた。

「今度雪が降ったら俺も雪の妖精しよーっと」

「深く積もってからやるんだよ。浅いと、倒れた時に後頭部を地面にぶつけてしまうからね」

「はい！　次の雪が楽しみだなあ」

「もう降らないだろ。……っていうか、これって失敗だよなあ」

「何がです？　秋」

「雪の妖精なら、あ……!!」

転がった体勢のまま逆さまにテレビを見ていた秋が、言葉を切って起き上がった。つられてリベザルもテレビを見る。そういえば、この時間帯に地方ほのぼのニュースが流れているのはおかしい。番組の初めはだいたい殺人とか強盗とか、血なまぐさくて人目を引くようなのが……。まさか？

『雪も溶け始め、最後の撮影にと三日前に藤岡町へ向かった当局のヘリコプターが捉えた映像です』

映し出された雪野原は先程冒頭に流されていたのと同じ映像で、ところどころ茶色い穴の開いた雪の妖精だった。カメラが一瞬揺れ、その中央がクローズアップされていく。

「緑……？」

茶色の斑点の中に明らかに違う色が紛れ込んでいる。一時停止し、更に引き伸ばされ荒くなっていく画像に映る何かが、リベザルの神経を逆撫でした。不定型な不安が胸に広がっていく。

「子供だ」

秋が不安を形に、言葉にした。

『当局カメラマンは異変に気付き、すぐに警察に通報。調べによると、見つかったのは十一日前の三月二日、帰宅後、遊びに行ったまま行方不明になっていた、東藤岡小学校の六年生小海《こかい》ハジメ君十二歳で、直接的な死因は心臓発作でした。しかし、体中に無数の暴行の痕《あと》があった為、警察では殺人死体遺棄事件と見て捜査を……』

「二、三日ニュースサボってた間に、急展開だ」

「雪に埋もれてて見えなかったんですね」

「…………」

「派手だなぁ」

「は？　なんですかそれ？」

リベザルがしんみりと言葉を失っていると、秋が全く不可思議な感想を述べた。反射的に訊き返したリベザルに、秋は両腕を伸ばして欠伸《あくび》をしてから首をバキバキ回す。

「約一週間も時の人になった上、誘拐、殺人、親と二つの学校の管理不行届き、おまけに密室まで残してって。派手じゃないか、死に様としては」

「派手……」

リベザルは鸚鵡《おうむ》返《がえ》しにくり返してみた。何か違う気がしないでもない。悲しかった気持ちが、急に違う方向に向けられてしまった。

(師匠、楽しそうだ。こういうとこ妙に冷たいよなあ。所詮他人事《ひとごと》っていうか、こんなに悲しい事件なのに……)

リベザルは秋の態度に対して反論したい気持ちは山々だったが、いくら言ってもムダなことも重々承知していたので、出かけた言葉は喉で止めてテレビに視線を返した。

画面端のテロップが『小学六年生遺体、雪の中で発見』から『模倣犯現る!』に変わり、キャスターが手元の紙を一枚送る。

『三日前からお伝えしていたこのニュースに、今朝、新たな動きがありました。今日の朝、赤川《せきかわ》小学校でもこれに似たような事件が発生していました。現場に行っております、小竹《こたけ》さーん』

『はい、小竹です。こちら赤川小学校では、お隣、甲宮小と同様に足跡のない雪の妖精が残されております。しかし中央に置かれていたのは野良猫の死体で、雪にも覆《おお》われていませんでした。栃木県警では模倣犯と見て、こちらも同時に捜査が進められています』

『有難うございました。それでは次の……』

秋がテレビから目を離し、辟易《へきえき》したようにソファの背もたれに俯《うつぶ》せに覆い被さった。

「格好悪ー。模倣犯ほど芸の無い物ってない」

「同一犯かも知れませんよ？」

「死体が発見される前、例えば一週間前にその存在を知ってたとしたらそうだろうな。でも、三日前テレビで報道されて今日の朝方なら、明らかに模倣犯だろ。真犯人なら猫一匹殺すのにそんな危険なマネしないさ」

「犯人が妖怪だったら……」

不意に頭を過《よぎ》った考えが声に出てしまった。秋と座木の視線が一気にリベザルに注がれる。その二人の真面目な表情に、リベザルは慌てて言葉を付け足した。

「あの、えっと、雪の密室も、飛べる妖怪なら作れるし……あとはー」

「こんなことする理由は？」

秋が空《から》になったティーカップをソーサーに静かに置いて、こちらを見る。

彼の滅多に見せない真面目な表情に、リベザルはますます焦ってショートするほど頭を回転させた。

「――あ！　雪の妖精作ろうとして仰向けに倒れた時に、下見ないでうっかり潰しちゃったとか！」

本当にショートしたらしい。思いついて顔を輝かせたわりには我ながらお粗末な意見に、二人は同時にリベザルから目を逸らしてそれぞれに笑い始めた。座木は口元を押さえてクスクスと、秋は顔を真っ赤にして豪快な笑い声を上げている。

「だったら秋の出番ですね。妖怪と分からないように、公には別の真相を提示しなくては」

「宇宙人のせいにした方がまだマシだ。アッハハッハッハ、気付かずにかー、そりゃないよな」

「今のナシです。何でもないですッ」


ピーピーピーピーピー。


ちょうどその時、ダイニングから風呂が沸いたことを伝えるビープ音が響いた。秋は笑い涙を指で拭って、もう片方の手の平を頭の高さまで上げた。

「風呂、入ってくるわ。先いい？」

「ど・う・ぞッ」

リベザルはそこまで笑われたのが口惜しくて、一字一字切って頬を更に膨らました。秋がそれさえも愉快とばかりに笑いながら席を立ち、廊下に繋がる曇り硝子を塡《は》めた木製のドアを開けて、思い出したように振り返る。

「ザギ」

「はい?」

「明日は店開けなくていい。おっさんの調査に行こう」

こうやってすぐ臨時休業するから、固定客がつかないのだ。

「お前も来るか?」

「!……えっと、何処《どこ》行くんですか?」

「芝浜《しばはま》。召喚系の友達がいるんだ。契約破棄できるか訊きに行く」

「友達……」

聴き慣れない、秋の口から出るとは思えない言葉だったので、

「いたんですか、師匠に?」

「それは僕に対する挑戦と受け取っていいんだな?」

「やっ、そうじゃなくて……」

パチン！

リベザルが自分の中の違和感を上手《うま》く説明出来なくて、しどろもどろしていると、秋はテレビのリモコンを取り出してチャンネルを切り替えた。民放の見なれたＣＭが流れる。

「『愛と野望のコンデンス・スプリンターＺ』始まるけど、いいのか？」

「あ、そうだっ。先週、謎の太極拳《たいきよくけん》使いの集団に、主人公の従姉妹《いとこ》が捕まりかけたトコで終わったんですよー。でもまだ主人公は気功の修業中で山に籠《こも》ってて、ああーどうなるのかなあ？」

「ほら、リモコン」

「お茶、淹れ直そうね」

「わーい、ありがとうございます」

毎週楽しみにしているテレビドラマを見て美味《おい》しいお茶を飲むうちに、口の中に噛んだ砂利のような感覚は、いつの間にか消えてしまっていた。

# 第二章　開かない扉

## 1

「お早うございます」

「お早う」

翌朝。リベザルが眠い目を擦《こす》ってダイニングに入ると、座木《くらき》が朝食の用意をしていた。リベザルにガス台から振り返って返事をし、フライ返しで目玉焼きを裏返す。

今朝はトーストにベーコンとマッシュルームを添えた目玉焼き、生のオレンジジュースにコーヒーと、英国風のメニューだった。量は多いが不味《まず》い英国料理も朝食だけは美味《おい》しい、とリベザルは思う。

ベーコンの焼けるいい香りが食欲をそそる。座木には時間や動作に無駄がなく、これで味もいいのだから言うことがない。時々本気で料理人への道を勧《すす》めたくなることも、リベザルにはあった。リベザルが弟子入りするまでに、秋《あき》が座木と出会ってくれていて良かったと思う瞬間である。

しかし今、目の前に用意された料理は、そのどれも二皿ずつしかない。理由はそう不可解なものではなく、単に激しく低血圧の秋が起きてから何時間かしないと食事もできないだけである。それでもマナーだからと、毎朝お茶だけを飲みに朝食の席にはつくことになっていた。

「リベザル、もう出来るから秋を起こして来てくれるかな？」

「えッ？　まだ起きてないんですか？　……はい、行ってきます」

そしてこれが、秋に弟子入りしたことを後悔する瞬間だった。

リベザルは沈む気持ちを一心に押し上げてダイニングから出た。リビングを抜け廊下を曲がり、突き当たり奥から二つめのドアの前で立ち止まる。ノックをしようと腕を上げては手を引き、首を振っては顔を上げる。リベザルの躊躇《ちゆうちよ》は、秋と暮らしてみれば一週間で至極《しごく》当然となる感情であった。

秋の寝起きの悪さは本当に悪い、猛烈に悪い、最強最悪に悪かった。朝昼晩問わず、一度眠ると朦朧《もうろう》とする意識の中で、起こそうとする相手を確認せずに邪魔ものとして排除しようとするのだから、手加減すら望めない。寝顔が可愛い分、それだけで立派な詐欺《さぎ》である。

（大丈夫、怪我したら師匠《ししょう》が薬作ってくれるんだから、大丈夫）

自分でも訳の分からない自己暗示をかけ、怪我する覚悟を決めてドアをノックした。

カンカンカンカンカンカン。

金属質のドアが固い音をあげる。当然返事はない。リベザルはドアをおそるおそる開けた。この家は玄関以外は基本的に鍵がかかっていないのだ。

部屋は畳でいうなら六畳、フローリングの床に黒いパイプの家具で統一されていた。突き当たりの通りに面した窓には黒いアルミ・ブラインドだけでカーテンはなく、黒のシステムデスクが置かれている。側面の壁に寄せたスチールラックには事件のファイルのコピーや、読みかけの本、よく使う資料などが無造作に転がっていた。それ以外に家具らしい家具はなく、あとはだいたい造り付けのクローゼットにしまわれている。

　部屋自体は天井が少し高めに出来ていて、入って振り返った位置にロフトがあった。これは三人の全ての部屋に共通していたが、ここをベッドとして使っているのは秋だけだった。座木は本棚に入り切らない蔵書置き場にしていて、リベザルは寝相の悪さ故に一度下に落ちて足を折って以来、天窓から星を見る時以外には使っていない。

「―――……」

　寝息が聞こえる。気持ちよさそうだ。

　リベザルはロフトの端から見える布団に溜め息をつき、重い足取りで梯子《はしご》を昇った。

「師匠」

　まずは小声で呼んでみる。

「師匠、御飯です。師匠、師匠！」

　段々にボリュームを上げ、クレッシェンド中盤くらいで秋が身じろぎをする。リベザルは梯子を昇りきり枕元に座った。

「師匠ッ、朝です！　起きて下さ……ウワアッ!!」

返事代わりに飛んできたのは右ストレート。すんでのところでかわして、今度は足元に回りこむ。続いて左回し蹴りから、そのまま指揮者のタクトのように足を振り上げて踵落《かかとお》とし《ママ》を仕掛けてくる。上体を反《そ》らし、両足を開いてそれを避けると、秋の踵がロフトの床にヒットして地響きを鳴らした。シュウウウウという音と揺らめく煙が見えるようである。

「本当に、眠ってるんですかあ？」

その攻撃の正確さに、リベザルは息を切らして訊いた。返事はない上、すぐに安眠を思わせる寝息が復活してしまった。これでは埒《らち》があかない。リベザルは思い切って音量マックス、しかも耳元で叫んだ。

「しょーッ‼　御飯です――――ッ‼!」

ガシッ！

「ふえ？」

足首を摑まれ、次の瞬間には宙を舞っていた。逆さになった視界にシステムデスクが見える。秋はその細腕でリベザルを投げ飛ばしたのだ。

落ちる！　リベザルは足を折った時のことを思い出し、蒼白して目を瞑《つぶ》った。

ドン。


意外に衝撃が少ない。……痛くもない？　誰かの腕が背中に回って、どうやら両腕に抱えられているらしかった。この匂いは……。リベザルはそっと片目を開けてみる。すぐさま目に入ったのは、予想通りの人のよさそうな笑顔だった。

「兄貴！」

「大丈夫？　秋の寝起きの悪さにも困ったね」

「スミマセン、俺、力不足で」

「こればかりはしょうがないよ。でも」

シュンと肩を落とすリベザルを慰め床に下ろしながら、座木はロフトに向いて困った風な顔をした。

「どうか、したんですか？」

「うん。今、電話があってね、依頼人に細かい道順を訊かれたんだけど、女の人の足でもあと十分くらいで着きそうなトコまで来てる。この際少々荒っぽくても、事後承諾、ってことで」

座木は部屋の中央のガラステーブルの上から、小さなびく――さっきまでこんなものはなかったはずだから、この事態を予想した座木が持って来たのだろう――を取り上げた。無理にでも起こさなければならないということは、薬ではなく事件の方のお客様に違いない。だが、荒っぽいやり方とは何なのか、リベザルには皆目《かいもく》見当もつかなかった。

リベザルが服の乱れを直しながら見ていると、座木はびくを持って梯子を昇り、気のせいか嬉《うれ》しそうな顔をしてそれを逆さまにした。一瞬だが黒い物が滑り落ちたのが見える。

座木はびくの底を二、三度叩いて、一気に下まで下りた。その足が床に着くのが早いか、頭上で布団の跳ね上がる音がする。

「うわっ、何でこんな所に蛇《へび》が⁉」

「蛇？」

リベザルは自分の耳を疑った。まさか急ぎとは言えそんな馬鹿な方法が――あるらしい。座木はリベザルの視線にニッコリと笑い返した。

「よかった。成功」

「……お前か、リベザル！」

秋は堪《たま》りかねたらしく、梯子を使わずにロフトから飛び下りて来た。猿以上の身の軽さで着地の音すらさせない。茶色の髪を振り乱し、鬼神さながらの激怒オーラを纏《まと》っている。眠気に半分しか開いていない目が余計に怖かった。

「ち、違いますよ。まさか、俺にはそんな命知らずなこと出来ません」

「お早うございます。あと五分ほどでお客様がお見えです。早く着替えて降りて来て下さい」

「ザギ、僕が長くてヌルヌルした物が嫌いなことは知ってるな？」

「ついでに理屈の通じない人とライチの種もですね」

座木は笑顔を崩さずに応え、ロフトに上がって蛇——らしい物体——を回収した。

秋は思い切り不機嫌そうな顔で、

「それと安眠妨害をされることも、だ」

と、大きな欠伸《あくび》をした。


「依頼人だって？」

秋はパジャマ代わりのTシャツ、ジーパンの上からハイネックのダブついた白いセーターを被《かぶ》って、歯を磨きながら鏡越しに虚《うつ》ろな声で訊いた。起きはしたものの目はまだきちんと覚めていないらしく、半目が気を抜くと全閉されてしまう。首の据わっていない赤ん坊のように頭と体を揺らすので、リベザルは見ていられなくてその体を両手で支えるように押さえた。

　座木は洗面所のドアに寄りかかり、鏡の秋に向かって白い紙を開いて見せた。

「はい、花屋さんの紹介だそうです」

「花屋？　ああ」

「師匠。誰ですか？」

「ウチの取引先だ。薬の材料の密輸入なんかをしてくれる。ハーブも大半がここからの仕入れだ」

「！　密輸入」

　確かに調合室には正規のルートでは手に入らないようなものも揃えられていたが、なるほど、こういうパイプも持っていたのか。

「うーん、それは断わりづらいけど、厭《いや》な予感がする」

「当るんですよね、秋の勘」

「そうそう、この間も五個連続で銀のエンゼル出しましたもんね」

二人が畳み掛けるように言うと、秋は顔をしかめて口の中の泡を吐き出した。

「厭な奴等だな」

そして念入りなぐらいにうがいをし、濡れた顔をタオルで拭ってますます不機嫌そうな顔になって振り向く。

「さて、会いに行こうか。気は進まないが『一飯之徳必償《イーファンジデビチャン》』だ」

「今度は何ですか？」

秋は言語の種類問わずよくこういう諺《ことわざ》めいた言葉を使うが、毎回その意味はリベザルには理解出来ず——漢詩などでも日本語の読み下し文ではなく中国語の発音をそのまますするので、おおよその推測すら不可能である——、訊き返すのが毎回のお決まりになっていた。

訊かれた秋はタオルを洗濯機に放り込み、座木の脇をすり抜けドア——このドアは普通のドアノブが付いているのに、その外見を裏切って襖《ふすま》のような引き戸になっている——を引いた。

「一飯の徳も必ず償《つぐ》なう。『史記《しき》』だ。些細《ささい》な恩義にも必ず酬《むく》いろってコトさ」

「へえ、師匠らしからぬ、善人ぶった言葉ですね」

「リベザル。秋は省略したけど、この詩には続きがあるんだよ。『睚眦《がいさい》の怨《うら》みにも必《かなら》ず報《むく》ゆ』ってね」

「どういう意味ですか？」

「どんな些細な怨みにも必ず仕返しをせよ、って意味だよ」

「ポン」

「なにが『ポン』だ。陰口なら陰で叩け」

座木の容赦のない台詞《せりふ》にリベザルが右の手の平を握った左手で叩いて納得の意を示すと、秋は足を止めず憮然《ぶぜん》とした声を投げてよこした。

リベザルはタカタカと早足で彼に追い付いて、その顔を見上げた。よかった。眠さで無表情にはなっているが怒ってはいない。

「でも師匠、売られた喧嘩《けんか》は残らず買うでしょ？」

「百年ローンをしてでもな」

「しかも時効無し、ですよね？」

「当然。以後気をつけるように」

「はーい」

「返事は短く」

「はいっ」

「よし、いい返事だ」
その顔にようやく笑みが零《こぼ》れた。その時、
ビ――――――ッ。

店の方のチャイムが鳴るのが聞こえた。

「リベザルも聞きたいか？」

「いいんですか？」

「じゃあ、ザギは上で待機。朝食の現状維持に全力を注げ。リベザル、見つからないようにしろよ」

秋は座木に下手な仕事よりもよほど難しい命令を残し――リベザルが下に行きたいと言わなければ二人で朝食タイムになったのだろうが――、もう一度欠伸《あくび》をしてから店に直で通じる階段を降りていった。

## 2

リベザルはお客様に気付かれぬよう外から回って店に入るが、極力音は立てぬようにと気遣っても、立て付けの悪いドアを黙らせることは出来なかった。

ギ、ガタン。

無駄だと思いながらも人さし指を立てて、ドアに向かって「シー」と沈黙を要求する。しかし本当に無駄な行為だ。

店の奥から人の身じろぎする気配と細いが低いアルトの声が伝わって来た。

「他に、誰かいるんですか？」

リベザルが急いで鍵をかけ完全に見えない所まで隠れてしまうと、秋もそれを確認したらしくごく軽い声で応えた。見えはしないが、営業用スマイルをしていることは想像に難くない。

「ウチで一緒に暮らしている子豚《こぶた》です。お気になさらずに」

「そ、そうですか」

(豚────!?)

こういう時は猫と答えるのが定番だろう。リベザルは思い切り上がり調子で叫びかけ、危ういところで押し止まった。ばれてしまっては元も子もない。リベザルはぐっと堪え、一番端《はし》の列から奥を覗《のぞ》き見た。

もう、一通りの自己紹介は済ませたのだろう。店主席に秋、正面に依頼人と机の上には紅茶のカップ、相談態勢はすっかり整っていた。

こちらからよくは見えない依頼人は、カッチリしたスーツに身を固めた細身の女性で、長いウェーブヘアが背中にしっとり流れ落ちている。後ろ姿だけでもいやに疲れている様子が窺《うかが》え、姿勢だけならまるで八十のお婆さんのようにすら見えた。背を丸め、おどおどとしている。膝には毛皮のコートを乗せ、一見OLのように思えたがその推測は大きく外れた。

彼女はサイドに落ちた髪を神経質に指に巻き付けた。

「私は、藤岡町《ふじおかまち》で呉服屋をやっております。小海由里子《こかいゆりこ》と申します」

「藤岡町の、小海さん?」

秋は何かが引っかかったように、背もたれに寄りかかった体を若干起こした。何だかリベザルにも覚えがあるような気がする。藤岡、行ったコトもないし見たこともない。……いやある。リベザルが思い出すのとほぼ同時に、秋が右拳で左手の平を打った。

「東藤岡小の小海ハジメ君」

「はい、ハジメは息子です」

(やっぱり)

昨晩のニュース、雪の妖精の中に放置された暴行を受けた少年の死体。その名前は確かに小海ハジメ、通う小学校は東藤岡小学校だった。

(もしかして本当に妖怪の仕業《しわざ》だったりするのかな?)

リベザルが不謹慎にも期待に胸を躍らせて二人の様子を窺った。人が困っているのを楽しむのは悪趣味だと、何度も秋に怒られていたが、妖怪絡《がら》みの事件というのは基本的に奇怪で、解かれていく様を見ているのは一種快感でもある。

彼女は頻《しき》りに髪をいじり、机の縁《ふち》に視線を何度か往復させてから口を開いた。

「御依頼したいのは、息子の、幽霊のことなんです」

部屋の温度が、急に五度ほど下がった気がした。

「幽霊?」

「はい。息子が行方不明になった翌日三日の夜のことです。警察に捜索願を出しまして、それでその日は何だか疲れてしまって早くに床につきました。布団には入ったもののなかなか寝つけず、時計は見ませんでしたが柱時計が十一時に鳴ってまもなくです。寝室のドアが……」

＊

コンコンコンコン、コンコンコンコンコン。

ノックがした。夫は既に他界していて息子と二人暮らしだったこの家には、今はもう自分しかいない。寝惚《ねぼ》けたのかと、半分寝ていた頭を覚醒させて耳をすました。

コンコンコンコン、コンコンコンコンコン。

先程と寸分違《たが》わないノック。まずは真っ先に泥棒かと思って寝る前にした戸締まりを思い起こした。玄関、廊下、各部屋に台所、いつも通りたとえ開けていない窓でも確認して回ったのは間違いない。では誰か？

コンコンコンコンコンコン、コンコンコンコンコンコン。

三回目。少し冷静になってその音に注意して聞くと、叩かれているのがドアのそれほど高い位置ではないことが分かった。もっと下の、そうちょうど子供が叩くような……。

コンコンコンコンコン、コンコンコンコンコン。

悪寒《おかん》が走った。大きくもない、小さな音できっちり十回ずつ。テンポもインターバルも一定で変わらず、無表情なノックが静かな室内に鳴り響く。布団を引き寄せ体を固くする。

コンコンコンコンコン、コンコンコンコンコン。

バサッ。

怖くなって布団を頭からかぶり、息を押し殺した。ノックは約十回。十一時半の柱時計の音とともに消えて聞こえなくなった。

＊

「その日は一睡も出来ませんでした。ただ、古い家ですし、こういうこともあるだろうと必死に言い聞かせて、でもそれが毎日続くんです。さすがに三日目ともなると疲労が顔に出てしまって、お得意様に事情を聞かれました。思いあまってお話ししたら、その手の人をネットで探してくれると申し出てくれました。最初は申し訳ないからと断わっていたんですが、息子が遺体で見つかってからは……それがあの子のような気がして、その方に電話をしてお願いしました。そしてネットを通して推薦状を貰って……」

彼女は最初の印象からは想像もつかないほど饒舌《じょうぜつ》に喋《しゃべ》って、秋の顔を見上げた。彼女の真剣さとは正反対に薄目を開けて秋はその目に冷たい眼差しを返す。

「この依頼は受けられません。申し訳ありませんがお引き取り下さい」

「何故ですか？　こちらでは特殊な事件を主に扱っていると聞きました。お礼ならいくらでもお支払いします。ですから……」

「いくら頂いてもお引き受けすることは出来ません。幽霊は僕の管轄外《かんかつがい》なんです」

「そんな……私、早くあの子を成仏《じょうぶつ》させてあげたいんです。お願いします」

「他をあたって下さい。僕にはそんな力はありません」

秋は不愉快を通り越して、鉄壁の無表情になっていた。こうなると何をもってしても彼を打ち崩すことは出来ない。いくら彼女が泣いて怒って頼んだところで、逆に神経を逆撫でするだけだろう。

それから秋は、ショックで動けないでいる彼女を切って捨てるように、立ち上がって二階に上がる階段に向かった。

「入り口の鍵は勝手に開けて出て下さい。締める必要はありません」

彼はもう由里子が帰ることを決めつけている。

「師匠、何でですか？　こんなに困ってるのに、他に仕事が入ってるからですか？見て見ぬフリするんですか？」

リベザルはガックリと沈み込む彼女の背中を見ていられなくなって、棚の間から躍り出た。

「そうじゃない。でもこれは僕の出る幕じゃないだろ」

秋はしれっとして顔を背《そむ》けて、全く取り合わない。

「そんな、師匠っ」

「何と言われようが決定は決定。考えを改める気はないよ」

秋はいっさいの感情を表層から遠退《とおの》かせ、人形のような顔で答えた。しかも依頼人をおいて、二階へ上がる階段を昇り始めてしまっている。

納得出来ない。普段は妖怪以外の仕事でも引き受けるクセに、何故今回に限ってこれほどスッパリ断われるのだろうか。忙しいから？　面倒だから？

依頼人の方を見ると、由里子は項垂《うなだ》れて、焦点の合わない目で放心してしまっている。リベザルは腹式呼吸で息を吸い込み、腹から声を出して秋を罵《ののし》った。

「師匠の石頭ー!!」

「何をいう、鶏　頭《にわとりあたま》が」

「にっにわッ……!?」

「三歩歩いて物忘れの激しいトコも、感情の起伏が無駄に激しいトコも、鶏冠《とさか》が赤いトコまでソックリだ」

カ――――ッ。

首だけを捻って間髪を入れずに返ってきた答えに、頭に一気に血が昇った。体温が上昇する。秋のスカした顔が、余計に血の逆流を加速させた。

「一飯の恩でも返すべきだって言ったじゃないですか。師匠の嘘つき！」

「――そうだな。妖怪といえども、義理を欠いたらお終《しま》いだ。恩に付く利子は十イチ並みだからな。小海さん」

「え、はい？」

秋は訳の分からないことを言って振り返り、リベザルのそばまで歩み寄ってその赤髪に軽く手を置いた。

「目には目を、幽霊には幽霊を。ウチの心霊担当を派遣しましょう」

「心霊……」

「担当？」

秋の思わぬ言葉に、リベザルは由里子とハモった。

「って、俺のコトですか!?」

「確かお前、現地では『シレジアの幽霊』って呼ばれてたよな？」

「はい？」

「僕だって彼女を見捨てたい訳じゃない。ただ、こっちの事件も人の命が関わってるんだ。分かるな？」

「はあ」

確かに早急に手を打たねばあの依頼人、市橋《いちはし》は確実に殺されてしまうだろう。それで？

「ってことで、呉服屋さんの方はお前に任せる。頑張って正体を突き止めてくれ。基本は『Zu《ツー》 Ende《エンデ》 sehen《ゼーエン》, Zu《ツー》 Ende《エンデ》 denken《デンケン》』だ」

絶句。言われた台詞《せりふ》を馬鹿みたいに頭で繰り返して、意味をのみこんだ。何だかとんでもないことを……自分一人で、事件を受け持つ？

「……え、え――――っ、そんな、ちょっと待って下さいよぉ。無理ムリ無理ムリ、絶対に無理です！」

こちらの副業は専ら秋の仕事だった。座木とリベザルはその補佐役に過ぎない。ましてやリベザルは今まで事件の役にたったことなど殆どなかった。リベザルにできることと言えば、掃除、洗濯、買い物くらいである。その上、シレジア――ポーランド南西部でリベザルの出身地である——の人に『幽霊』と呼ばれていたのは事実だが、元が人間だったわけでは決して無い。元々の意味合いが違うのだ。

リベザルが予想だにしない展開に腰を引きかけると、秋はその肩をガッチリ摑《つか》んで彼の目を覗き込んだ。

「お前しかいないんだ。期待してるぞ」

「期待……お、俺、頑張ります!!」

態度が百八十度急旋回したことを責めないで欲しい。一緒にいるようになってから、おそらく初めてかけられた期待だったのだ。

3

リベザルは由里子を連れて——というより連れられて——栃木県に向かった。小学生のような外見が悪いのか、その実年齢とのアンバランスさが気味悪がられているのか、リベザルは彼女に信用はされていないらしい。彼女のリベザルを見る表情から訝《いぶか》しみが除かれることはなかった。

由里子は家までの行程四時間中、殆ど喋ろうとはしなかった。リベザルが何かを訊いても、『ええ』とか『はあ』とか生返事をするだけで、話す機会を故意に避けているようにすら見える。

(俺、嫌われてるのかなあ?)

同じく子供がいるという市橋とは正反対に位置するような彼女の冷たい態度に、リベザルは少し悲しくなって電車の窓から外を眺めた。久彼山《くがやま》の方では既に泥と成り果てた雪も、こちらにはまだ白く残っている。葡萄畑《ぶどうばたけ》の棚やビニールハウスの上に積もった雪は、人に踏まれずキラキラと陽光を乱反射していた。

綺麗ですね、と言いかけて、やめた。嘘かホントか彼女は寝入ってしまっていた。

「そんなに、嫌わないで欲しいなぁ」

確かにたった四十年でこんな風に年を取ってしまう彼女達にとって、自分達は異質であり気持ち悪いと思われるかもしれない。それでも同じ惑星の出身なのに。

(今度起きたら『昆虫宇宙人説』を教えてあげよう)

もしかしたら昆虫よりは馴染《なじ》み易いと思ってくれるのではないか。リベザルは淡い期待を胸に、座木の持たせてくれたボリジの砂糖漬けを口の中に放りこんだ。

東武日光線《とうぶにっこうせん》藤岡駅で降りて、徒歩十分。小海呉服店は市街地の主要道路から少し離れた所に建っていた。

呉服屋というから和風の大きな店を想像していたのだが、それは表面はモルタルの古い建物で、店の入り口に少しお洒落《しやれ》な黒い格子戸《こうしど》が付いているが、その汚さは隠しきれていない。失礼な感想だが儲《もう》かっているようには見えなかった。

店を避けて横道から奥に入ると、窓もドアもない四角柱を倒したような木造の渡り廊下でつながった平家《ひらや》の住居が建っていた。こちらが彼女の住まいということだろう。造りは古いが駅からこれだけの近さに平家住まいというのは、案外贅沢《ぜいたく》な土地の使い方である。

リベザルは彼女に案内されて、茶の間らしい和室に通された。

「お茶を淹《い》れて来ます」

「あ、お構いなく」

襖《ふすま》が閉じるのを確認してから、リベザルは足を崩して天井に向かって詰まった息を吐き出した。ただでさえ人見知りの激しい彼には、まして自分を嫌っている——かどうかは定かではないが——相手と二人きりというのは正直辛《つら》い。冬の強風に煽《あお》られた髪を手ぐしでとかし、背中を反らして見上げた目が他の誰かと合ってビクついた。いや、有機的な目ではない。

「何だ、写真かあ」

それは黒い額縁《がくぶち》に入った白黒写真だった。全部で五枚。どれも和服を着て厳《いか》つい顔でこちらを睨《にら》んでいる。その下にはおのおの名前と生没年の書かれたプレートが付いていた。

「えっと、一番古いのがこの人か。初代『裄長』……何て読むんだろ？　生まれたのが一八四七、え？」

リベザルは立ち上がって、もう一度その左端の写真に向き合った。見間違いではない。

「そうか、血って続くんだ」

リベザルは自分が千年生きることよりもこちらの方が不思議に思えて、口を開けたまま順番にそれらの写真を見た。

初代、二代、三代と戦争にも駆り出されなかったのか無事帰還したのか、写真はどれも白髪か禿頭《はげあたま》の老爺《ろうや》だった。しかし、一番右端の写真だけはまだ若く、他の写真に比べて穏やかな顔つきをしている。真っ直ぐな細い髪と湛《たた》えた微笑《ほほえ》みに、和服でなければテニスコートでラケットでも振っていそうな爽《さわ》やかさがある。小海雪久《ゆきひさ》、享年三十五歳。没年は三年前になっていた。

「若い……。病気かなあ？」

「いいえ、事故でした」

「えっ？」

振り返るといつの間にか由里子が襖を開けて立っていた。スーツを和服に着替え、手には茶盆を持っている。盆を畳に置いて正座で襖を閉めるその作法の礼儀正しさに、リベザルは赤くなって謝った。

「ごめんなさい、勝手に……」

「いえ、どうぞ」

由里子は座布団を勧め茶と和菓子を木のテーブルに置いたが、やはりリベザルと目を合わせようとはしない。

リベザルはいちおう会釈《えしやく》をして、湯飲みの蓋《ふた》を開けた。

「いただきます。それで、あの……」

「主人の、事故のコトですか？」

「いえ、あの、話したくなければいいんですけど」

下世話《げせわ》な好奇心で恥の上塗りをするのも嫌だったが、気になるものを放置しておく方がずっと健康に悪い。リベザルは遠慮がちに『聞かせて信号《シグナル》』を送りながら湯飲みを持った。なみなみと注がれたお茶の水面が揺れて、熱湯が手にかかり湯気が立つ。

(うわ〜、憎茶《にくちゃ》だあ)

秋に教えてもらった『嫌いな客には憎茶と言って、溢れるほどに茶を淹れて出すものだ』という日本の一部の地方の俗習を実践されて、どう思ったらいいのか、今はとりあえず貴重な経験と受け止めておくことにした。ここで落ち込んでも仕方ない。

由里子は自分の分——こちらは適量のお茶だ——の湯飲みを意外に骨ばった手で上げて、一口飲んでから写真を見上げた。

「……私は、主人とはお見合い結婚でした。私は大平町《おおひらまち》の呉服屋の出身で、主人は宇都宮《うつのみや》にある呉服の老舗《しにせ》の跡継ぎでした。主人の家は一代前から経営状態が思わしくなく、反対に私の家は父の代に力をつけた所謂《いわゆる》成金で、政略結婚のような意味合いが強かったのです」

彼女は淡々と話している。リベザルに、というよりは自分の中の想い出を反芻《はんすう》しているかのようだった。

「でも……」

(ん?)

不意にその凍ったままの表情が綻《ほころ》んだ。口元が笑ったのだ。

「それでも、私は幸せでした。主人は優しくて、この通りの美男ですから一目惚れでした。名前の通り雪が好きな人で、よく雪兎《ゆきうさぎ》を作ってくれたものです」

写真を見るその顔つきは、とても四十歳とは思えないほど可愛らしくなっている。頬を染め、夢見るような目をしていた。が、それも一瞬のコトだった。由里子は写真から目を離し、もう一度リベザルに最中《もなか》を勧め自分も一つ取り、暗い表情で食べる訳ではなく手の中で玩《もてあそ》び始める。

「結婚当初は長男だとかいうことは全く気にしていませんでしたが、四年前に亡くなった姑《しゅうとめ》がとても厳《きび》しい人で、私は堪えきれずに実家に泣き帰ることも頻々でした。義母が亡くなった時も私は実家に帰っておりました。どうしても帰る気になれないで、子供を連れてこのまま離婚しようとも考えました。そうしてぐずっているうちに、年が明けてしまいました」

声の掠れて来た由里子は、お茶を一口飲んで喉と唇を潤《うるお》した。

「雪が、降りました。大した量ではないのですが毎日少しずつ。一週間も外出出来ない日が続いて、やっと晴れた日に、私は近所の太平山《おおひらさん》中腹にある大小寺《だいしょうじ》にハジメを連れて散歩に行きました。お寺のベンチでハジメにこのお寺にまつわる怪談を話してやり、そのうち日も傾き始め、帰ろうかと腰を上げた時でした。主人が、迎えに来たのです」

彼女の持つ湯飲みに波が立った。震えている。リベザルは最中を食べる手を止めた。余計な音を立ててはいけないような気がしたのだ。

「一緒に帰ろう、そう言って近付いて来ました。私にはまだ義母の死んだあの家に帰る決心が付かず、子供を抱いて首を振りました。主人は私達の方に駆け寄ろうとして、雪に足を取られたのです。油階段から落ち、還らぬ人となりました」

「……油階段、て何ですか？」

「大小寺に伝わる怪談の一つです。ある晩、油当番の小坊主が夜になってから油を買い忘れたことに気が付き、和尚《おしよう》に見つからないうちにと町へ油を買いに抜け出し、そして帰り道に慌てて階段を昇る途中にうっかり壺《つぼ》を落としてしまい、その油に滑って階段から転げ落ちてしまうのです。それ以来その階段では何人もの転落事故が起きて、今でも閉鎖されているという……」

「閉鎖されてるのに落ちたんですか？」

「閉鎖とは言っても、ナイロンザイルのロープが張ってあるだけですから。主人はそれにつまずいたんです」

本末転倒だ。

リベザルは何とコメントしたら良いものか困った挙げ句、話す代わりに半分以上残っている最中を一度に頬張った。食べていないと間《ま》が持たないからだ。

彼女は後れ毛を気にして首筋に手をやり、自嘲的に笑った。

「でも、さすがに元の大きな店は一人では行き届かないので、そちらを処分してこの家に移って来たんです。あの子の養育費は、残念ながらパートの収入程度では賄《まかな》えなかったものですから。あまりに汚くて吃驚《びっくり》なさったでしょう」

「そんなこと……――っ」

正直を言えば図星である。リベザルは顔を見られないように、何度も続けて首を振った。

「あの……」

「はいっ、何ですか？」

「申し訳ありませんが、夕食まで横になって来てもよろしいですか？　最近夜は殆ど眠っていないものですから」

由里子は言って、返事も聞かずに着物の裾を押さえて立ち上がる。

リベザルは慌てて彼女を呼び止めた。ここで半日こうしているのは出来れば遠慮したい。彼女と話しているよりはずっといいが、それにしても退屈すぎる。

「それはいいんですけど、出来れば夜までに家を一通り見せて貰いたいんです」

「家の中を？」

由里子が明らかに怪訝《けげん》そうな顔になる。

リベザルは秋のいつもの依頼人との話し方を思い出した。人と交渉する時はその目的をハッキリと持って、相手にも理解してもらうこと。内容がしっかりしていれば、余計な味付けは必要無い。

「人間の仕業《しわざ》である可能性を確かめる為です。もしかしたらどこかに潜んでいられる場所があるのかもしれないし」

「……分かりました」

由里子は仏壇の引き出しから鍵束《かぎたば》を出して、少し躊躇《ためら》ってからリベザルの小さな手の中に落とした。大きな輪《わ》に鍵がいくつも通され、牢屋番のイメージがある。——よそう、失礼だ。

「但し、私の部屋には近付かないで下さい。小さな物音でも目が覚めてしまうので」

「あの、その部屋って……」

「ここを出て左側の、白い襖《ふすま》の部屋です」

「はい、お借りします」

リベザルは頭を下げて由里子が出ていくのをその体勢のままで待ち、消えた途端に深く息を吐いて畳に倒れこんだ。

「いっそ、幽霊が恋しいよー」

謎解きよりも幽霊退治よりも、人間が相手の方が疲れるし緊張する。古い畳に頬ずりをして、軽く目を閉じた。

『奇怪な事件は、妖怪のせいにしてしまえばたいてい説明がついてしまう。だからまずは人間である可能性を最大限疑うこと』

(で、基本が何だっけ？　えっと……)

『Zu《ツー》 Ende《エンデ》 sehen《ゼーエン》, Zu《ツー》 Ende《エンデ》 denken《デンケン》』

ドイツの哲学者の言葉で『最後まで見、究極まで考えること』という意味である。秋の言葉を秋の声でリピートし、パッと目を開けて跳ね起きた。

(頑張ろう。依頼人の力になりたいとは思えないけど、俺が頑張れば師匠の力になれるんだ。よしっ！)

家の中を見る前に写真の下の仏壇に線香を供《そな》えようと思ったが、あいにく線香もマッチも見えなかったので、仕方なく両手だけを合わせてその部屋を後にした。

# 4

「まず、店から見よっかな」

リベザルは大股で母屋《おもや》から店へ行く廊下を歩きだした。廊下は古い造りで、テレビで見た田舎《いなか》の小学校の木造校舎に少し似ている。一歩歩くごとにギシギシ鳴った。

（そういえば……）

立ち止まって足元を見る。右足から左足、左足から右足と体重移動するだけで床は軋《きし》みを上げた。敵の襲来を察知するというウグイス張りなど目ではない。

（夜のノックって、足音したたって言ってたっけ？）

リベザルは頭を捻った。足音がしなかったらそれはそれで怖いけれど、誰もいないはずの家でこんなギシギシ鳴るのが自分の部屋に近付いて来たら……やっぱり怖い。

凍った背筋を伸ばすように、リベザルは一気に廊下を走り抜けた。

廊下は板の引き戸で突き当たった。扉には南京錠《ナンキンじょう》がかかっている。

「店に隠れるトコでもないかと思ったんだけど、そんなに甘くないか」

所詮推理も付け焼き刃だ。やっぱり秋のようには次々とシミュレート出来ない。肩を竦《すく》めて言ったその口調は、自分でも呆れるくらい頼りなかった。

リベザルが鍵の束からドアにかかる南京錠と同じ色の鍵を選んで穴に差しこむと、鍵は意外と楽に回って外れてくれた。


ギッガタガタ、ガラ。


立て付けの悪い戸は少し軋んで左に開いた。

「うっわあ、キレー」

色の洪水。そこには様々な色が溢れていた。黄色一色取ってみても一枚一枚微妙に色が違って、それが全色に言える。建物は外から見たままに汚かったが、さすがに元大手《おおて》の老舗《しにせ》だけあって品揃えは素晴らしかった。

内部は時代劇に出て来る店のように、入り口付近は土間《どま》で店の半分以上は地面より少し高めの板の間になっている。ここに木の格子で囲んだ帳場でもつければまさしく『江戸時代の何某屋《なにがしや》』になるだろう。しかしさすがにそれはなく、そのあるべきスペースには鳥居《とりい》のような衝立《ついたて》——衣桁《いこう》という名があるのをリベザルは知らない——に掛かった着物の他に、棚から下ろされた反物《たんもの》、漆黒《しっこく》の乱箱に並べられた髪飾り、そして店の隅には檜《ひのき》の唐櫃《からびつ》があった。

試しにその大きな唐櫃を開けてみたが、中にはまた曖昧《あいまい》な色の布がギッシリ詰まっているだけで、人の入れる余裕はなかった。掛け売りなのか——まさか今時、とは思うが——店内にレジらしきものは見当たらない。一通り布の間なども見てみたが、人が隠れられそうな所はなかった。

店の戸締まりを確認し、念のため細い糸を全《すべ》ての窓とドアに張っておく。こうしておけば、以後もし人の出入りがあればその糸が切れる。細くて脆《もろ》い糸で切っても殆ど衝撃や感触もないので、切った人間が気付くことはまずない。座木がホテルなどに泊まる時に必ずやっている仕掛けだった。

振りむくと、部屋がいやに広く感じる。

「忘れないうちに、全部かけちゃおう」

何だか急に怖くなってきたリベザルは、以後の侵入を完全に防ぐため、出入り口となりうるすべてに糸を張った。

仕掛けがすんで、リベザルは渡り廊下を戻って他の部屋を見て回ることにした。

平家というのが幸いし、調べる部屋数はそれほど多くない。初めに通された居間、台所、トイレ、風呂、洗面所。それにハジメの部屋と由里子の部屋、合計七部屋だけだ。近付くなと言われた由里子の部屋を除いて、プライバシーを侵害しない程度に人の隠れられそうな場所を調べてみたが、どの部屋にも隠れる以前に家具がほとんど無いし、毎日使用されるトイレや風呂に隠れていられるとも思えない。残るハジメの部屋にも店と同じく南京錠がかかっていて、隠れていたとしても廊下に出るのは不可能だった。

「いちおう、見ておこうかな。何か分かるかもしれないし」

リベザルは鍵の束から子供部屋とプレートの付いた鍵を選んで南京錠を外した。

「おじゃましまーす」

今はいない部屋の主《あるじ》にいちおう挨拶《あいさつ》をしてから、ドアを少しだけ開いて体を滑り込ませた。

何の変哲もない。それ以外に表現の仕方は思いつかない。小さい窓にそれに向かった学習机、本棚、一段の子供用ベッド。十四インチのテレビとそこに繋《つな》がる家庭用ゲーム機器、散らかるゲームソフト。そこはまだ主を失って日が浅く、今も実際に使われていそうな様相だ。何もかもが生々《なまなま》しくて、見ていて辛《つら》くなる。

リベザルは部屋に入ってまず机の上を見た。机にはやりかけの宿題——日付けは三月二日になっている——と学校に付けて行く安全ピンの付いた名札、数冊のノート、それとリベザルの外見と同じぐらいの年の男女数人が、学校の校舎をバックに写った写真があった。写真は木のフレームに入って、机の右端に立て掛けられている。

「これがハジメ君かあ」

正確には『四年前の』が名前の前に付く。胸に下がった名札には二年二組こかいハジメと書かれていた。

その中のハジメ少年は野球の木製バットを肩にかけ、鼻の頭に絆創膏《ばんそうこう》をしている。よく見ると腕にも何ヵ所か貼ってあって、ずいぶん活発な少年であったのが見て取れた。

写真はもう一枚あり、そこに写るハジメは更に幼く怪我もない。細く白い手足は少し病弱にも見えた。

「ハジメ君、何が言いたいのかなあ？」

もし本当に彼が幽霊になって化けて出ているとして、だとしたら一体何が目的なのだろう。

リベザルは出来ることなら妖怪も幽霊も『退治』なんてしたくなかった。意志を尊重するとか何とか、似非《えせ》ヒューマニズムを気取るつもりはさらさらない。ただ、そうやって消された者の命を背負って生きてくコトなど、自分には出来ないと思うのだ。小心者なのである。

でも、だからといって代わりに何をしてやれる訳でもないので、彼はせめてその言い分くらいはちゃんと聞いてあげたいと思っていた。

(その前に霊感なくて、幽霊が見えなかったりして)

笑おうとして笑えなかった。それだけは絶対に困る。

(師匠に期待されたんだ。頑張れ、俺)

溢れ出す冷や汗を気合で吹き飛ばして落ち込んだ頭を振り上げた時、ふと机の上のノートに目が止った。大した理由ではない。どのノートの表紙にも教科名も自分の学年氏名もなく、マジックでトレードマークのように雪だるまの絵が描かれていたのだ。歪《いびつ》な雪の玉を四段重ね、頭にはバケツと人参《にんじん》、腕にはホウキが刺さっている。日本の雪だるまらしくなくおまけに稚拙《ちせつ》な絵ではあるが、それがかえってやけに可愛かった。

リベザルは手を伸ばしてその一番上の一冊を開いてみる。それは縦に罫線《けいせん》の入った国語のノートだった。タイトルに『銀河鉄道の夜』と書かれ、その後ろに、本文から抜き出したらしい文がいくつか書いてある。

何かのテストの答えなのだろうか。それぞれの文には赤いボールペンで丸が描かれている。その後にも数ページにわたって文学的な詩や物語の一節が書かれては、赤ペンで丸をされていた。リベザルは腰から体ごと首を傾《かし》げた。

(蠍《さそり》？　の体を灼《や》く？　それがどうして幸せなんだろう？　っていうか、カン……パ、ネルラって人名？)

覚えもなく意味の分からないノートを閉じ、リベザルは二冊めのノートを開いた。中にはお世辞にもキレイとは言い難いミミズのような数字が所狭しと並んでいた。算数のノートだ。

熱心なのは最初の二冊だけで、残りは全部白紙に近かった。先生に言われたらしい問題の答えだけが赤ペンで書かれている。だがそれもいかにも写しただけというのが見え見えの走り書きで、ノートの上下に描かれた悪戯《いたずらが》書きの方が余程熱がこもっていた。完全無欠の優等生ではなかったらしい。

とうとう最後の一冊になって、少し退屈になりかかっていたリベザルの頭が急に回転し始めた。その一番古く汚い大学ノートには一ページに一行ずつ、文が書かれている。

『ぼくは、ボクサー』

（自作の物語かな？）

しかし次のページを開いてそれは誤りであると分かった。

『た、隊長、死体のそばにミョウガが落ちています。みょうだなあ』

『こうちょうせんせい、ぜっこうちょう』

思わず声を出して笑いそうになった。それはノート一冊に書きためられたダジャレの数々だった。それが延々最後のページまで続いている。

（凄い凄い凄すぎる。うわー、師匠が見たら喜ぶだろうなあ）

秋はこういうボーダー上の笑いには目がない。リベザルは一ページずつ捲《めく》るごとに吹き出す笑いを必死に抑え、無言で部屋中を転げ回った。

途中から調査そっちのけで遊んでしまって、廊下の柱時計の音で我に返った時にはもう三時を回っていた。廊下に出て俯《うつぶ》せになって、収穫のない――別の意味での収穫ならあったが――半日に泣きたくなった。荷が重い。床につけた顔に冷たい風が当たった。

「すきま風が身にしみるー」

るーるーると自分で山彦ぶっていると、どうやらそれが床下から来ていることが分かった。赤い髪が風に揺れる。

「そうだ、『孤島の鬼』の密室トリックは日本家屋だから出来たんだ」

前に座木の部屋で見せてもらった江戸川乱歩の小説を思い出した。普段は推理小説どころか本自体あまり読まないのだが、この本に出て来る探偵の名字《みようじ》が——読みは違うが——たまたま秋と同じだったので、興味をひかれて読んだのである。

それは密室殺人の被害者の恋人が主人公で、残念ながらその友人である深山木《みやまぎ》探偵はさほど活躍しない。この本では被害者を殺した犯人は、縁の下を通って出入りをするトリックを使っていた。無論、長家だからこそ出来たトリックではあるのだが、調べてみる価値はある。

リベザルは早速、家中の床を這《は》い回ってその入り口を探した。が、それは全て徒労に終わった。外に出て家周りも一周してみたが、そもそも外から縁の下に入れる隙間《すきま》も見つからない。

その後思いついて屋根裏も調べたのだが、結果は同じだった。屋根裏を伝えば家の中を自由に行き来することは出来るが、体重制限が厳しい。小柄なリベザルでさえ何度も頭をぶつけ目から火を吹くような思いをし、幾度も天井板を踏み抜きそうになった。

諦めて居間に戻り、鍵を引き出しに戻す前に締めた記憶を確認した。鍵の付いたリングを握って、ドアのデザインと位置を思い出しながら一本一本手の甲に回していく。途中で、その鍵束にまだ使っていない鍵があることに気が付いた。

(文字どおり、事件の鍵になるかもしれない)

リベザルはもう一度家の中を歩き回った。

最初に見つからなかったのもムリはない。そのドアは、リベザルが彼女に怒られるのが怖くて、何メートルか手前で回れ右してしまっていた、由里子の部屋を通り過ごした廊下の突き当たりにあったのだ。

その扉はいかにも玄関に使われるような重厚なドアで、彼に第三の出入り口を予感させた。

カチャ、カタン。キィイイイイ。

リベザルは、嗅覚はともかく勘はそれほど発達していないらしい。予感はこれ以上ないというくらい見事に裏切られた。ドアの先に人の入れるスペースはない。物置きなのだ。それも畳一枚分の広さしかない。その中に掃除機やダスキンモップ、竹ボウキ、スキー板などが無理矢理に押し込められている。

(――――……俺のお茶目さん)

リベザルは期待していた分何だか恥ずかしくなって、顔を赤らめながら両手で静かにそのドアの鍵を閉ざした。

5

半日使って調べた家は、犯人が人間である可能性を否定するものばかりだった。隠れられない部屋、内側から施錠《せじょう》されたドア、袋の鼠《ねずみ》の床下と天井、有効的に使われ余裕のない物置き。

だいたいにして、人間が犯人であるとするとその目的が分からない。彼女を怖がらせて何の得があるというのだろう？　金目的ならノックなどせずに盗めばいいんだし、命を狙うなら彼女が寝ている間に殺してしまえばいい。彼女の部屋には鍵は付いていないのだ。

「とにかく、会ってみないとダメだ」

リベザルは暗くなって来た居間に電気をつけた。自分は別に電気などなくても不自由しないが、彼女が起きて来た時に真っ暗い部屋にハジメに似た背格好の自分がいたら、それこそ幽霊と間違えられかねない。

部屋の中が明るくなると、余計に外の暗さが目についた。窓が北風にガタガタと揺れる。時計を探したが居間には時間の分かるようなものは何もない。否《いや》、テレビがあった。リベザルは首を巡《めぐ》らせ小声で「お借りします」と呟いてから主電源のスイッチを入れた。一瞬画面がちらついてから、画像が出るより早く男性アナウンサーの声が聴こえて来る。

『……に続く外沼《とぬま》小学校校庭に作られた雪の妖精です。今回中央に放置されていたのは烏《からす》の死骸《しがい》で、前の時と同様、周りに足跡は残されていませんでした。警察では雪の降り始めた昨夜八時以降、学校に出入りした者がいないか、関係者に……』

リベザルは思わず段々と晴れる画面にかじりついた。

「また？」

これで二件目、いや小海ハジメの事件を入れれば三件めになる。模倣犯か同一犯か、どちらにしても何と質《たち》の悪い事件だろう。

画面の左端を見ると時刻は六時を回ったところだった。暗くもなるはずである。

「六時—六時—……ごはん——っ」

時間を見たら急に空腹感がリベザルを襲った。普段も夕食の時間は六時なのだが今日はその前にあるはずの朝食と——十時のおやつは食べたとして——昼食と三時のお茶を抜いているのである。しかし、他所《よそ》の家で散々家捜《やさが》しし、その上、主を叩き起こして飯を喰わせろと言うのも気がひける。リベザルは気を紛らわせる為テレビに集中することにした。

テレビではクリップボードを使って、何処《どこ》ぞの大学教授と事件の状況を説明している。

『このようにまっさらの雪原に窪《くぼ》んだ形で跡が残されているわけです。窪みにも周囲にも足跡の類《たぐい》が残されていないというのが、この一連の事件に更なる謎を展開させているわけですが、笠井《かさい》さん』

『はい』

『雪が降っているうちに去ってしまえば足跡は消えてしまうという見方が強いようですね』

『そうですね。ただ、これだけの深さとなると足跡だけを残すことは出来ません。どうしても歩いた跡が獣道《けものみち》のように溝《みぞ》になってしまうでしょう。複数犯であれば尚更《なおさら》です』

『この事件は複数犯であると？』

『少なくとも高い位置から指示を出す人間がいなければ、ここまで完全なシンメトリーにはならないと思います』

（幽霊ばかりに気を取られて忘れてたけど、ハジメ君って殺されたんだったっけ。しかもわざわざ密室で）

写真で見る限り快活で、少し勉強が苦手で、それでも言葉に関してはセンスの良い面白い少年。友達も多そうだった。その彼が人に怨《うら》みを買ったり、そんなことがあり得るのだろうか。それともただ通り魔的な愉快犯か。小海ハジメという人物を詳しく知るわけでもないので、何処までいっても想像の域を出ない。警察は、由里子はどう考えているのだろう。

由里子に聞いてみたい気もしたが、自分が嫌われているのを棒引きにしてもそれは失礼というものである。リベザルが首を突っ込まなくとも、いずれ警察が犯人を捕まえて事件を解明してくれるだろう。それを新聞で読めば良いことだ。

チン、ジリリリリリリリ、ジリリリリリリリ。

前触れのない大音量に、事件をまぜっかえすだけの評論に飽きてチャンネルを回そうと、手に取ったリモコンを落とした。電話だ。リベザルが初めて見る黒電話には、ダイヤル以外に何のボタンもなく、留守電もなければ音量設定も見当たらなかった。その小さな体で、頭蓋骨《ずがいこつ》までも震わせるような音をただひたすら上げ続けている。

ジリリリリリリリ、ジリリリリリリリ。

早く出ないと切れてしまう。由里子が起きて来るのを期待して襖と電話を交互に見たが、依然として動かない襖と鳴り響く電話に業《ごう》を煮やして、リベザルは重い受話器を上げた。

「もしもし」

『もしもし、小海さんのお宅ですか？』

若い女性の声だった。

「はい、えっと……」

『息子さんかな？　誰かお家の人、いる？』

「今、出られないんです」

『そう。婦長！　息子さんしか居ないみたいなんですが』

婦長？　受話器を手で押さえられたらしく、こもって聞こえた声は確かにそう言った。病院がいったい何の用だろう。由里子の話では、ハジメの解剖も葬式も既に終っているはずだが。

リベザルが由里子を起こしに行くことを告げる為、電話の向こうが受話器を耳に戻すのを待っていると、手がどかされる音がして先程より太い女性の声が何故か逆にその名前を口にし、それが不可能であることを電話の相手に教えられた。

『小海由里子さんのことなんですが』

「あの今……」

『今さっき事故に遭われまして、命に別状はありませんからお父さんが帰って来たら、大平大学付属病院に来て欲しいと伝えて下さい』

「は？」

『必ずお父さんと一緒に、焦《あせ》らずに来て下さいね。お母さんは大丈夫ですから』

電話はほぼ一方的に切られた。

ツーツーツーツー……。

ダイヤルトーンが聞こえなくなるまで、受話器を耳に当てたまま放心してしまった。事故に、遭った？

「小海さんが？　だって、あの人はまだ……。それに、そうだよ出口は全部閉まってたはずだ」

リベザルは全てのドア、窓の糸が切れていないのを確認しながら廊下を駆け、由里子の部屋をノックした。

「小海さん、小海さん、俺です。入りますね」

チキ、バタン！

暗い部屋を、廊下の光が長方形に照らし出す。床には先程彼女が着ていた着物が散乱し、倒れた湯飲みから流れ出したお茶は畳にしみ込んで変色している。寝ているはずのベッドの中は蛻《もぬけ》の殻《から》だった。

「嘘だあ。……小海さん、いるんでしょう？」

リベザルは部屋に足を踏み入れ、中央に立って体を一周させた。暗闇で能力の落ちた目に頼らなくとも、気配で分かる。この部屋には、誰も居ない。

静寂の中で閉められた雨戸だけが、外の風を音に変えていた。

# 第三章　友情　窮状　エトセトラ

## 1

リベザルが依頼人と出掛けて一時間になる。すぐにでも出かけると思っていた秋《あき》は、リビングで黙々と一人チェス――詰め将棋のような物だ――をしている。彼がこれをするのは、決まって機嫌が悪い時だった。

起こし方がまずかったのか。しかし、彼の器《うつわ》はそんなことで不機嫌を引きずるほど小さくない。だとすると不機嫌の原因は依頼、彼女か依頼内容か。ともかく仕事の決定権は彼にあるのだし、座木《くらき》にはその判断に逆らう気は小指の先程もなかった。

それでも今、座木はリベザルに後ろめたさを感じている。彼を庇《かば》い、構ってやらなかったことではない。秋の決定に従うのに、微塵《みじん》も迷わなかったことにだ。それがまた新たな自責の念を生む。

（あの小さな後ろ姿が、ですね）

座木はリベザルの不安で泣きそうな顔を思い出し小さく溜め息をついて、もう一方のソファに腰を下ろした。

「お相手しましょうか？」

「ん」

秋は短く答えてボードを半周回した。見ると座木の手前にやられた白の駒の方が二、三手上回っている。秋がそこまでチェスの腕に自信を持っているということではない。

「負けても黒い駒が好きですか？」

「白のナイトは、白馬の王子を思い出して使う気になれない」

「女の子の憧《あこが》れの的《まと》ではないですか」

「童話に出て来る王子様が、皆『シンデレラ』の王子ぐらいに前向きで強硬になったら考え直すよ」

秋は黒のルークの踵《かかと》で白のナイトを倒した。そのマスが空《あ》くことによって、黒のクイーンが二手で、黒のナイトが四手でこちらのキングに辿《たど》り着く道が開ける。

多くの場合変則的ではあるが動ける範囲の少ないナイトより、好きな方向に好きなだけ動けるクイーンを重宝したがるだろう。

だが秋の場合は逆だった。クイーンを陽動に使って犠牲にしてでもナイトで勝負を決めたがる。それほどにナイトが好きだからこそ、黒の駒を使いたがるのだ。それがチェスにおける彼の唯一のこだわりだった。

「情けなくても女性に無条件で好かれるというのは一種の才能ではないですか？」

座木はクイーンを余ったナイトで制したまま、黒のナイトに最弱のポーンをぶつけた。

「わざわざポーンで来るか？　微に入り細をうがつ戦略だな」

「有難うございます」

「どういたしまして」

秋は片眉を釣り上げてチェックされたナイトを逃がした。そして片足を折り曲げ腕に抱え込んで、その膝に顎を乗せる。

「勘が当たった、なあ？」

「『嫌な予感』ですか」

座木は秋の陣地に詰め入って、キングは無視してナイトを追い詰める。

「あの依頼だけは僕は受けられない。借りは返したいが……リベザルには荷が勝つかもしれないな」

「些細《ささい》なコトにこだわり過ぎて、後で取り返しのつかないことにならなければ良いんですが。あ、チェックですね」

座木は、ナイトを庇《かば》い過ぎてぐちゃぐちゃになった布陣に王手をかけた。

秋は駒を取りかけてやめ、その手で目にかかる前髪を後ろに流す。

「一時休戦だ。出かけよう」

「――桜庭《さくらば》さんのところですか」

「うん、手土産《てみやげ》を忘れるな。あいつは何故か僕の顔を見ると、十回に十回機嫌を損ねるんだ」

「はい」

座木はクスリと微笑《ほほえ》み、白のナイトを指で弾いてテーブルの上に転がした。

2

電車で二時間以上も南に下ると、さすがに雪は全く見られない。秋は芝浜《しばはま》駅の改札を出て、白いダスターコートを風に靡《なび》かせた。第一ボタン穴にぶら下げた白い犬のキーホルダーが光を反射する。

「さて、と。どっちだったかなあ？　家にいるといいんだけど」

「連絡して来なかったんですか」

「まーね。何でか知らないけど、あいつ僕のこと嫌ってるみたいなんだ。前もって行くなんて言ったら逃げられちゃうよ。それがまた面白いんだけど」

秋は嬉《うれ》しそうに笑って、ポケットから紙巻煙草を取り出した。先を銜《くわ》えて火をつけるが、それは所謂《いわゆる》タバコの葉から作った煙草ではない。何種類かのハーブと微量の火薬を調合して作った、香りを楽しむ為だけのものだ。妖怪の中には香りをエネルギーとする者がおり、秋もそのうちの一人だった。

「喧嘩《けんか》はしないで下さいね。今回はこちらがお願いに上がるんですから」

「重々承知だ、が、頼み事すんのって苦手なんだよな。あーあ、ゼロイチが女だったら良かったのに」

「どうしてですか？」

あまり聞きたくない気もしたがいちおう訊いてみる。

秋はゆっくりと紫色の煙を吐き出すと、右向け右をして振り返る顔で笑ってみせた。

「そうしたらお前の出番だろ、白馬の王子様？」

「やめて下さい。私がそうしようと望んでしていることではありません」

「それは自慢か？」

「謙遜《けんそん》です」

「よく言うよ」

秋は笑顔を苦笑に変えて、銜えた煙草の先で指してから角を左に曲がった。

駅から少し離れて疎《まば》らな林を抜けると、小さな住宅街に出た。近くに大学があるらしく学生アパートが目立つ。秋が足を止めたのはその中でも比較的綺麗な、四階建てのアパートだった。

「本当にここに……」

こんな所に願いと引き換えに人間の命を取るような悪魔が住んでいるのだろうか。

座木は建物を見上げて足を止めた。ベランダには洗濯物が干してあって、駐車場には何処からか盗んで来たような自転車が数台並んでいる。時折閉め切った窓から遠い笑い声がもれ換気扇からは食べ物の匂いがし、妙に生活感があって俄《にわか》には信じ難い。

「間違いない。ここを僕に知られて引っ越したがってたけど、家賃の安さにそれも叶《かな》わずにいるのさ」

秋はますます人間的なことを言って携帯用灰皿で煙草を消すと、つかつかと玄関に近付いていった。

入り口には『土足厳禁！』と大きく書かれた貼り紙がしてあり、足元には買って以来一度も洗っていない——と断言出来るほど汚い——スニーカーやサンダルが所狭しと散らかっている。秋はそれをジャンプして越え、靴をはいたまま廊下に上がった。

「いいんですか」

「大丈夫。大家に見つからなければね」

エレベーターの昇りスイッチを押す。階数表示のランプが降りて来て、開いたドアはエレベーターというよりは荷物を運ぶコンテナだった。発進も停止も心配なくらいガタガタ揺れて、乗り心地は最悪である。

秋は目的地の三階で降りて、突き当たり左側のドアの前で止まった。表札には『桜庭零一《れいいち》・圷《あくつ》裕志《ゆうじ》』と二人の名前が書いてある。

「どなたかと同居してるんですか？」

「入れば分かるよ。これがこのアパートの安さの秘密だ」

キンコーン。

薄っぺらいチャイムの音で呼び出すと、中からドアの開く音がした。目の前のドアはまだ開かない。

「はい?」

出て来たのは秋より背の低い天然パーマの少年だった。顔にはまだあどけなさが残り、警戒心のない目で二人を交互に見る。

「ああ、桜庭さんの」

「今日、あいつ、いますか?」

「出掛けてないみたいですけど、桜庭さーん。お客さんですよー」

少年——たぶん彼が垰だろう——はドアの中に向かって声を上げ、二人を招き入れた。

ドアを入るとすぐに短い廊下が左右に延びていて、正面の壁に二つの扉、ドアの右側へ振り向いた位置に調理台、左の突き当たりにユニットバスらしい扉がある。

「鍵、お願いしますね」

「はい」

垰は正面右側の部屋に戻っていった。内側から鍵の掛けられる音がする。

「ザギ、後の鍵閉めて」

「二部屋でバス、トイレ、キッチン共有ですか」

「そ、アパート全体で共有よりはいいよな。嫌な隣人に当ったら最悪だけど」

秋は狭くて体ごと振り返れなくて、首だけを仰向けにして座木の顔を見た。楽しくて仕方ないという顔をしている。

部屋の中で誰かが立ち上がる気配がした。


カチリ。


鍵を外す音が鳴る。ドアが外側に開いた。

「誰？」

「はぁーい、ゼロイチ」

「ゲッ、秋!?」

「元気にしてた？」

「……たった今気分が悪くなった、じゃーな」

秋は営業のプロ顔負けの早業《はやわざ》で、足と手を使ってドアを押さえた。出て来た男が慌てて閉めようとドアノブを引くが、固定されたドアはビクともしない。

「ザギ」

秋が残った手をこちらに向けた。座木がその手に土産の袋をかけると、秋はそれを男の顔の前にかざし、何の躊躇《ためら》いもなくパッと手を放す。

「うわっ」

秋は、男が反射的に両手でそれを受け止め自由になったドアを開いて、

「おじゃましまーす。ううっそ、相変わらず汚いね」

と無事入場を果たした。

「どうぞ」

「えー、ゼロイチ、僕には？」

「その呼び方やめろって言ってんだろ」

足の踏み場のない部屋に強引に座布団を敷いて、桜庭零一は自分と座木の前に烏龍《ウーロン》

茶《ちゃ》の入ったグラスを並べた。

話には聞いていたが本人を見るのは初めてである。百七十センチ強の典型的な中肉中背。浅黒い肌に下りるストレートの黒髪は、眉の下で疎《まば》らに切り揃えられ、後ろは短めの段になっている。彫りの深めの顔立ちは日本人と言って通らないこともなかったが、やはり何となく西欧系の血を思わせた。が、国籍はともかく年齢的な外見では何処から見ても真面目そうな普通の高校生、もしくは大学生でしかない。

「これが、はるばる吉田屋《よしだや》のどらやき携《たずさ》えて遊びに来た友達に対する仕打ち？」

「誰が友達だ、誰が」

「冷たいな、もういーよ。これで我慢するから」

拗《す》ねた口調で言って秋が手に取り口をつけたのは、先程零一が自分の目の前に置いたグラスだった。

零一はそれも予想の範疇《はんちゆう》だったらしく、さして驚きもせずしぶしぶともう一つコップを出す。

「お供までつけて何の用だ？」

「お供？　ああ、座木だよ。前に話したことあったよね」

「初めまして」

「どーも」

零一はブスくれ面で、どらやきの箱の包装紙をビリビリと破った。蓋《ふた》を箱の下に重ね、三人の間の床に置く。口では文句を言いながらも、二人に対してちゃんと客としての対応をしているのが可笑《おか》しい。

「で？」

「うん」

秋は銀の丸いシールの貼られたどらやきの袋と緑のが貼られたのとを指で摘《つま》み上げた。

「これ、新作の太刀魚《たちうお》どらやきと冬瓜《とうがん》どらやき。ゼロイチに教えてあげたくてさ」

「それで、粒あんとクリームが一つずつしか入ってないってのはどういうことだ」

「こっちはザギの、クリどらは僕の分」

「この赤いのとオレンジのは、苺《いちご》と蜜柑《みかん》か」

「ブー。唐辛子《とうがらし》と金柑《きんかん》だよ」

「相変わらずロクなことしねーな」

零一は肩を下げて溜め息をつきながら、緑色の印付きの袋を開けた。一口食べてから茶にも手をつけていない座木に、粒あんの袋を取って差し出してくれる。

「どうぞ。っていうのも何か変だけど」

「スミマセン、頂きます」

「それで、用は？」

秋が気に入るのも頷《うなず》ける。不器用に見えてとても気のつく性格のようだ。頭の回転が早いのだろう。

秋は遠慮なく一つしかないクリームどらやきを頬張って、烏龍茶で飲み下してから口を開いた。

「いったんした契約って反故《ほご》に出来ないもんかな」

「契約って、あの契約か？」

「たぶん、その契約」

さんざん他の話で本題にはいるのをノラリクラリと引き延ばしていたクセに、核心に入る時は一気である。秋が上目遣いになって真面目な表情をすると、零一は顔を背けて烏龍茶を秋のグラスに注ぎ足した。

「聞いてどうする」

「それは企業秘密」

「こっちだってそう簡単に身内の秘密はバラせない。聞きたきゃ命と引き換えだ。

『聞きたい』って願いを叶えるんだからな」

「契約は人間以外とは出来ないんじゃなかったっけ？」

秋が微《かす》かに笑ってみせると、零一は舌打ちをして背中のベッドに寄りかかった。天井を見つめて黙り込んでしまう。

秋は押さず引かず、一緒に黙って答えを待った。

この秋の台詞《せりふ》は厳密には正しくない。人間以外と出来ない『契約』は命と引き換えに願いを叶えるものであるが、『契約』にはもう一つ種類がある。それは他の悪魔や妖怪を力ずくで、もしくは説得して手下にすることだ。その場合捕えられた悪魔は主人の命令通り動かなくてはならないし、原則としてこの契約には引き受ける仕事に回数的な限度はない。

人間でもある程度の力を持っていればこちらの『契約』をすることも可能だ。それらの妖怪については特に、古くからは使役とか使い魔などと呼ばれることもある。座木はどちらの立場になったこともないのでその代償に何が支払われるのか、あるいは力＝恐怖で支配するだけなのか、それは分からなかった。

座木が意味もなくそんなことを考えていると、不意に零一が体勢を整えた。漆黒《しっこく》の目で秋を捉えるように見つめる。

「ハンガリー水、瓶詰めで一ダース」

「ゼロイチが使うの？」

「バカ。んなわけあるか」

零一は元々黒い肌を赤らめて秋から目を逸らした。

ハンガリー水とは昔ハンガリーの女王が使ったという美容の霊水で、ローズマリーとミント、それにオレンジピールから作ることができる。但しそれは人間が作る場合の一般的な材料で、秋が普段それを作る時には、出所の怪しい奇異な草と実から精製した粉がそれに加わる。効果の凄まじさは言うまでもない。

秋は、別に良いけどさ、と言いつつ不思議そうにその横顔を眺めていたが、何か思い当たったらしく意地悪そうな表情になって、グラスの氷を福引きの鐘のように鳴らした。

「まだ、テーグちゃんのこと諦めてないんだ」

「――――……」

零一の顔が図星とばかりに歪《ゆが》んで固まる。

「やめとけばー？　ゼロイチとじゃサイズが違い過ぎるよ」

「うるせえ、情報いらねえのか？」

「いるいる、サンキュー」

零一が開き直ったように赤い顔のまま彼を睨み付けると、秋はサッと引いて屈託なく笑った。

「契約をしちまった人間を助ける方法は二つ。その悪魔を殺すか、悪魔に契約内容を達成させなければ良いんだ」

「へえ」

「でも、殺すのはやめた方が良い。そいつのバックに誰がついていないとも限らないからな」

「あれ？　心配してくれてんの？　嬉しいなあ」

「誰がっ……」

秋が茶化すと零一は慌てて否定しかけて止まり、浮かせた腰を嘆息とともに床に落として、追い払うように秋に向かって手の甲を振った。

「ほら、用が済んだらさっさと帰れよ。俺だってまだやりかけの仕事があるんだ」

「何？　今日は造花作り？」

「俺がいつまでも内職なんて地味な仕事してると思うなよ」

「契約取れたんだ」

「まあな」

「営業みたいだね」

「似たようなもんさ」

零一は自嘲的に言って、空になったグラスに残る氷を口に含んでガリガリと嚙み砕いた。

3

「苦手というだけのことはありますね」

外に出て西寄りになった太陽を背に、座木は秋に正直な感想を述べた。

秋は眩《まぶ》しそうに背後の太陽に手をかざし、こちらにポテポテと歩いて来る。

「まーね」

「ただの一度も『お願いします』なんてニュアンスの言葉、使わないんですから。見ていて気が気じゃありませんでした」

「いつ二大妖怪大戦争が始まるか、が？」

秋は座木の真横まで来て足を止め、顔だけ彼を見あげる。その表情はこの場に不似合いな程真顔《まがお》で、どう答えたらよいか一瞬返事に困った。が、冗談と受け流すことにする。

「……ええ、それはもう楽しみで」

「それは悪いことをした。待て次号！　だな」

秋はケへと子供のように笑って、座木を通り越して駅に向かって歩き出した。

「次はどちらへ？」

「栃木。もう一度あのおっさんに会わないと」

「そうでしたね」

座木はコートの襟を正し、早足で秋に追い付いた。

*

ここは上野《うえの》駅の構内にある、カフェテリア風のレストランの一角である。今から栃木まで行くのは億劫《おっくう》な上、時間がかかり過ぎるという秋の不満を解消すべく、上野まで依頼人市橋《いちはし》にご足労願うことにした。こちらの都合で悪いかとも思ったが、携帯に電話をして助かる方法があることを告げると、彼は何処であろうと喜んで行くと言ってくれた。

待ち合わせの時間より一時間ほど早くついた二人は、少し遅い昼食を食べて時間を潰すことにした。秋は店の角の席でズルズルと蕎麦《そば》をすすって、腕時計に目をやる。

「まだ時間があるな。もう一品いけそうだ」

「秋、気をつけて食べないと、コートに飛んでシミになりますよ」

「ん」

秋は椀を両手で持ち上げ汁をすっかり飲んでしまうと、用の済んだ食器を盆に載せた。本気でもう一食食べる気らしい。

「おでんと中華丼、どっちにしようかな。ザギも何か食べるか？」

前半の迷いで眉間に皺《しわ》を寄せたままこちらに向かって訊いて来たので、座木は思わず出かけた笑いを堪《こら》え咳《せ》き込んでしまった。

秋は大袈裟《おおげさ》にその背中をさすり、後ろから座木の右肩に顎を乗せる。忍び笑いが振動となって肩から腕に伝わって来た。

「そんなに焦らなくともちゃんと待っててやるぞ。何がいい？」

「焦ったわけじゃ……私はこれで十分です」

「ザギは元のガタイが小さいからな……や、それは関係ないか。良い例がすぐそばにいたな」

秋は座木の背中から離れて、財布の角で顎を叩きながらカウンター奥のメニューに見入った。

座木は生まれつきこんな人間に似た外見をしていたわけではない。人間風にいうと『化けて』いるのである。その元々の体は同種族の中では大きい方だが、それでも全長で三十センチにも満たなかった。

同様に、リベザルも原形は小さい。原形に戻った座木の、更に半分にも満たなかった。ところが、彼の一日に食べる量は、通算すると二人の二倍近くにも及ぶのだ。

「あいつは燃費が悪すぎる」

「きっとまだ成長期なんですよ」

「あと何百年続くことやら。コーヒーもいらないのか？」

「じゃあ、カフェオレを」

「三つ、だな」

秋は硝子《ガラス》越しに駅の通路を見て、片手を上げた。約束の時間より三十分も早い、依頼人市橋の御到着だった。

「どーぞ」

秋がトレイに載せて来たカフェオレのカップを先ず最初に市橋の前に置いてやると、彼は器用にキョロキョロと黒目だけを動かした。目の下にはクマが描いたように濃く残り、目が窪んで見える。昨日会った時は店内が暗い為それほど気にならなかったが、明るい所で改めて見るとその憔悴《しょうすい》ぶりは気の毒なくらいだ。

「すみません。あの、でもこんな所で……」

「大丈夫ですよ、普通にしていれば。皆他人のことなど構ってる余裕などないでしょうから」

秋はカフェオレに口をつけて、半分笑顔を崩した。彼は紅茶派で、いつもはコーヒーを好んで飲むことはない。今回は付き合いかそれとも気紛れか、味が気に入らなかったのはその表情からも明白だった。

「買い替えてきますか？」

「いや、ちょうど試してみたいコトがあったんだ。これでいい」


パチン！

秋は自分で『普通に』と言っておきながら、右手を鳴らして指の隙間から薄茶色の粉――たぶんナツメグだ――を自分のカップに混入した。見方を変えればこれが彼には『普通』なのだろうが、今求められているのは一般的な人間と比べた場合の相対的な『普通』である。

しかもただでさえ自分の容姿が人目を惹くレベルであることを、彼は全く自覚していないようだった。近くの席の女子高生が囁《ささや》き合いながらこちらを盗み見る視線にも気付かず、逆に市橋の方が早くも落ち着きをなくしてしまっている。三人の取り合わせからいっても不自然すぎるか。

座木はカフェオレを一口飲んで不味《まず》そうに舌を出す――ナツメグ加味は失敗らしい――秋の前に、水の入ったグラスを置いた。

「場所を変えませんか。ここじゃ、ゆっくりできないでしょう」

「サンキュ。んじゃあ、公園にしよう。花見にはまだ早いがここよりは静かに話ができる」

「そうですね」

市橋はあからさまに安堵《あんど》の光を目に浮かべ、言うが早いかアタッシェケースを抱えて立ち上がった。

秋はわざわざ駅の構内を遠回りして、不忍口《しのばずぐち》から駅を出た。線路の高架下を抜け、アメ横を横目に西郷隆盛像を通り越して公園に入る。まだ花も緑もない桜並木の遊歩道には、春のように浮かれた花見客も修学旅行の制服団体もいない。寒さ故かデートをするカップルも非常に少なかった。

座木は秋を挟んで市橋に寒くはないかと訊いた。座木達にはそうでもないが、人間にはこの吹きさらしの風はキツいだろう。

「いいえ、スーツの下にセーター着て来ました。深山木《ふかやまぎ》さんの方がそんな薄着で……」

「僕は平気です。冬生まれですから」

「冬に生まれると、寒さに強くなるんですか？」

市橋が驚いたように身を乗り出すと、秋はコートのポケットに両手を突っ込んで、

「そんな気がするだけですよ」

と苦笑いした。

市橋は納得したような出来ないような微妙な顔で、片膝をテーブル代わりに九十度に折り曲げ、その上でアタッシェケースを開けた。中からB5サイズの『都賀橋《つがばし》不動

産』と印刷された茶封筒を取り出し、怖ず怖ずと秋に手渡した。

「あの、それでこれがそのお店と店長の方のデータです。持ち出し厳禁の社の書類のコピーなので、見終わりましたら必ず処分して下さい」

「分かりました。ところで、店長さんの方はまだ？」

「それが……」市橋の顔に暗い影がさした。「この間、近所の方から店を引き払おうとしていると、噂に聞きまして」

「店を？　移転ですか？」

「いえ、閉店するつもりらしいです」

「もう、計略が始まってたってことですか。聞きそびれてましたが、それ、やったのはいつですか？」

秋は自分の左手首を右の二本の指で叩いた。

市橋はハッとなって印の残されたあたりに手を添える。

「一週間か、十日前ぐらいだと思います」

「ってことは、そんなに有能なヤツじゃないな」

秋は消え入りそうなくらい小さな声で——実際市橋には聞こえなかっただろう——言い、更に封筒の中身を覗《のぞ》き見て口元だけでニヤリとした。

「悪魔との契約のことですが、契約をなかったことにする方法は見つかりました」

「そうですか、有難うございます！」

「でも、少し時間がかかるかもしれないので、あなたには僕らが契約を不履行《ふりこう》にさせるまで、やってもらいたいことが二つあります」

「命が助かるならいくらでも——っ」

興奮気味に大き目の声をあげた市橋に、秋は人さし指で自分の唇を塞ぐ。人が少ないとはいえ、完全にいないわけではないのだ。

「一つ目は店長に店を売らせないこと」

「え、どうやって……」

秋は一瞬、額《ひたい》の右端を痙攣《けいれん》させた。そしてあくまで優しい口調を作ってそれに答える。

「そこがあなたの腕の見せ所です。例えば、決心してくれたんなら代わりの良い物件を探してやるとか、海老《えび》で鯛《たい》を釣るつもりで。まあ、営業のプロに素人《しろうと》の僕がとやかく言う必要もないですよね」

「プロ……」

たとえ初対面の相手でもその性質を見抜き、それに一番合った話し方を選べる秋で

ある。彼には最も適した言い方だったのだろう。市橋は口の中でその言葉を転がすようにして、

「任せて下さい」

と、胸を張った。抑圧されてきた人間はそのジャンルで褒《ほ》められると思わぬ自信を持って、悪い言い方をするとおだて上げられてしまうことがある。それとも彼自身が単純なのか。残念ながら座木にはそれを判別できるだけの慧眼《けいがん》がなかった。

秋はその笑顔に微笑《ほほえ》み返して、赤い夕日に更に茶色く映し出された髪をかきあげた。

「もう一つは、社長さんにその店長のことを諦めないようにしていてもらいたいのです」

「？　どうしてですか？」

歩道にはり出して垂れ下がった桜の木の枝をくぐって避けながら梟《ふくろう》のように丸い目で首を傾げる市橋に、秋は座木の袖を引いて続きを説明するよう示した。市橋は気付いていないようだが、秋は顔を営業用スマイルで完璧に凍《こお》り付かせ、それが反対に苛《いら》つきを表している。十を話しても一しか理解出来ないような彼とは、根本的に相性が悪いらしい。『出来る』ことと『好きな』こととは別問題だ。

座木は秋に代わってゆっくり説明をした。

「市橋さんは契約時に『仕事を終わらせて欲しい』と頼みましたね。それには店長さんが店を手放しても、社長さんとの結婚を承諾しても、それから社長さんが店長さんを諦めるのでもいいのです。だから、私達が悪魔を止める前に社長さんが気を変えてしまったら、あなたはやはり死ななくてはならなくなるんです」

市橋はようやく分かったという風に顔を蒼《あお》くして、アタッシェケースを両腕で抱き締めた。

「今までと立場が逆でやり難《にく》いとは思いますが、御協力お願いします」

「そんな、こちらこそよろしくお願い致しますっ」

「じゃあ、僕達はこれで」

秋は話が終わると座木の腕を摑み、公園内の交番の前から大股になって彼を置き去りにした。座木が市橋の方を振り返る余裕もない程の早足である。

「秋、市橋さんに失礼ですよ」

「悪いけどあのおっさん、ダメだ。話してるとイライラする。テンポが五百四十度反対側だ」

「背中合わせですか」

「次元も違うかもしんない」

秋は動物園のゲートの近くまで来て、ようやく歩調を緩《ゆる》めた。

「動物園に？」

「その為に不忍口から出たんだ。まだ後……二時間ぐらいは余裕がある」

公園口からの距離では近すぎて足りないが、隣の不忍口から出ればちょうど話し終わる頃に動物園の入り口まで来れるという計算があったようだ。しかし時間の計算がどこから来たものか、座木には分からない。

（まさか、悪魔にも勤務時間とかがあるわけじゃ……）

秋は座木から手を放して、何も入っていないはずのポケットから取り出した煙草を、爪で弾いて火をつけた。


ピン。


「久々にフェネックが見たくてさ」

「いいですね」

座木は考えるのをやめて、動物園の入場ゲートを越えて見える高い網を目を細めて眺めた。

昔、座木は動物園が嫌いだった。もし自分が檻《おり》の中に閉じ込められたら……想像すると、どうしようもなく辛い。耐えられない。自分の姿が人間よりは他の哺乳類に似ている、そのせいでもあった。

しかし数年前にそんな話をする機会があった時、秋は言った。

『檻の中というひょっとすると不幸にも思える自分達の置かれた状況を、一環境と認識して生きてる。与えられたモノに対しての順応性が最も高いのは、人間ではなく彼等なのかもしれないな』

それぞれの環境におのおのの生活。動物達が健気《けなげ》で逞《たくま》しく見えた。彼の言葉が座木の中にあった思考の檻を、一つ、破壊し開放したのだ。

ピルルルル、ピルルルル……。

「ザギ、携帯」

「あ」

座木はハッとなって、コートのポケットに手を入れた。持ち始めて日が浅い為——

といってもう三年目か——今イチ慣れていない。相手の電話番号は表示されていなかった。座木は緑のボタンを押して小さな機体を耳に当てた。

「はい」

『兄貴？　ああ、よかった。つながらなかったらどうしようって』

聞こえて来たのは、今回の貧乏クジ首席にマークされているリベザルの声だった。

「どうかした？」

『うーんと、いえ、あ、はい、今……あー、えっと』

慌てているのか、彼は日本語の略式語辞典のように会話つなぎの語句を片っ端から並べ続けている。

進まない会話に秋が不審がってこちらを見ているので、声にはせず口だけを動かして相手がリベザルであることを伝えた。その顔はよりいっそう不審感を増す。

座木にしても同感だ。報告にしても相談にしても、夜中に出る幽霊の調査に行って、こんなに早く電話がかかって来るのはおかしい。

「リベザル、落ち着いて」

『あ、はい、スミマセン。でも……兄貴〜』

焦っていた声が、急にふえーんと泣き出した。電話の声が聞こえたらしく秋が片眉を動かした。事情を訊けと無言で合図してくる。

座木は不用意なボタンを押さないように注意しながら、受話器を反対側の手に持ち替えた。

「大丈夫だから、何があったの？」

『う、うえっ、小海さんが』

「うん」

『誰かに、襲われて、怪我したんです。俺、そばにいたはずなのに、糸も切れてなくて……でも誰もいなかったんです。本当です』

要領を得ない。座木が秋に判断を仰ぐと彼は、

「リベザルが付いてると思って油断したな」

と独りごちて携帯を受け取った。

「リベザル、すぐにそっちに行くから。ああ、今何処《どこ》だ？　大平大学付属病院……ここからじゃ一時間ちょいかかる。ゴミ箱にでも隠れて待ってろ」

秋は携帯を持った逆の手で、市橋から貰った封筒を座木の胸に押し付けた。

座木が受け取ってざっと目を通すと、物件の住所や築年数、室内の見取り図などが書かれたプリント数枚の後に、貸し店舗の契約書のコピーがクリップでとめられてい

た。

（成程、それで『油断』ですか）

「いや、こっちの依頼はいい。事情が変わった。……ん、そっちが先だ、ダブったんだよ」

座木は書類をもう一度確認して、封筒にしまった。

契約者の住所は下都賀郡藤岡町、サインには綺麗な女性の文字で『小海由里子』と書かれていた。

4

駅からタクシーを拾って、大平大学付属病院に着く頃には太陽はすっかりなりを潜めてしまった。広い星空にそびえ立つ四階建ての病院は、消灯時間を過ぎていて四角く黒い塊《かたまり》と化している。

秋は門から一歩手前で、ビリッと何かに感電したかのように動きを止めた。そして、いかにも無表情になって足元に視線を固定してしまう。

「ザギ、僕はその辺で待ってる。リベザルを連れて来てくれ」

「病院は怪我や病気を直してくれる、有り難い所ですよ」

「僕には鬼門だ」

心なしか、顔色が悪い。青ざめている。

座木は「すぐ戻ります」と言いおいて、一人で敷地内に足を踏み入れた。


庭には、車椅子でも通れるようにと整えられた道が幾筋か交差していて、その間の芝生に常緑樹が植えられている。

座木は人気《ひとけ》のない庭をリベザルを探して徘徊《はいかい》した。面会時間はとうに過ぎている。病院で待つように指示を出された彼は、忠実にそれを守ってこの庭の何処かにいるに違いない。唯一心配なのは、小海由里子の事情聴取に来た刑事達に疑われて、目を付けられていないかということだけだ。

こちらの副業では違法行為を行うことが少なくないので、警察にその存在を知られるのは極力避けなくてはならない。そのおかげで古今東西の顧問探偵のように情報源としての警察を使うことは叶わなかったが、その分彼等から全く独立した立場で自由に行動ができるのだ。当然、依頼人には毎回報酬代わりに完全なる口止めを頼んでいるが、本人が不審人物として疑われてしまっては元も子もない。

「——貴」

呼ばれた気がして振り向いてみたが、周りに人影はない。気配は、……ある。

「兄貴、ここです」

今度ははっきり聞こえた声を頼りに、視界を四十五度上方にずらした。道に沿って植えられた木の枝に、小さく動く者がいる。それは毛糸玉より一回り大きいくらいの、やはり毛玉だった。

「兄貴ー」

その赤い毛玉は枝から飛び下りて、座木の頭にしがみついた。

座木はそれを手の平に乗せて、目の高さまで降ろす。

「大変だったね、リベザル。お疲れさま」

毛玉になったリベザルはクリッと大きい両目から大粒の涙を零《こぼ》して、座木の指に抱きついた。

「スミマセン。電話で兄貴と師匠の声聞いたら、緊張の糸が切れちゃって」

「警察には会っていないね」

「はい、それは大丈夫です」

「服は？」

「全部焼却炉に」

いくらかもったいない気もするが、最善の処置である。

リベザルは、試験管ブラシのような尻尾《しっぽ》を上下に振って座木の二の腕を跳び回った。これが彼の元の姿である。

「師匠は」

「そこにいるよ。秋！　連れて来ました」

「おー――――……お？」

秋は病院の門から百メートルほど離れた処方箋《しょほうせん》薬局の前にいた。二人に気付いて、銜《くわ》え煙草で途中まで片手を上げる。

「どうしたリベザル、人間の格好はもう飽きたのか」

「師匠の意地悪」

疲れやショックで元に戻ってしまうのは、彼の未熟さ故である。秋がそれをからかうように言うと、リベザルは座木の手の上で前傾姿勢を取った。たぶん上目遣いをしようとして、体ごと傾いてしまったのだろう。見ていて非常に微笑ましい。……などとほのぼのしている場合ではなかった。

「秋、十一時まであと三時間しかありませんよ」

「そーだ、急がないと。リベザル、今日の経過を話してくれ」

秋は煙草を地面に押し付けて消して、駐車場のタイヤ止めに腰を下ろした。

リベザルの説明はあまりにたどたどしく不明瞭な部分が多かったが、時折挟《はさ》む秋の質問とそれに対する答えがフォローになって、何とか彼が今日一日見聞きした物事を知ることが出来た。要約するとこうだ。

彼が依頼人の店に着いたのが昼の十二時、三十分程話をして、睡眠を取る為、小海由里子は自室に籠《こも》ってしまった。

リベザルはその後鍵を借りて、由里子の寝室以外の全ての部屋と屋根裏、縁の下——は結局何処《どこ》からも侵入出来なかったのだが——を調べ、その全ての出入り口に細い糸を仕掛けた。由里子の部屋は入れなかったので、その窓に外から糸を張っておいたらしい。

そして六時、電話が来る。それは病院からで、自室で寝ているはずの小海由里子が事故に遭ったという知らせだった。電話帳を調べて親類を探したが、電話番号を見つけたとしても彼が電話をする訳にはいかないので、ともかくも病院に行ってみることにした。

病室には警察がいて近付けなかったが、廊下で同僚と立ち話をしていた若い警官の話を盗み聞くことが出来た。その会話によると、

『何も覚えていないだって？　ふざけんなだな』

『息子が殺されたばかりだってのに、自分まで襲われるとはね』

『まさか俺らにまでとばっちり、来ないよな？　この間もさ……』

隣室の友達への見舞い客を装《よそお》った為、通りすがりに聞こえたのはこれだけだったらしい。

「自分で出掛けておいて覚えていない」

「変ですね」

「でも警察の人は本当にそう言ってましたよ」

「疑ってるんじゃない。ショックで忘れるコトもあるし、誘拐かも……外部からの侵入の痕跡は？」

「――――そ、それが……」

リベザルは腹の前で両手を握り締め視線を落とした。

「糸が切れてなかったんです」

「糸？　ちゃんと全部の出入り口に仕掛けたのか？」

リベザルは全身を縦に振って肯定した。

「はい。ちょっとでも開いたら切れるようにしときました。でも、全部そのままでした」

「密室の次は脱出トリックか。手品一家だな、ぜひとも一度御教授願いたいもんだ」

秋は新しい火をつけながら笑えないジョークを言って、自分でも「ナンセンスだ」と苦笑いを噛み殺した。

「とにかく依頼通り、ノックの犯人を捕まえよう」

「犯人がわかったんですか？」

「あってるかは分からないけどな。これからが答え合わせ」

「誰だったんですか？　俺も知ってる人ですか」

リベザルが嬉しそうに訊いた。

それを見て、秋は少し呆れた表情になる。

「お前、僕の話聞いてなかったのか？」

「いつの……」

「さっきの電話でだ」

リベザルは顳顬《こめかみ》に手をあてて、しばらく記憶の世界に浸《ひた》ってから、

「ダブった、としか」

と答えた。……なんてファジーな。座木は、これで全てを分かれと言われたリベザルが不憫《ふびん》になった。

「それでは私も理解しかねます。説明不足ですね」

「そっか」

秋は少々の引っかかりもなく素直に非を認めると、指人形の芝居に見立てて右手二本、左手一本の指を立てた。それらを器用に動かして人物関係を説明する。

「おっさんの『立ち退かせたい相手』が呉服屋女将《おかみ》だったんだよ。幽霊の正体はたぶん、援護市橋。出ていかせる為の嫌がらせだ」

おっさんとは市橋、呉服屋女将は小海由里子で、援護市橋というのがおそらく市橋と契約した悪魔のコトだ。余程気に入った人間でない限り、他人を勝手なあだ名で呼ぶのが秋の常である。

リベザルはそれでもすぐに事情を呑み込んで、分かったと何度も続けて頷くが、その頭を振り上げる五回目に彼の目が空を見たまま固まった。

「師匠、俺ちょっと思いついたんですけど……」

「何だ？」

「ノックもですけど、ハジメ君殺したのも、その後の模倣犯も、今日小海さんを襲ったのもその悪魔ってコト、あり得ませんか？」

「可能性はあるな」

秋は、手探りで事実を手にしようとするリベザルとは対照的に、明日の天気の話でもするみたいな気軽さで、あっさりと言い放った。

「おっさんの依頼した時期と被害者の行方不明になった時期は重なっている。息子を殺し、それに似た事件と夜中のノックで精神的に追い詰め、更には本人をも襲う。これが全部、彼女を店を続けられない状態に追い詰める為と考えれば、それもありだな。でも……」

「でも？」

「毋意《ウーイー》、毋必《ウービ》、毋固《ウーグー》、毋我《ウーウオ》」

「何ですか、それ？」

パチン、ザッ。

秋はリベザルの問いには答えずに、スケボーを取り出して地面に倒した。それから座木の手の平で固まっているリベザルを、指で手招きして自分の手に移す。

「そう、何もかも深刻に考えるもんじゃないさ。今はまだ全て可能性の段階だ。僕らが彼女に頼まれたのはノックの事件だけだし。とりあえず、今夜は二手に分かれて犯人を待とう。

ザギは病室で依頼人を監視。彼女の身の保全を最優先に考えろ。リベザルは僕と一緒に店に来て、家の説明をしてもらう。鍵は持ってるな」

「玄関の植木鉢の下に隠して来ました」

「……何でお前がそんな庶民的な隠し場所を知ってるんだ？」

テキパキと指示を出していた秋が、その流れを止めて右肩を滑らせた。リベザルは胸を反らして威張るポーズを取る。

「テレビで見たんです。人間がよく鍵を隠す場所、って」

「ついでに空巣に狙われ易い場所ナンバー1でもある、って言ってなかったか？」

「ええっ、そうなんですか？」

「そーなんですよ」

秋はリベザルに口調を合わせて答えると、頭を抱えて悩むリベザルを手から肩に移した。

「ザギ、後頼むな」

ジャッ。

秋は地面も蹴らずにスケボーを走らせて、タイヤの回転する音とともに暗闇へ消えて行った。

# 第四章　久安《きゅうあん》　恃《たの》むなかれ

## 1

「古い」

秋《あき》が小海《こ》呉《かい》服店が遠目に見えてくるなり、風に負けないよく通る大きな声を出した。リベザルは彼の肩の上で慌てふためいた。スケボーとは思えない物凄いスピードで走っているせいで、頬に空気が入って顔がひしゃげる。

「師匠《ししょう》、いきなり……無礼者ですよ」

「何が無礼なもんか。お前だって京都の寺を見に行った時、古い古いって連呼してたじゃないか」

「そりゃ、言いましたけど」

「あれはよくてこれは駄目なのか？　その境界線は何処《どこ》にある？」

「――――……」

リベザルは静電気を帯びてピンと立つ髭《ひげ》をしならせた。そう言われると答えに困る。両手で秋の服の肩を握り締めた。

「それはですね、歴史とか、があ」

「アッハハ、何を言ってる？　悩みすぎると禿《は》げるぞ。タワシが牛乳石鹸になったら、目も当てられないからな」

「自分で悩ませておいて」

「たまには発酵《はっこう》しかけた脳を働かすのも良いだろ」

「言ってることがさっきと違うじゃないですか」

「『脱皮出来ない蛇《へび》は滅びる。その意見を取り替えていくことを妨げられた精神達も同様だ。それは精神たることをやめる』byニーチェ」

ザッ。

秋が長めの髪を今までと逆に揺らして、スケボーを停止させた。

リベザルは危うく肩から落ちかけて、コートの襟からぶら下がった。見上げると秋が笑っている。

「あいにく、僕は精神面では健康第一を欠かしたことがないんだ」

「……それはそうでしょう。師匠、我儘《わがまま》だからストレスなんか絶対たまらなそうですもんね」

「お前にはまず、世渡りってもんを教えてやらなきゃなんないな」

秋はリベザルの体を右手でつかみ取り、サボテンの植木鉢の真上でその手を離した。

「ヒャッ……!!」

自由落下して針の山に尻尾《しっぽ》が触れる。リベザルが泳ぐように両手をばたつかせると、その手が秋の指に摑まれ、寸前で串刺しを免《まぬか》れた。

秋が彼を手の平に乗せて、嬉しそうにケタケタと笑った。

「ゴムなしバンジー」

「それって投身自殺じゃないんですか？」

「そうとも言う」

リベザルは下唇を突き出して秋を恨めしそうに睨《にら》んでから、腕を伝って彼の頭の上によじ登った。

「師匠、鍵は今の鉢の下です」

「なくなってないと良いなあ」

「怖《こわ》いこと言わないで下さい」

「先に怖いことしたのはお前だろ？」

秋はスケボーを杖のようにつき、身を屈《かが》めて植木鉢の下を覗き込んだ。鍵はあったらしい。スケボーを倒して空いた手で鍵を取ると、指先で鍵に付いた泥と団子虫を払った。虫は丸まって黒い粒となり、レンガの軒下に落ちて跳ねる。秋はそれをかわしてボードを足に引っ掛けて手に持った。

「このドアの糸は？」

「切れてないみたいです。俺、病院行く時にかけときましたから」

「入ったらもう一度内側からかけといて」

「はい」

秋は鍵をゆっくり回した。

家の中は当たり前だがシーンとしていて人の気配はない。どの部屋も薄暗く、雨戸の隙間から漏れる外の街灯の光が無彩色に家具の位置だけを示していた。

秋は居間に入って電気の紐《ひも》をひいた。二重になった天使の輪のような蛍光灯の外側がまず点《つ》き、数秒遅れて内側がチカチカとしてから明るくなった。暗闇から突然現れる写真の列は、正体が分かっていてもやはり無気味である。

「老舗《しにせ》ってのはマジだったんだ。いつ引っ越してきたのか訊いたか？」

「え？　何で引っ越して来たって知ってるんですか？」

「この建物が江戸からの物だって言われても、百人が百人信じないさ」

「ああ、そういう……。えっと、最近だったと思います。確か旦那さんが死んでからだから」

リベザルは秋の頭からテーブルの上に降り立った。壁を見上げて一番右端の写真を見る。

「三年前か？」

「そうです」

「理由は？」

「……ハジメ君の養育費の為に店はやめられないけど、元の大きな店を一人でやるのは無理だから、って言ってました」

「死因は？」

「旦那さんのですか？　事故みたいですよ」

リベザルは昼間聞いた話を思いだせる限り、細かく正確に話したが、秋は、

「ふうん」

と、さして興味もなさそうに生返事をして仏壇の前に座った。黒塗りの壇の引き出しを次々と開けて行く。空《から》になった線香の箱を振ったが音はしない。秋はその箱を不満気な顔で眺めた。

「線香がない、線香」

「マッチもないんです。切らしてたんですね」

「うーん、ヤだなあ。一晩お邪魔するのに挨拶なしってのも」

「変なトコで几帳面《きちようめん》ですね」

リベザルはいつもの粗雑な秋を思い起こした。クリスマスを祝って一週間近く騒ぎ歩いた足で神社に初詣《はつもうで》に行くような、宗教とは最も縁遠い彼がそんなところにこだわるとは意外である。

秋は「仕方ない」と、線香なしで仏壇に手を合わせた。リベザルもいちおうそれに倣《なら》って合掌《がつしよう》する。

「そういえば、師匠」

「何？」

「師匠、『いただきます』と『ごちそうさま』の時も手ぇ合わせますすね」

「僕は育ちの大半が日本だからね」

「ええっ⁉」

ますます意外だった。秋の外見は髪の色、目の色、体型、顔立ち、何処をとっても和風ではない。てっきりリベザルや座木《くらき》と同様、最近海を渡ってこの国に住みついただけだと思っていた。——ということは、

「生まれたのは何処なんですか？」

「——……御想像ニオマカセシマス」

「はあ？」

リベザルは口を間抜けに開け放すと、秋はフフと後ろ手に何かを隠した少女のように笑って仏壇の引き出しの鍵束を取り出した。

「一つくらい謎があった方がミステリアスでよくないか？」

「一つどころか……」

知れば知る程、更に新たなる謎のベールが現れる。芯《しん》にはいったい何が隠されてい

るのだろうか。案外、何も残らないのかもしれない。

「師匠ってラッキョウみたいだ」

「そう言うお前は半紙《はんし》だな」

「？　どの辺がですか？」

「表裏は一応あるが、どっちからも簡単に透けて見える」

反論は出来ない。残念ながらその程度のものだということだ。リベザルは合掌を解いて、口惜しさを紛らわせようと尻尾《しっぽ》の毛づくろいをした。その後頭部が手の平で軽く叩かれる。

「ほら、行くぞ。十一時までに一通り家の中を案内してくれ。半日かけてたっぷり見たんだろ？」

「あ、はい、見ました。凄いんですよ、店とかハジメ君の部屋とか」

「それは楽しみだ」

秋が鍵の束のリングに指を入れて、ジャラジャラと回した。

「何処から見ますか？」

「時間が……あと一時間。部屋の数は？」

「水周りを除けば四部屋です」

「全部見れそうだな。息子の部屋から行こう」

「そこのドアです。南京錠がかかってるトコ」

「ほう」

秋が溜め息とも台詞《せりふ》ともつかない声を出して、その鍵を外した。

ドアの中は今日の昼リベザルが見た時から全く変わっていない。念のため窓に仕掛けた糸を確認したが、それも元のままだった。

秋の手が机上一センチ離れてその上をなぞる。見るからに細く長く器用そうな指である。その人さし指が机の写真の前で動きを止めた。

「どれが？　ああ、これか。『二年二組こかいハジメ』。滅茶苦茶細《ほそ》っこいなー」

「そんなに細いですか？　成長したらそれなりに筋肉もつきますよ」

「それにしても、周りと比べると腕の太さが半分だ」

「そう……ですねえ」

リベザルは写真の腕を一本ずつ見比べた。半分というのは大袈裟だが、ハジメの腕は他の少年と比較して確かに細い。華奢《きやしや》な体つきはよく見ると秋に似ていた。

「師匠みたいですね、ハジメ君」

「僕の場合、人間に比べて省エネ設計だからこれで構わないけど、人間でこの体型のままだったら殴り殺すのも簡単だろうな」

「……殴り殺す」

リベザルは写真に固定した視界を、滲《にじ》んだ涙でぼやけさせた。ニュースでは、ハジメに暴力を受けた痕《あと》が残されていたと報道していた。力のない子供を力ずくでどうにかしようとする、その神経が許せない。力任せに殴られるハジメの姿を想像して、リベザルは暗くなった頭の中を好転させるべくノートの山に目線をずらした。

「師匠！　これです、凄いもの其の一」

「雪だるまが、か？」

「中身です中身」

秋は一番上のノートを開いた。

「『ぼくは、ボクサー』？　……フッ」

その手が二ページ目に差しかかり口から漏れた笑いは、四ページ目には爆笑に変わっていた。秋は床に転がりながら、ページを進めるたびにゲラゲラと頭を仰《の》け反《ぞ》らせた。

「『敗北したのは、はい、ボクです』！　『宇宙の風邪《かぜ》がうちゅうった』!!　アッハ、腹痛……っ、爆裂オヤジギャグ満載だ、これはスゴイ。ハッハハ、アハハハハ、表彰ものだ。これ貰っちゃ駄目かな」

「いちおう遺品ですよ、それ」

「後で女将《おかみ》に訊こ。こっちは……国語か」

秋は涙を袖で拭って他のノートに目を向けた。それからしばらく全てのノートを満遍なく読んでいたが、時間が気になったらしく腕時計を見てノートの束に写真立てを重ねた。

「これは、警察に押収されると口惜しいな」

「警察がそんなことしますか？」

「……しないな。僕の思い過ごしだ」

「？」

「もうここはいいや。凄いもの其の二はどの部屋？」

「お店です。布が、」

「ストップ。聴くより実際この目で見たい。廊下のどっちだ？」

「右です。左は小海さんの部屋と……」

意味のないドアのコトを思いだしたが、本当に無意味な物なのでリベザルは言葉をそこで切る。

秋は見えているのかいないのか、よく分からない虚ろな目で、室内を一周見回した。

「右か。右右、左一回転でACX」

「……『蛇光旋激封乱舞』？」

「ピンポーン、大正解。おめでとう、スウェーデン二泊三日の旅」

「現地集合、現地解散なんですよね」

「旅行費用に百十三円出してやろう」

「その半端《はんぱ》な金額はどこから……」

「今日の終わり値」

「一ドル貰っても」

右云々《うんぬん》というのは、最近二人がよくやる格闘ゲームのリベザルの持ちキャラのコマンド技だった。秋の声は平坦《へいたん》で冗談を言っているような口調ではなかったが、何時間かぶりの下らない会話に、不用意に込められていた肩の力が抜けて、リベザルは秋の肩の上から足を踏み外した。

フワッ。

「あれ？」

落ちた先は服の山だった。しかも見覚えがある。

「いいかげん人型になったらどうだ？　まだ回復足りないか？」

「この服、俺の……持ってきてくれたんですか？」

リベザルが驚いて体勢を立て直すと、秋の手は指を弾いた後になる形をしていた。

そういえば落ちる瞬間、彼のあの音を聞いた気もする。秋は解いた手で、南京錠を投げては脇から握《つか》み取っていた。

「早くしないと鍵かけて置いてくぞ」

「はいっ、今変わります」

体を変化させる時の様相は、はた目には大変にグロテスクでホラー大賞ものなので説明はよそう。故に中略になるが、リベザルは赤髪の少年に戻って——元はあちらなので『化けて』というべきか——長袖のフード付きトレーナーに半袖のVネックシャツを重ねた。少し丈《たけ》の長いハーフパンツに化け損ねたと気付き、足の長さを調整する。

「スミマセン、お待たせしました」

「いや。じゃ、行くか」

秋は机の引き出しを閉めて少しだるそうに首を回し、子供部屋に鍵を下ろした。

＊

「ひゃー。布もここまで揃うと壮観だ」

秋は鍵束をコートのポケットにしまって、両手で手近な反物《たんもの》を広げた。

「浅葱《あさぎ》か、いいね」

「あさぎ？」

「この色の名前。日本では浅葱色というんだ」

リベザルは水色にしか見えないその布を、先にジーパンで擦って拭いた手の平でそっと触れてみた。シルクのように滑らかな肌触りではないが、独特の厚みが感触として面白い。

「水色よりも少し緑っぽい」

「そ。日本語は色の表現が多いのさ。重袿《かさねうちき》……襲《かさね》の色目《いろめ》って知ってるか？」

「知りません」

聞いたこともなかった。

「千二百年くらい前の着物の重着の、色の合わせ方なんだけど。例えば表の布が二藍《ふたあい》で裏は青を合わせて着て桔梗《ききょう》とか、表が赤に裏は朽葉《くちば》色で百合《ゆり》とか、身近なトコでは白と花色で桜なんてのもある。色の組み合わせで四季の花とかを表現するんだ」

「朽葉色って何色ですか？」

「うーん、朽葉色は朽葉色としか言いようがない。それが日本の色の表現の面白さだ。強いて言うなら赤みを帯びた黄色……こんな色かな」

秋はそう言いながらその場にあったサンダルを引っ掛け土間に降りて、店の入り口の方の浴衣《ゆかた》の生地《きじ》を手にした。それはオレンジに近い黄色の下地に、黒い蝶と赤い花があしらわれている。成程、これを他の色で表すとニュアンスが違ってしまいそうだった。

「これが男女でも違いがあって、男は蘇芳《すおう》と萌葱《もえぎ》で萩《はぎ》の襲《かさね》って呼ばれてる。けど、同じ色でも男の萩の襲は女の松の襲に相当するのさ。蘇芳ってのは……黒っぽい赤かな。萌葱色は青と黄色の中間色、語源はネギの芽だからそんな色だ。

リンドウも蘇芳と青だけどこの青はまた微妙に色が違う。他にも青緑は碧《あお》色、濃い黄色を山吹色……」

秋は涼《すず》やかな声で、色とりどりの布に色を名付けて店内を歩いた。改めて聞くと、同じ黄色でも微妙な違いにそれぞれ名前があり、その曖昧《あいまい》さが見ていて楽しい。

「じゃあ、これは何色ですか？」

「鬱《う》金《こん》色」

「じゃあ、あっちの棚にかかってるヤツは？」

「桃――んにゃ、紅梅か」

リベザルはその種類の多さに嬉しくなって、片っ端から色を訊いていった。秋もまたそれに答えて様々な名前を教えてくれる。

「な？　全ての状態にそれぞれの治まり方があって、またその組み合わせによってまた色んな表現がある。何も二十四色で無理に表現することないんだ」

「本当ですね。面白い」

秋は頷いてリベザルと一緒に店内を見て回っていたが、思いついたように立ち止まった。

「確かにこれを売れば、相当の金額になる。親子二人くらい、暫《しば》くは働かないでも生活してけるかもしれない。ホント、元はスゴイ呉服屋だったんだ」

「そうですねえ」

同じように古ぼけた店でもこうも違うものかと、リベザルは返事に溜め息を織り込んだ。

「さてと、そろそろ問題の部屋に参りますか。ガキって言ったよな。うるさい奴はヤだなあ」

「夕方群れてる鴉《からす》みたいな？」

「うわ最悪。仕事とはいえ出来れば美人のお姉さんか、格好イイおじさんか」

「……師匠の趣味ですか？」

「本気にするな。思いつくまま並べただけだ。とりあえず単純なのがいいな」

「丸め込むのに」

「他にもっと紳士的な言い様はないのか。糸、忘れるなよ」

秋は持っていた反物を丁寧に巻いて棚に戻すと、さっさとリベザルを置いて行ってしまう。

リベザルは部屋を出る前にもう一度色の山を一望して、南京錠のくすんだ金色を見て、これが鬱金色かな、などと考えながらその扉を封じた。

2

風がうるさい。閉め切っているはずの雨戸が今にも敷居から外れかねない程に揺れ、時々通りを走る大型の車が轟音《ごうおん》を散らして家全体を震わせる。リベザルは不安に押しつぶされそうになって、秋の背中合わせに体育座りをした。抱え込んだ膝と背中から伝わる体温だけが、彼の逃げ出したい衝動を抑えている。

「来ませんね」

「僕の時計であと二分……って、もう十一時か。今日って何か面白いテレビあったっけ？」

緊張感の欠片《かけら》もない。いちおう小声にはなっているが口調はいつもと何ら変わりはなく、話す内容はどこまでも日常的なものばかりだった。

「明日の御飯の次はテレビですか？」

「リベザルは気にならないと？　もしナイターが雨で中止になって、来週の見たかった番組が今日に繰り上がってたらどうする？　今日はドームじゃないんだぞ」

「それは――……困ります」

「まだシーズン始まってないけどね」

「……師匠〜。どうしていつもそーゆー責任感のない台詞《せりふ》を」

「シッ、時間だ」

秋が開きかかったリベザルの口を手の平で塞いだ。この切り替えの素早さは、ある意味尊敬にも値する。

リベザルは秋の背中に隠れて、全神経をドアの外に向けた。


ボーン、ボーン、ボーン…………。

廊下の柱時計が十一時を告げる。それがやむのとほぼ同時に、ドアが、鳴った。

コンコンコンコンコン、コンコンコンコンコン。


一度目のノックがやんですぐ、秋はガクリと胡座《あぐら》を組んだ足に上半身を埋めた。

「師匠？」

「は――――。失敗したな。よく考えれば分かることだ。ノックの仕方が日本人じやない」

「ホントだ」

日本ではドアをノックするのに、だいたい二回しか叩かない。それが礼儀というか通例なのだ。つまりこれでハジメの幽霊である可能性は段違いに低くなる。ノックは更に続いた。

コンコンコンコンコン、コンコンコンコンコン。

秋がコートをそっと脱いでドアに近付く。内外、互いに気配がない。リベザルは下手に動くと相手に存在を悟られそうで、息を殺してジッとその場に堪えた。

コンコンコンコ……ゴン！

鈍《にぶ》い音がする。

「何か御用ですか？」

秋がごく普通の態度で——今の状況にはかなり浮いているが——ドアを勢いよく

開けた。隙間《すきま》を覗《のぞ》くと、小さな緑の塊が廊下に踞《うずくま》っている。さっきのはドアにそれがぶつかった音だったようだ。

「失敬、当たりましたか」

「女────は何処《どこ》だ！」

秋は飛び掛かって来る塊を避けてその後ろに回り込み、容赦なくその背中を右足の裏で蹴り倒した。相手の手から刃物がこぼれ、リベザルは慌ててそれを拾いに走る。見たこともない鎌のようなナイフだ。

「返せ────！」

「リベザル、それ持って離れてろ」

言ったのは二人ほぼ同時だったが、動いたのは秋の方が早かった。リベザルに向かって突進しかけるのを秋は回し蹴りで左の壁に吹き飛ばす。そして座り込んで呻《うめ》くそいつを見下すように、片足を上げて壁にかけその膝に腕をついた。

「力のない度胸は無謀なだけだって、教会のお姉ちゃんに教えてもらわなかった？」

「誰だ、お前────っ」

「自己紹介はまず自分から。と、その前に盗人《ぬすつと》はお縄にかけないとね」

パチン！

秋はロープを取り出すと、新体操のリボンのように塊に縄をかけた。それはバタ足をして思う存分抵抗する。

「こ――――んなものっ」

「無駄な抵抗ってヤツ？　もしそのロープが切られたら僕は君の下僕になって、人でも何でも殺してやるよ」

「何だと――――っ」

「そのくらいの自信作なのさ。何たって製作期間二ヵ月と十三日の大作だからね。原料にも半端なくこだわってる。聞きたい？」

「くうっ」

そいつは勝てないと判断したのか、舌打ちをして暴れるのをやめた。

その姿は市橋に聞かされていた通りの年端も行かない子供だった。先に鈴の付いた緑のとんがり帽子を冠《かぶ》り、緑の服に緑のブーツ。その中で顔と袖だけが白くて、その袖は末広がりにしかも長く腕の二倍程もある。半分くらいの位置でダランと床に垂れ、ナイフなどとても持てそうになかった。持てたとしても危なっかしくて、考えただけで冷や汗が出る。短く刈り込んだ金髪、透けるような碧《あお》い目、細い手足は確かに人間の思い描く妖精のように愛らしかった。

リベザルが拾ったナイフを秋に渡す。

「物騒だな、ナイフなんて台所にあれば十分だろう。持ち歩くなんて格好悪い」

「どこが――――ッ」

「こんなその場に相応《ふさわ》しくないもの、たとえるなら遊園地にGC《ゲームキューブ》を持ってくようなもんだ。せめてDSにしろっていう」

リベザルが思わず想像して笑うことで同意すると、それは膨《ふく》れっ面《つら》になって二人を上目遣いに睨《にら》んだ。

「何なんだ――――、お前ら」

「初対面でガンくれるなんて失礼な。それと名乗る時は自分から。二度も言わせるなよ」

初対面で蹴りを二発も喰らわせるのは礼節違反ではないのだろうか。しかも蹴った後、綺麗に振り抜いていたところを見ると、与えられたダメージはだいぶ大きかっただろう。リベザルは少し同情してその小さな少年を見遣《みや》った。血を吐いていないから内臓は傷付いていなさそうだが。

対峙《たいじ》する秋は無表情で彼を見下ろしたまま、一ミリたりとも動かない。

少年は顔をしかめて汗を浮かべた。

「……ボクはぁ、リトアニアから召喚された。人にはルースと呼ばせてるよ」

「召喚したのは市橋厚《いちはしあつし》、依頼内容は彼の今持つ仕事を終わらせること。間違いないな？」

「なんで――――？　それどこで訊いたんだよぉ――――!?」

「内緒。でも名前は教えてあげよう。こっちはリベザル、僕は秋だ。今後ともヨロシク」

秋はやっと足を下ろして、こぼれ落ちそうな程目を見開くルースに少しだけ笑顔を見せた。

3

「これェ、解いてよ――――！」

「その喋り方ムカツクな。英語は話せるか？」

「メ――、ア――イ、スピ――――ク？」

「No thanksだ。変わんないな、ムッカ一〇〇。なら同じ字を三秒以上延ばすな。それで妥協する」

「努力はする――」

若干《じゃっかん》語尾の延びが短くなったルースを、秋は手荒に居間の隅に降ろした。

ルースが「もっと丁寧に扱え」と、ブーツの踵《かかと》を互いにぶつけて鳴らしている。

リベザルはテーブルを挟んで秋の正面に座って、彼がついでに淹れてくれた――無断で借用したのだが――茶を啜《すす》った。内臓の隅々まで染み渡る熱湯が、固まっていた関節をじわじわと和《やわ》らげていく。

「師匠、この……ルース、が犯人なんですか？　なんか……」

「『なんか』ぁー？　何か何だよぉ――――？」

「四秒延ばした、減点二」

「何か、その、弱そうなんですけど……」

「馬鹿にしたな――！　聞いて驚くなよー、ボクは勤続年数二年の人気者アンド、ベテランなんだからな――――！」

「減点七」

「あんた、いちいち煩《うるさ》いなー。黙っててよ――」

「三秒一点。加えて態度が悪い、マイナス五。合計十五減点で免許取り上げだ」

「免許って何の……」

「決まってるだろ」

秋は憮然《ぶぜん》としてポケットから出したプラム程もある飴《あめ》を、ルースの口に突っ込んだ。しかも、涙目でそれを吐き出そうとする彼の唇を両手で摘《つま》んで左右に引っ張る。

泣き顔が一見、笑顔に変わった。

「笑顔笑顔、飴貰ってよかったなあ、ボーズ」

「師匠《ししょう》。あんな大きな飴、どこから?」

「今日はホワイトデーだ。ああいう馬鹿げた物が、店頭で大手を振っててね。で、何?」

「えっと、犯人のコトなんですけど……」

いつもながら気に入らない相手には慈悲の欠片《かけら》も見せない秋に、リベザルは思わず引きかかった。優しい台詞《せりふ》に冷淡な口調が恐怖を誘う。しかし嬉しいことにリベザルにはそこまで酷《ひど》い扱いを一度もされていないことが、紙一重のところで彼を踏み止まらせている。

「俺にはこの……子が、ハジメ君を殺したり、小海さんを襲ったりするようには見えないんですけど」

「女将《おかみ》を襲った奴ではないことは証明されたな」

「え？　いつのまに」

「これが今晩この家に現れた時点で、だ」

「――あ、そうか！」

もしあれがルースの仕業《しわざ》なら、彼女が入院してることを知っているからここに来るはずがない。

「じゃあ、どうして兄貴を病院に？」

「まだ、援護市橋がノックの犯人と確定していた訳じゃないから」

「えっと……」

リベザルはテーブルに額をつけた。

ノックの犯人がルースでない場合。例えば由里子を襲った犯人ならば、今頃病院の方に行っていただろう。だとするとルースはハジメを殺した犯人かその模倣犯か、あるいはその両方になる。

実際はノックの犯人がルースだった訳だから、彼が由里子を襲った犯人である可能性は否定され、ハジメを殺した犯人と模倣犯の可能性はまだ残されている。もし一件目と二件目の犯人が同一で……。

組み合わせが何通りも出来るのは分かったが、そこまでリベザルの脳神経は活性化してくれなかった。

「つまり、あの悪魔は何を……」

「それを今から訊くのさ。おい」

「んーんーんー」

「訊きたいことがあるんだ。そのくらいの飴、さっさと嚙み砕いてしまえ。さもないと、ナトリウムとこのお茶、その口の隙間《すきま》に流し込むぞ」

「ん――――!!」

ルースはブーツの踵で畳を蹴り、上体を捻《ひね》って帽子の鈴を鳴らし、顔は涙と鼻水でドロドロになっていた。

悲惨散々鎌倉幕府状態。ナトリウムは水に反応して大爆発を呼ぶ。口の中の飴を砕くのに、そんな真似をされては堪《たま》らないだろう。飴どころか頭ごと吹き飛んでしまいかねない。

飴を押し込んだ張本人に真顔でそう脅され、ルースは泣きながら顎を外れる程動かして口いっぱいの飴を嚙み、五分かかって全て飲みこんだ。

「よーし、いい子だ。さて、聞かせてくれないか。何処から何処までがお前の仕業《しわざ》だ？」

秋は一級犯罪者でも懺悔《ざんげ》してしまいそうな穏やかな笑顔で、ルースの一メートル手前に膝を折って腿《もも》の上で両頬杖をついた。

「イハシさんに頼まれて、ボクが……やったのはー……雪の妖精の真似とノックだけだよ」

ルースは延びかかる台詞の端々《はしばし》に注意しながら、ブツブツ切れた説明を始めた。まだ日本語に慣れていないのか、『市橋』が上手《うま》く発音できていない。先刻の笑顔でもそれまでの恐怖は帳消しにならなかったのか、時々怯《おび》えたように秋の顔色を窺ってい た。無理もない。

「……ここの家の人、追い出そうと思って、ちょうど息子がいなくなってて、調べたら死んでたのはすぐ分かったから……息子のフリして、『お母さんも一緒に死んで』っていおうと思って、人間が見つけてからは雪の妖精いくつも作ってー、怖がってくれないかなー……って」

「『言おうと思って』？　言ってないのか」

「だって——、あっ、ごめんなさい！　スミマセン」

「減点三な、ツケとく。『だって』？」

「だって、いくらノックしても返事してくれないから」

「直接手は出してない？」

「そんなことっ」

ルースは顔を上げて、帽子がズレて落ちるまで頭を左右に振った。鈴が畳に跳ねて、軽やかな音色を奏で出す。

秋は帽子を拾って、ギザギザにカットされた鍔《つば》を指でなぞった。

「でも追い詰めて殺そうとしたな」

「……しました」

「やっぱ、民話はあてにならないな」

「師匠、何言ってるんですか？」

時々、本気で秋の頭の構造をこの目で確かめたくなってくる。この場面で、民話？

秋は突然落胆した様相になって、帽子をルースにかぶせ、付いた埃《ほこり》を手の平で払い落とした。

「リトアニアの民話でさあ、貧しい樵《きこり》のお弁当のパンを小悪魔が盗むんだよ。そしたら、大きな悪魔達が怒って……」

「それってそれってー、お詫びに樵を地主から解放してー、畑いっぱいの麦と牛数頭をあげるんでしょお？　それ、ボクらの間にも口伝えで残ってる……ます」

「そうそれそれ。リトアニアの悪魔っていい奴だなあと思ってたのに」

秋はルースをちらりと見て、わざとらしく溜め息をつく。

「イメージ崩れたなあ」

するとルースは顔を赤くして、困ったような顔をした。

「仕事は仕事だもん……。でも、間違えて二人を襲ったお詫びはするよー」

「いいよ、無理しなくても」

「無理じゃないよお！　だって、ボクらの話、知っててくれて嬉しかったし。あ、さっきの減点だってあったじゃない？　ねえ、何でも言ってよ。こう見えてもボク、同期の中じゃ優秀なんだよ」

秋が項垂《うなだ》れたまま、ニヤリと笑った。たぶん、ルースからは見えていない。その証拠に彼は秋を励ますように、しきりに「顔上げて」とか「何がいい？」とか、あまつさえ謝罪までしている。愛国心や仲間意識があるのか知れないが、最低自尊心だけは持ち合わせているようだった。

(さっすが、師匠)

いつの間にやら変わってしまった立場には、おまけに無償の願い事まで付いて来た。秋のコトだ。当然、狙ったのだろう。

「そこまでいうなら……」

秋は眉毛をハの字に、しおらしい頼りなげな笑顔を作って、そうっと顔を上げた。

「契約の破棄？　それでいいの？」

「せっかくのお客を悪いんだけど」

秋はロープを解いたルースに、温かいコーヒーを淹れてテーブルに置いた。控えめな態度がリベザルからすると、いやに不気味である。

ルースは嬉しそうにカップを取って、猫舌らしく水面が波立つ程息を吹き掛けた。

「俺、氷持って来ましょうか？」

「んーん。だいじょーぶ。契約の方もね。ボク人気者だって言ったでしょ、すぐにまた喚《よ》び出されるからへ――き」

「それは有り難い」

「とにかくボクはイハシさんの契約、放棄するね。ゴチソウサマっ」

「あ、待っ……」

リベザルが反射的に呼び止めて腕を伸ばしたが、手は空を切って無を摑み、ルースは長過ぎる袖を振って鈴の音を残して消えてしまった。

沈黙に取り残されたリベザルは、横目に茶を飲む秋を見た。

「師匠、何でリトアニアの民話なんて、都合よく知ってたんですか⁉　まさか、初めっから犯人が分かってたんじゃあ……」

「ううっそ。そんなわけないじゃん。記憶力にはちょっと自信があるんだ。ザギほどじゃないけどね」

「でも、リトアニアですよ？」

「そこまでこだわるほどのことじゃないって。リトアニアだけじゃないさ。御要望とあらばスコットランドからネパールまで、選《よ》り取り見取り」

「その二つの国は、何を基準に……」

「こまどりとプンクマインチャだ」

「⁇」

「気になるなら帰ってザギに本を借りるといい。あの部屋は下手な図書館よりも品揃えがイイ」

言いながら秋は急須《きゅうす》の開ききった葉を見て、お代わりを諦めた。ひの菜のようなお茶の葉では出涸《でが》らしもいいところだし、コーヒーを淹れたおかげでお湯ももうない。その落胆ぶりは、逮捕直前で犯人を取り逃がした時の比ではなかった。お茶好きというよりは寧《むし》ろお茶フェチの域である。

リベザルはルースを脅していた彼とのギャップに、へこんだ心を時間をかけて修復し、話題を事件に戻した。

「ハジメ君を殺したのって、あいつじゃなかったみたいですね」

「そのようだな」

「小海さんの方も……」

「そんなのは警察が捕まえてくれるよ。

さ、リベザル。洗い物手伝ってくれ。依頼はどちらも片付いたんだ。僕らの仕事はこれで終わりだ」

浮かない顔のリベザルの赤頭をポンと叩いて、秋はウエイターもしくは曲芸師のように左の二の腕に茶碗を全て乗せ、右手で急須を持って台所に入っていった。

ノックの犯人が消え、市橋の契約も反故《ほご》に出来た。二つの事件は片付いたのだ。ハジメ殺害も由里子が襲われたのも、あとは警察の仕事である。

リベザルはあてにならない自分の勘を振り切って、写真に再三お茶の礼を言ってから、居間の電気を消した。

# 4

食器を全部元に戻した二人は暗いうちに小海呉服店を後にし、駅のホームで夜明け――というか始発――を待った。秋はこの三月の寒さもお構いなしに、ベンチに座って熟睡している。リベザルは二人で眠って電車に乗り損ねても嫌なので、瞬《また》く星を見上げて端の方から白んでいく藍《あい》色の空を仰いでいた。

(ルースがノックの犯人でよかったんだよな)

そのおかげで二つの依頼は同時に済ませられたのだ。これがルースとノックが別の事件だったら、それぞれバラバラに解決しなくてはならない。だが、同一だったおかげで、彼女にまつわる他の二事件は無視することになったのだ。

(何か、消化不良……)

しかし頼まれてもいない、妖怪も関わっていないでは、彼等が手を出す訳にはいかない。リベザルは体全体に風を通過させるように頭と心を空っぽにして、自分達の出番のなさを喜ぶことにした。

『まもなく、一番線に電車が参ります。黄色い線の内側にお下がり下さい』

「また貨物かな」

運行時間外でも貨物列車は運転されている。リベザルは線によって違う『電車』の発音を、今まで乗った駅のアナウンスを思い出して考察した。が、すぐやめた。考察できる程覚えてもいなければ乗ったことのある路線の数も少なかったし、特に意図があってやろうとしたのではない。単なる暇つぶしだ。

線路の向こうから眩しいライトが二つ目に入った。それは段々とこちらに近付くに連れてスピードをおとし、ホームに沿って停車した。貨物ではない。客車だ。待ちわびていた始発が来たのである。

「師匠……あ」

リベザルは秋を起こそうとして青ざめた。気持ちが事件モードに入っていて、日常的なことをうっかり忘れていたのだ。昨日の二の舞いを、しかもホームでされたら、リベザルといえども命が危ない。

「どうしよう、電車行っちゃうし……もうっ！」

起こすか起こさないかに最早《もはや》悩む余地はない。考えるべきは彼が起きるまでの時間を、いかにして過ごすかということだ。リベザルはその小さな背に秋を乗せて——足は引きずっていたが――どうにか車両内に運び込んだ。他の駅に比べ妙に長い停車時間は、車掌がそれを見て気を回してくれたのだろう。

まだ電気が灯《とも》り人も疎《まば》らな車内に秋と並んで座って、睡魔を飼いならす電車の振動にリベザルはいつしか眠りについていた。

*

「ただいまー」

「兄貴、まだですね」

「てっきり昨日の終電で帰ってると思ってたのに。またどっかで女子高生でも引っかけてんのかな」

秋は脱いだ靴を玄関に放り出して、後頭部を掻いた。

リベザルはそれを並べ直して壁際につけ、自分の靴も靴箱にしまう。それから秋に続いてリビングに入った。電車の中でさんざん眠った甲斐あって、眠気は成層圏の彼方《かなた》に飛んでいる。

「師匠。兄貴のは引っかけてるんじゃなくて……」

「向こうが引っかかって来るんだったな」

「摩訶不思議《まかふしぎ》ですよね」

「本人、自覚がないぶん質《たち》が悪い。リベザル、チェスしないか？」

「勝てないから嫌です」

　この家で将棋やチェスの類《たぐい》は座木の、オセロやトランプなら秋の独壇場だった。リベザルが彼等と対等に勝負出来るのは、コンピュータの格闘ゲームやレーシングゲームくらいである。それでも一番というわけではない。

　リベザルが素直にそう言うと、秋はやりかけの盤を人さし指で叩いてそちらに注意を引いた。

「ハンデに座木の作った布陣付き、でどーだ？」

「——やろうかな」

　リベザルは買い置きしておいたスポーツドリンクの五百mlのペットボトルに口をつけたまま、その誘惑に負けてソファに移動した。

　秋が台所に飲み物を取りに行く間に盤を見たが、几帳面《きちょうめん》な座木らしい綺麗で分かり易い布陣である。一糸乱れぬ陣形と幾重にもはった罠《わな》。その全てを理解することはリベザルには不可能だが、それでもコレなら勝てるかも知れない。しかも手はこちらがチェックしたところで止まっていた。

(インチキだけど初勝利かも)

「始めるか」

「はいっ。これ、師匠からですね」

リベザルが気合いを入れた声で返事をすると、秋は飲みかけのペリエの瓶にアマレットとオレンジジュースを足して含み笑いをし、ビショップを三つ動かした。

「だ――――っ!! 何でぇ?」

リベザルはぬるくなっていくドリンクを飲むのも忘れて、駒を持たない方の腕を付け根から回した。確かに最初は有利だった筈の白の数が、気がつくと黒の駒の半分くらいになっている。その上、ポーンとキング以外はルーク二つとクイーンしか残されていない。

対する秋の陣にはクイーンを始め、ポーンの昇格のせい――深山木《ふかやまぎ》家では特殊地方ルールとして、死んでいる駒にしか昇格出来ないことになっている。駒の替えが利かないとややこしいからだ――で一度取ったナイトやルークまでが復活していた。

「勝負ありだな、これでチェックだ」

「ちょっと待って下さい。えっとー、そっちに行くとあれがこっちに来て……」

「昔、そっちとかどっちとかいう絵本があったな」

「覚えてないですー。えー、どっからこうなっちゃったんだろ」

「『過《グオ》而《ア》不《ブ》改《ガイ》、是《シ》謂《ウエイ》過《グオ》矣《イ》』。終わったことより先を見な」

「今そんな難しい言葉を言われても〜」

秋は瓶をラッパのみして、ますます頭を混乱させるリベザルを楽しむように茶々を入れる。そんなリベザルを救ったのは下の店のドアベルだった。

ビ――――、ビ――――、ビッビッビー。

「せっかちな客だな。連打しなくても聴こえてるっての」

秋が立ち上がって試合が中断されたので、リベザルはソファのクッションに俯《うつぶ》せに沈みこんだ。使い過ぎた脳みそは白煙を上げ、手足は油がきれて軋《きし》むようである。

「疲れたー、やっぱ駄目だー」

秋が出ていった部屋が妙に広い。疲れが出てきたのか、周りの景色が酷く遠くに見えた。このまま目を瞑《つぶ》れば……そう思ってリベザルが瞼《まぶた》をトロンと落としかけた時、トゥルルルルル、トゥルルルルル。

電話が彼を現実に覚醒させた。

「うわあっ、はいっ、深山木薬店です！」

飛びつくようにしてとった受話器からは、座木の疲れた声がワンテンポ遅れて返って来た。

『……リベザル。昨日の、ノックの犯人は捕まえた？』

「はい。師匠の予想通り、市橋さんの雇った妖怪でした」

『そう……秋は、いる？』

「？　今、下に居ます。代わりますね」

座木の様子がおかしい。来客中ではあったが、リベザルは緊急と判断して子機呼び出しのボタンを押し、切り替えた先の子機を持って店に降りた。

店では秋が何種類かの乾燥させたハーブを、小売り用の袋に詰めていた。その正面には小さな子供が二人、手をつないで秋の作業にしきりとコメントを投げかけている。そろいの服に左右取り違えた靴が、妙に愛らしかった。

「今日は」

「コンニチハ」

「……あ、こんにちは」

二人が挨拶をして来たので、リベザルはわずかに頭を下げてそれに応えてから秋に電話を渡した。

「師匠、兄貴からです」

「ザギ？」

秋が意外そうな顔をしてそれを受け取り、ハーブの入った袋をリベザルに渡して親指で客の二人を示す。

（俺、接客苦手なのにー）

リベザルは内心大泣きで、こちらに注目している二人に引き攣《つ》った固い作り笑いを見せた。

「お待たせしました」

「あなたもルースの友達？」

「は？　友達っていうか……」

「あたし達、ルースの紹介で来たのよ」

「そうなのー」

どうもお喋りらしい少女の方が早口で言い、少年が袋を胸に掲げて相槌《あいづち》を打つ。

「あいつ、見えっ張りだから、今度の仕事一人でやったって言ってたでしょ？」

「違うんだよー」

「本当は他の悪魔が手伝ってたの、あたし見たもの。遠くてよく分かんなかったけど、利害が一致とか、隣のよしみとか言ってたわ」

「他の？」

キャッキャと笑う二人に、リベザルは一人で右往左往し秋を縋《すが》り見た。犯人は一人ではなかったのか？　しかし秋は電話に集中していて、リベザルが見ていることすら気付いてくれない。

「そろそろ行こ」

「そーね、お代はここに置くので、お世話様でした」

「あ……りがとう、ございました」

リベザルは何とか礼を言って二人を外まで送り出し、店内に舞い戻ると、ちょうど秋が電話を終えたところだった。

「師匠、さっきのっ」

「ああ、聞いてた」

というわりには、何処か上の空である。リベザルはすぐにその理由がさっきの電話にあることを感じ取った。

「師匠？　兄貴、どうしたんですか？」

秋は答えない。床と自分の間を見つめたまま、何かを考えこみ抜け殻になってしまっていた。

リベザルの胸中に不安の渦が起きる。

「師匠……」

「ザギが帰って来たら詳しく話してくれるさ」

「そんなに待てません。悪いことですか？」

「よくはないな。昨日、犯人は病院にも出たそうだ」

「!!　嘘……」

「だったらいいと僕も思う。けど現実だ。しかも僕らがルースと会ったのと同時刻。別人だ」

リベザルは秋の言葉が信じられず、しかし彼がジョーク以外に嘘などつかないことも知っていたので唖然とした。これがジョークなら黒もいいところである。

渦は嵐になって、リベザルは口を開くことすら出来なかった。

＊

僕と君は大きな揺りかごの上で出会った
白い花と蒼い土
闇色の幕と虹色のカーテン
輝く太陽と揺らめく黄色い星月が
僕らをこの世界へいざなった

君は僕に幸せをくれた
君は僕に愛をくれた
君は僕に孤独を教えた

僕は君に可愛らしい猫を贈ろうか

僕は君に華やかな帽子を贈ろうか
僕は君に素晴らしい何を贈ろうか

この広い大地に花を散らして
この蒼い空にリボンをかけて
この世界の美しき全ての物に
カードを添えて君に贈ろう

幾千の苦しみと
億万の喜びをともにして
そうして二人で生きていこう
たとえ死しても離れることなく

# 第二部　明　―insight―

# 第一章　有救休暇

## 1

生まれて二十八年、刑事になって五年、さしたる大事件にも遭遇せずにのほほんとしてこれたのは、配属された上流坂《かみるさか》署が片田舎なのと、犯罪とは縁遠い善良な上流坂市民のおかげだろう。まもなく終わる勤務時間を見計らって、彼はロッカーの茶色のロングコートを手に取り『高遠《たかとお》』と自分の名前がプリントされた扉を左手で閉めた。

その音に反応したように、背中から後輩の叱咤《しった》らしい声が飛ぶ。

「先輩、もう帰りですかー？」

「ああ。明日も休ませてもらうから、後頼むよ、葉山《はやま》君」

「えー、何でですかー？」

葉山は今聞いたという風に大袈裟《おおげさ》に驚いて見せた。高遠よりも四つ年下の彼は、年齢のせいだけでなく顔から仕種《しぐさ》まで未だに幼い印象を与える。不満を申し立ててブスくれたその面《つら》は、とても大《だい》の大人のする表情ではなかった。中学生は言い過ぎでも、ガクランでも着せればまだ十分高校生で通るだろう。

高遠はだらしなく着たツイードのスーツの上からコートを羽織り、踏みつぶしたスニーカーの踵《かかと》を丁寧に伸ばして履《は》き直した。そのついでに頭上で膨《ふく》れる葉山を上目で見る。

「そう、怒らないでくれるか？　ちゃんと課長に申請して通った、れっきとした有休なんだから」

「むー、いいな、いいなー。どっか行くんですかー？」

「はは、部屋が洗濯物とゴミの山になってしまってね。明日は一日家事に勤《いそ》しもうかと思ってるんだ」

「ふえー、無駄な有休の使い方ですねー」

「片付いた後の部屋を思えば、充分有意義だよ。でも、そうだな……」

高遠は左足の爪先をトントンと床に突きながら、自分のくっきりとした二重瞼《ふたえまぶた》を指でなぞった。二週間ほど何だかんだで休み損《そこ》ねていたのでふと思い立って有休を取ったのだが、そう言われてみると確かにもったいないような気もする。しかし、たった一日では時間的制約が厳し過ぎる。

　ポケットから手探りで煙草を一本出してマッチで火をつけ、葉山を避けて煙を吐き出した。

「誰か誘って、飲みにでも行くかな」

「りゃりゃ？　でも先輩、飲めないいんじゃないですか」

「酒は好きになれないが、酒の席はそんなに嫌いじゃないんだ。久しぶりにこれから伊原《いはら》の奴でも誘って……」

　伊原署には交番勤めの頃の同僚がいた。刑事になり配属署が分かれた今でも細々とだが交流がある、同職では数少ない友人だった。場所はかなり遠いが、こちらから出向けば明日相手が仕事だとしても融通がきくだろう。せっかくの休みだ。高遠の中で休日プランが可決されかかった。

　ところが葉山が「とんでもない」と言って両手と首を左右に振った。

「伊原署って、あの雪の妖精事件の所轄《しょかつ》じゃないですか」

「そう……だったかな」

「そーですよー」

葉山が肩を落として高遠の無知を嘆いた。だが高遠とてその事件についてまるで知らなかった訳ではない。興味関心も人並みにはある。担当した署をチェックしていなかっただけだ。

とはいえ、これだけ大きな事件となれば県警が捜査の主導権を握り、意外に伊原署は暇かも知れない。運が良ければ酒の肴《さかな》に事件の話も聴ける。

(決まりだな)

高遠は最後の一口を吸って、煙草を手近な机の灰皿で消した。

「有益な情報提供有難《ありがと》う、葉山君」

「にゃー、やっぱり行くんですねー。面白い話聴けたら教えて下さいよねー」

「いいとも。それじゃ、お先」

「お疲れさまでしたー」

諦《あきら》め顔に苦笑を浮かべて机に戻る葉山に軽く手を上げて、高遠は上流坂署を後にした。

## 2

家には戻らず署からまっすぐ伊原署を目指したが、最寄《もよ》り駅に着いたのは六時半を回っていて、友人宅に電話をしても留守電にしか対応してもらえなかった為、高遠は伊原署に行ってみることにした。署にも電話をして所在を確かめれば良いのだが、それをしなかったのは、一口に言えば間近でお目にかかったことのない大事件と、加えて他の署内も見てみたいという好奇心故《ゆえ》である。

これで彼に会えなかったとしても、幸い時間を無駄に感じるような精巧な時間感覚は持ち合わせていないし、ちょっとした散歩だと思えば苦にもならない。高遠はあてのない旅のようにあちこちの店を出入りしながら、三十分かけて伊原署に辿《たど》り着いた。

自分の白い息越しに見た署は汚れた茶色——元は白だろう——の建物で、入り口前のロータリーに大きな時計と掲示板、建物右上方の渡り廊下のアーチをくぐった奥には駐車場があり、パトカーと何台かの車、バイクが並べられている。造りは上流坂とさほど変わらない。

当たり前のような顔をして自動ドアを抜け、すぐ左手の階段を上がると、刑事課はすぐに発見できた。内部構造も自署と大差はない。が、誰もいなかった。

学校の教室程の広さの部屋はヤニ臭く、ブラインドが全《すべ》て下りているので実際よりも狭い印象を受ける。システム机が向かい合せで二列並び、その上座に部屋を見晴らす配置で机が一つ。そこには『課長』と書かれた黒いプレートが立てられていた。これを校長に書き換えれば、学校の職員室の風景に大変類似している。もっとも、その背中にかかったホワイトボードの内容は、数段に物騒ではあるが。

「それよりも、この状態が……物騒な」

と思って辺りを見回すと、他の部屋や廊下はそうでもなく人の気配があるので、こんな所で下手に疑われてもつまらないと、高遠は廊下に足を戻した。何の気なしに二階をうろついていると、『小学生暴行殺人事件捜査本部』と書かれた紙の貼られた白いドアを見つけた。軽く開いた隙間《すきま》から中を覗《のぞ》くと、どうやら捜査会議の真っ最中らしい。

(覗きはよくないな)

高遠はドアの向かいの壁に身を引いて、吸えない――ここの廊下は、吸って良いかどうか分からないので――煙草を指の上で回した。たぶん友人はこの中にいる。待つことにした。

「以上、捜査会議を終了する」

マイクを通したひときわ大きな声がして、比較的大きな会議室はその言葉を合図のように静寂から喧噪《けんそう》の地に変わった。ドアは大きく開かれ、中からプリントの束《たば》を手にした背広の男が流れ出す。その波が疎《まば》らになると廊下からも会議室の中が開けて見え、後ろの方の席に目的の友人を見つけた。年上の刑事に向かって何か話しているようである。

「来村《きたむら》さん。プリント、忘れてるっスよ」

「！……何だ、白木《しらき》か。わざと忘れたんだよ」

「何言ってるんスか」

友人は年輩の刑事のスーツのポケットに、無理矢理A４の紙の束を押し込んだ。

「俺はあいにく正義感なんてもん、持ち合わせちゃあいないんだあよ」

「『あと三年何事もなく勤めを終えて、縁側で猫抱いて暮らす』んでしょ？　もう耳がタコになったっスよ」

「それを言うなら『耳にタコができる』だろ。どうでもいい。もう帰るべい」

「き、来村さん！」

「白木君」

来村に置いてきぼりを喰って慌てて追い掛けようとする白木を、高遠はそう大きくはない声で呼び止めた。

「ああ！　高遠さん！　お久しぶりッス」

高遠を見つけるや否や、白木が目の覚めたような顔になってガバッと頭を下げた。

白木は二年前刑事になったばかりで、彼の体育会系のノリにはついていけないところもある。過剰に礼儀正しいというか、まあ無礼者よりは数段好ましい。

口調、態度だけでなく見てくれもいかにも、という風で、百八十五センチの長身にくまなく筋肉が付き、頭は短髪、顎髭《あごひげ》少々。スーツを着てこんな場所にいるよりも、ジャージと白いTシャツで何処《どこ》ぞの競技場にいた方がよっぽど似合う男である。

「どうしたんスか、わざわざ伊原まで。事件っスか？」

「あー、いや。休みが取れたんでたまにはどうかと誘いにきたんだが、忙しいようだな」

「それは……そうでもないんスよ。今日はとりあえず何もないし、明日も通常出勤で。捜査の深部は自分ら末端には何の関係もないっス」

高遠が御猪口《おちょこ》を傾ける仕種《しぐさ》をしてみせると、白木は一瞬困惑した表情をしてから、徐々に握り拳を震わせてやり場のないエネルギーを表した。

話によると、初め事件は規模の大きいものとして扱われ、県警の刑事が伊原署にも派遣されて来た。そこで数日間聞き込みだの現場検証だのしていたのだが、何しろ被害者が行方不明になってから遺体で発見されるまで一週間も経《た》っていて、現場にあった雪は溶けて次々新しいのが降るものだから、何の成果も上げられなかった。

分かったのは被害者が、誰かに怨《うら》みをかうような年齢でも人物でもなかったこと。目撃者が一人もいないこと。体に暴力がふるわれた痕《あと》はあったが、発見が遅く正確な解剖結果が出なかったということ。

母親や親類縁者は一通り疑われたが、その誰もが動機もしくはアリバイに後ろ暗いところがなく、不審人物の目撃証言も皆無だったことから、あんがい簡単に捜査は打ち切られてしまった。正確にはあとは所轄署で頑張れと、本部が手を引いたのである。事件はそのままうやむやにされるかと思われた。

ところが昨日、その被害者の母親が買い物に行く途中で何者かに襲われたのだ。顔や腕に痣《あざ》を作り、畑の脇道に倒れているのをそこの地主が発見したのである。畑の場所がお隣、桑名《くわな》署の管轄だった為、先の事件と関連があるかも知れないと二署での合同捜査に持ち込まれたのだ。

人数が増えれば一人あたりの仕事は減る。地位の低い末端となればなおさらだ。白木は仕事のなさを嘆き、捜査の進行の遅さを責めた。元来真面目《まじめ》な男なのだ。

高遠はムースが取れて落ちて来た前髪をかきあげた。

「まあ、そう腐ってても仕方ないだろう。俺相手じゃ気晴らしにもならないか？」

そう言って少し反応を待つと、白木は大きくゴツい手の平でガッシと高遠の肩を摑んだ。

「行きましょう、飲みましょう！　今日は飲むっスよ、高遠さん」

程々に、と言いたいところだが、盛り上がった彼のボルテージをわざわざ下げることもないので、高遠は返事の代わりにニッと笑って返した。

## 3

「一言言ってもいいッスか？」

「構わないよ」

二人は軽く飲み屋で飲んだ後、白木の家に会場を移していた。白木は帰ってきてから既に二ダース目の缶ビールを開けている。下戸《げこ》の高遠は、刺身《さしみ》をつまみに、買ってきたオレンジジュースをやりながら、白木の愚痴《ぐち》予告の「一言言ってもいいか？」に二十七回目の了解を出した。

白木が一気に三五〇㎖缶を呷《あお》る。

「自分達も聞き込み行ったんスよ。県警が調べ終わった後の再確認作業なんスけど、そっこの教師がむかつくヤツで」

「教師？」

「被害者の通ってた小学校の担任ッス。あの野郎が……」

ドンとテーブルを叩いて、白木は熱っぽくその時の状況を話し始めた。

＊

昨日、三月十四日のことである。

白木がペアを組まされたのは同署同課の上司で、名を来村という。あと三年で定年退職を迎える老刑事だが、目立った役職にはついていない。彼の場合それも納得という働きぶりで、昇進を望まない代わりに残業の類《たぐい》はいっさいやらない、最大級に楽に仕事を済ませようとする人間だった。

来村は勧められた椅子によいしょと声を漏らして座り、手帳を開いて事情聴取にかかった。その全ての動作が事務的かつ客体的である。

「小海《こかい》ハジメ君は二年のときに転入して来たんですね。聞き難《にく》いんですけども、いじめなんかは……」

「そんな、うちの学校にはそんなことありえません」

担任だったという三十代後半の男性教師は、年甲斐もなくブルブルと首を振った。

「そーですか、じゃあ、最近悩みなんてのはー……学校の先生には打ち明けられませんかねーえ？」

「小海君は明るくて友達も大勢いました。成績はそこそこですが、えー、六年になってから急に国語の成績があがりましたね。体育は……」

「申し訳ないんだけど、先生。成績はどうでもいいんです」

「スミマセン、えー、生活面ですね。お力になりたいのはもちろんなんですが、あー、小海君は少年団にも入っていませんでしたし、その、学校以外の特に放課後のコトは恥ずかしながら全く分からないんです」

「学校では？」

担任は水色のファイルを開いて、紙の上にボールペンの尻を走らせた。

「えー、低学年、三年前までは欠席が多かったようです。元の担任には家庭の事情と教えられました」

「その先生は？」

「今はいないんです、あー、異動で」

「先生はその家庭の事情とやらは？」

「まー、聞いてはいますが」

すこし苦い顔をした。来村が是非《ぜひ》にというと、担任は苦い顔のまま嫌な笑いをする。

「父親と母親が不仲でして、そのー、母親が実家に帰るたびに小海君を連れて行ったそうです。あー、子供想いなんでしょうが、ねえ」

教師の口調は教師としては言いづらいが、個人としてなら野次馬根性好奇心の対象にうってつけという風だった。それが悪いとは言わないが、白木は気に入らない。真の笑顔と作った渋面《じゅうめん》を取り違えて見せる、その根性が不愉快だった。一発横っ面《よこつら》を張りたいところだが、来村と警察の顔を立てて我慢する。

「その後、不審な人物の目撃者なんか、出ましたか？」

「いえ、えー、でも犯人が未だウロついてるかもとかで、転校とか親の送り迎えが増えてはいますね」

「……どうもお邪魔しました。何かあったら連絡お願いします」

来村は慇懃《いんぎん》に頭を下げて、強張《こわば》った顔の白木を連れて学校を出た。


「何スか、あの態度。『自分は何も知らない』で『警察は早く犯人あげろ』っスよ？」

「ほー、お前もちっとは人の気持ちが分かるようになったかよ」

「分かるっスよ、そのくらい。腹立つ、あの教師！」

白木は左手で右手の指を鳴らす。頭に血が昇りやすい性格なのは自覚していたが、修正は不可能だった。

「そう、カッカするもんでねえ。国民には、警察は自分達の払ってる税金で働いてる、って意識のヤツが結構いるんだよ」

「税金なら自分達だって払ってます」

「知恵がついてきたなあ、白木」

「──────……」

善意か悪意か判断対応に窮して黙り込むと、来村は後頭部をガリガリ掻いて「済まねえ」と曖昧《あいまい》な発言を詫びた。

「からかって言ってるんじゃねえぞ、本気さあ。褒《ほ》めてるんだ」

「ッした」

白木風の礼の言い方である。体育会柔道部にいた学生時代の名残《なごり》だった。

「よせやい。礼なんかいらんて」

来村ははにかんだような苦笑いをした。彼の丸まった背を叩く。

「ただなあ、そういう奴等のは『警察』っていう組織に対しての感情で、俺ら個人のコトは初めっから考えてねえんだ。さーてと、さっさと全部の学校回って帰るぞ」

「うッス！」

そしてこれが白木風の返事の仕方だった。

＊

「思い出すだけで腹が立つッス」

「面白そうな上司だなあ。来村さんね。覚えとこう」

「何スか？」

話の腰を折って、話し手の主旨とは違うところで相槌《あいづち》を打った高遠に、白木は不可解な顔をした。だが不愉快という感じではなかったので、高遠はそのまま上司の話を続行する。

「白木君は彼を仕事嫌いと言ってたが、今の話を聴く限りじゃ、うちのガチガチに凝《こ》り固まった上司に比べれば、随分話の分かりそうな人だと思ってね」

「そうッスか……」

白木の表情が暗く曇る。今度はあまり好感触の反応ではなかったので、話題を逸《そ》らして元に戻した。

「そう思ったけどね。ところで、白木君がした捜査はそれで終わりかい？」

「いえ、その帰りに庄野《しょうの》さんから連絡が入って……」

「庄野さん」

覚えのない名だ。高遠が繰り返して言うと、白木は再度お怒り状態になって、語調を荒らげた。

「自分、苦手なんス。この人見るたびに刑事も制服着用にすべきだと思うんスよ。頭は軽いパーマ、スーツは私服の小洒落《こじゃれ》たブランド物で、ネクタイはアニメの登場人物をモチーフにした……キャラクターものっつーんスか？　一度ミッキーとミニーが小躍りしているやつをして来られた日は、どうやって彼を署から追い出すかを真剣に考えたぐらいッス」

どうやら彼の重い口は、怒りによってその箍《たが》が外れるらしい。この調子で、事件の話も聴けるところまで聴いてしまおう。高遠は軽い相槌で従順な聞き役に回った。

＊

「おお、もう五時か。そろそろ署にけーるか」

雪の妖精の会場とされた小学校を全て回り終わり、来村は校舎の時計を見上げて背伸びをした。

「でもまだ近辺の住宅が……」

「いいよぉ。こんな時間に行ったたって、来られた方も迷惑だ」

「そうッスか？」

白木はしっくりこない顔つきをした。

小学校を四つ回ったが、新しい発見は何一つない。皆が皆、口を揃えて『不審人物はいなかった』、特に『うちの関係者は現場には近付いていない』を強調する。そして最後には決まって『早く犯人を捕まえてくれ』だ。白木が今日の成果を不満に思うのも無理はないだろう。

「また明日にしようぜ、お？」

「ベルっスか？」

連絡用に持たされているポケットベルだった。バイブレーションモードにしてあったらしく、赤いランプを点滅させ、まるでマッサージ機のように振動している。

「庄野だ。『シンテン　アリ』？」

「庄野さんの担当は書類検索っスね。昔のデータに何か……」

「そういうことは俺じゃなくて捜査本部に報告しろってんだ。どっかに電話ないか？」

「すぐそこにコンビニがあったッス」

「ちっ、外からかけると高いのによお」

来村は使い込まれた焦げ茶——買った当時は明るい茶色だったと推測される——の財布からカードを二枚出して、灰色の公衆電話に差し込んだ。番号を押し、白木にも聞こえるようにボリュームを上げてくれる。コール三回目で、本人が出た。

「！　よお、来村だ。何だよ？　わざわざ」

『来村さん、ビッグニュースすよ。今、被害者の過去のデータをさらってたんれすけろね。大発見れす』

興奮しているらしい。庄野にはよくあることなのだが、呂律《ろれつ》が怪しかった。

「庄野よお、それ上には報告したんだろうな？」

『嫌ですよ、来村さん。僕が来村さんを差し置いて、誰に報告するって言うんですか』

庄野は何故か来村を妙に慕《した》っていた。しかし、本人はそれを寧《むし》ろうっとうしく思っているようで、今も庄野の言葉を聴いた来村は、げんなりとした表情になった。

「いるだろうがよ、係長とか課長とか」

『それは来村さんに言ってからにします』

「お前なぁ……分かったよ、それで？　何だ」

『はい。被害者、小海ハジメなんですが、小海由里子《ゆりこ》の実の子供ではありませんでした。養子です』

「四年前か？」

『あれっ、何で知って……もう嫌ですよ、来村さん。さすがですね』

「嫌ですよ、じゃねえよ。二年で転入って聴いたから」

『推理ですね』

「そんな大層なもん、俺がするわけねえだろう。話は帰ってから聴く。もうカードがねえんだ。じゃあな、ちゃんと上にも報告しておけよ」

来村は驚異の速さで減っていく度数表示を横目に、言うだけ言うと庄野の返事も聴かずに受話器を置いた。


「来村さん、こっち。こっちです」

「何だよ、そんな所で」

二人が署に帰ると一課の人口密度は恐ろしく低く、殺風景な部屋は更に物寂しい。無駄に利《き》いた暖房が暑くて、顔が火照《ほて》った。その中で庄野は、一番端の取調室から顔を半分覗かせて来村に手招きをしている。彼は今日も頭の軽い女どもが喜びそうなスーツを着て、小脇には大きさ薄さともにノートサイズのパソコンを抱えていた。

「しー、他の人に見つかるじゃないですか」

「スパイじゃねえんだ。別にいいだろう」

「よくないですよ、来村さんに一番にお知らせしたくてお呼びしたんですから。白木も……」

「自分がいちゃマズイって言うんスか？」

「本人を前にそんなこと、思っても言えないね」

「言ってるじゃないッスか！」

「静かにしろよ。だから嫌なんだ」

「まあまあ、いいじゃねえか。もうほとんど誰もいないんだし」

一触即発の二人の間にはいって、来村は溜め息をつき、剃《そ》り損ねた顎《あご》の付け根の髭《ひげ》を抜いた。

「そっちの小会議室だ。白木、コーヒー三つ頼めっか？」

「養子のことなんですけどね、これは後でちゃんと発表になると思うんですが……」

「前置きはいいから、結果だけを簡単に頼むぜ」

「はい」

三人は一課の中にある小会議室で、一つのテーブルに来村を真ん中にして並んで座った。会議室自体は四畳半くらいの狭いスペースで、一課のフロアに面して硝子《ガラス》を嵌《は》め込んだ大きな窓がある。今はブラインドは下りていなかった。外から見られるのは望ましくないが、こちらからも人の接近に気づけない方がもっと困る。

庄野は窓の外を気にしながら、コーヒーに砂糖を三本入れた。

「小海ハジメは由里子と雪久《ゆきひさ》の実子ではありませんでした。小海ハジメが八歳のとき養子に取っています。出身は施設で実の両親は不明です」

「施設ってのは？」

「東京、町田の孤児院です」

「捨て子か？　何歳でだ」

「引き取られたのは、書類上では生後約五ヵ月です」

「書類上って何スか？」

「覚えてる職員がいないからだよ。皆四、五年で辞《や》めてしまうらしい」

「当時いた職員は調べたのか？」

「嫌ですよ、来村さん。当然じゃないですか。待って下さい、今出します」

庄野がノートパソコンを開いて電源を入れた。ゲームセンターのゲームにあるようなスティックを動かし、幾つかのウインドウを閉じたり開いたりしている。機械に疎《うと》い白木には、何をしているのかさっぱり分らない。

何度目かの開閉後、画面いっぱいに表のようなものが映し出された。

「職員のリストです。小海ハジメが居たのが八年から十六年だから……ここからここまでですね」

　庄野が矢印──カーソルを動かして、その時期に勤めていた職員の部分を反転させた。バイトから定年後の再就職まで、年齢層は幅広い。しかしその大半が庄野の言う通り短い者で数ヵ月、長い者でも六年で辞めていた。

「院長がいて、子供達が協力して……なんて、あったかい雰囲気じゃないですね。いかにも国が税金で作ったってカンジの、職員は仕事で子供を見てるっていうか。それに、メンバーの入れ代わりが激しいのは職員だけじゃありません。子供も人数だけ見れば変化は少ないですが、メンバーは日一日と変わってます」

「そんだけ子供が親に捨てられてるってことっスね」

「全体の人数は？」

「赤ん坊も入れて現在六十七名です。引き取り先が決まってるのがその中で四名」

「て－した数だな」

「可哀相っスね」

　白木がコーヒーと一緒に鼻をすすった。見も知らぬ子供達が不憫《ふびん》でならない。対してクールな庄野は「汚い」と言って顔をしかめ、手の甲で彼を追い払う振りをした。こういうところが嫌なヤツだ。

「明日から、更に詳しい捜査に入ります。引き取られる前後にトラブルがなかったかどうか……」

庄野はパソコンをパタンと閉じた。三人がおのおの机に引き上げ、帰りの支度をしている時、

プルルルル、プルルルル……。

ピロロロ、ピロロロ、ピロロロ……。

ジリリリリ、ジリリリリ、ジリ……。

課内の電話が一斉に鳴り始めた。空いた部屋に酷《ひど》く響いたので一瞬何事かと身を竦《すく》めたが、課内の電話の半分は同じ回線から並列に繋《つな》いである為、同時に鳴るのは当然なのである。

三人は顔を見合わせて、結局白木が受話器を上げた。

それは小海由里子が襲われたという、本部からの連絡だった。

＊

ドン！

白木は話を終えて、日本酒がなみなみと注がれたコップを上から下へ振り下ろした。グラスの底がテーブルにあたって、跳ねた酒が水滴になってつまみやコタツ布団にかかる。

高遠はそっとその手からグラスを離して、真っ赤になって俯《うつむ》いた白木をなだめた。

「大丈夫か？　明日も仕事なんだろう？」

「何でっスか、来村さん。刑事って犯人捕まえるのが仕事っスよね。もっとちゃんと……」

この場にいない来村に怒鳴りつけて、語尾が沈んだ後、鼻をすする音が聞こえる。

彼の正義感が来村のやる気のなさを見咎《みとが》めているのだろうか？　だが、それは違った。

白木は額を板に押し付けて、唸《うな》るように声を絞った。

「被害者の母親に事情聴取の確認するのも、自分らの仕事だったんス。したら、被害者の母親が襲われたのは、ちゃんと仕事しなかった自分らの責任だって……来村さんが……」

「それは署全体の責任だろう」

「元々自分らに割り振られた仕事なんだからとかって、そんなこと言ってたっス。来村さんももっとちゃんとしてれば……」

「なるほどな」

責任逃れだ。罪の擦《なす》り付けあい。そしてそれが一番署として損失の少ない所——と言っては来村に失礼だが、事実だろう——にたらい回しにされて来たのだ。

減俸、左遷、降格、免職。罰の軽重は知れないが、捜査中に虚を突かれた犯罪への、組織の形だけの反省だ。白木がさっき暗い表情を見せたのは、この為だったのだろう。

高遠は突っ伏して泣き寝入ってしまった白木を眺め、彼から取り上げた酒を一口飲み、休みの使い道に思いを馳せた。

## 4

座木《くらき》が帰って来るまでに、秋《あき》とリベザルは入浴を済ませて簡単な食事をとった。昨日の疲れをぬぐい去るコトは出来たが、今日に続く苛立《いらだ》ちを鎮《しず》められはしない。時間が経てば経つほど、居ても立ってもいられなくなり、リベザルは今週二回目になる——普段は週一度の——店の掃除を始めた。しかし、何時間やったところで効果も効率も上がらない。それがもたらした作用といえば、時間が余計に長く感じられただけである。

「雪の妖精の犯人が二人、ノックしてたのも二人。ダブルキャストってこと？」

だが目的が分からない。共謀しているのでないことはルースの証言で明らかだったが、あとの二人は何者であるのか、いや同一人物の可能性もある。現にルースは一人で二つの事件を起こしていた。

「だから何なんだよー」

リベザルは見通しのたたない現状と思うように回転しない自分の頭が腹立たしくなり、持っていたモップの柄《え》で自分の脳天を何度も打った。それは痛いだけで何の天啓も与えてはくれない。彼の望み通り、また由里子の事件に関わることになっても、今はちっとも嬉しくなかった。問題というのは解かれる瞬間が楽しいのであって、考えている間は苦しくて決して面白いものではない。

「さっきのお客さんが言ってた協力者ってのが、ハジメ君を殺したり小海さんを襲った犯人……だとすると……」

「そうとは限らないさ。利害が一致したというだけで、目的が同じ訳じゃない。どこその熱血ホラーマニアの刑事が、犯人をあぶり出してくれって頼んだのかもしれないぜ？　少なくともノックには干渉してない」

「師匠《ししよう》！」

秋がズボンのポケットに両手を突っ込んで、外の入り口から入って来た。棚の間で立ち止まり、興味も失せた感情の籠《こも》らない目でガラクタを見る。集める時は真剣なのだが、いかんせん飽きっぽいのが彼の欠点だった。

「リベザル、掃除は終わったのか？」

「……一昨日したばかりで、塵《ちり》の一つも落ちてません」

「人指し指で棚をすくって二昔前の嫁いびり、再現してやろうか」

「それだけは勘弁して下さい」

「秋、この棚は掃除しようがありませんよ。一度手を付けたら最後、大掃除になります」

「兄貴！　帰ってたんですか⁉」

「一時間くらい前にね」

秋の後ろから姿を現したのは、待ち焦がれていた相手、座木だった。昨日とは違う休日用の部屋着――アイボリーの綿パンに着古した白いワイシャツという、コンビニくらいならこのままでもおかしくない服装である――を着て、髪は濡れて長い前髪が下りている。目は疲れを見せていたが頬は桃色で、風呂上がりであるのは明らかだった。秋が彼の休養を優先させたのだろう。それにしても、

「帰ってたんなら早く言って下さいよ～」

である。リベザルは秋に言ったつもりだったのに、代わって座木が謝ってしまったので、それ以上の文句は言えなかった。

「ここでいいだろ。話してくれ」

「助かります」

座木は店主席の回転椅子を秋に譲ると、自分はパイプ椅子に座ってマックを起動させた。

キュイーン、ジジッ、ジジッ。

「僕はいい。座ると眠りそうだ。リベザルっ」

「えっ、じゃあ、兄貴。どうぞ」

「いいから、嫌じゃなかったらリベザルが座って」

「あ、じゃあ、はい」

こういう時の座木の言葉の選び方には憧《あこが》れる。リベザルはフカフカのクッションのついた革張りのガス圧チェアに座って、その上で正座をした。

秋は棚から野球の硬球を取って、天井に投げ、一人キャッチボールをしている。

ジジッ、ジッ。

パソコンが起動完了し、読み取りの音が止まる。座木はマウスとキーボードを叩き始め——仕事のデータは全《すべ》て座木がデータ管理している——モニターを見つめたまま口を開いた。

「昨日秋達と別れてから、私は原形に戻って排気口から小海さんの病室に潜り込みました。部屋は警察の取り調べの為、個室です。排気口から侵入したのが二十二時ジャスト、それから五十七分四十二秒後です。部屋のドアがノックされました」

「回数は？」

「二回です、こう……」


カツ、カツ。


座木が机を中指の第二関節で叩いた。昨夜リベザル達が聞いたのとは違う。日本人のノックだ。

「それが何秒かおきに数回。小海さんが目を覚ましました。初めは看護婦か何かと思っていたようです。『どなた？』とか『どうぞ』と返事をしていました」

「でも、誰も入って来なかった？」

「そうです」

秋のボールを弄《いじ》る手の動きが鈍くなった。

座木は引き出しからフロッピーを出してドライブに差し込む。マックがまた、ジジッとなった。

「小海さんの返事に拘《かかわ》らず、同じ間隔で二回ずつです。三分二十六秒聞いて、彼女は頭から布団を被りました。その後約七分、始まってから十分後にその気配が動いたので、私は廊下に出ました。部屋から遠ざかっていく人影は一つ、少年です」

「……どんな？」

「手足が細くて……そうですね、秋が子供になったらあんなカンジというような体型でした。顔は……」

「こいつか？」


パチン！


秋が取り出したのは、小海ハジメの部屋にあった木のフレームの写真立てだった。

「師匠、どうしてそれ……」

「僕は手癖が悪くてね。どうだ？　ザギ」

座木は写真を受け取って、ハッと目を見開いた。それから動揺を押し隠すように、息を吸って静かな声で応える。

「……もう少し大きければ、彼そのものですね」

「じゃあ、幽霊ですか？　うっわあ、本物だったんだ」

「それは……」

「追いかけたのか？」

「はい。ですが、突き当たりのT字路を曲がったところで見失いました」

「その先にあったのは？」

「女子トイレと湯沸かし室です」

「調べた？」

「いちおうは。でも、いませんでした」

「――消えた？」

秋はその言葉を最後に、床に座って項垂《うなだ》れ動かなくなってしまった。リベザルは彼が眠ってしまったのかと――言動が前後つながらないのが通常なので――幾度か声をかけようと思ったが、時折聞こえる呟《つぶや》くような声が、その必要のないことを示していた。

部屋には、キーボードとハード処理の音だけしかしない。

電話の音がスピーカーから鳴って、座木がマイクの付いたヘッドホンを耳にかけた。マウスを動かしクリックする。

「深山木《ふかやまぎ》薬店です。……小海さん」

秋の肩がピクリと反応した。

「もう、退院されたんですね。はい、少々お待ち下さい。——秋、依頼人からの催促です」

「……人間の可能性を捨てるわけにはいかないか。『すぐ調査を再開する』と、警察への口止めの確認……あと、詫びの一つも入れといてくれ」

「はい」

座木はまたマウスをクリックして——保留を解いたのだろう——秋に言われた通りの必要事項と、警察との衝突を避けるのに表立っては動かないことを由里子に伝えた。調査もガードも目に見えない分、彼女には猜疑《さいぎ》と怖気《おじけ》が残らざるを得ない。座木の心遣いによる追加だった。

電話が切られ、座木がコンピュータから離れると、秋は片膝を立てて両腕で作った輪をかけた。

「ザギはまだ顔を見られてなかったな」

「小海さんにですね？　ええ、声だけです」

「じゃあ、店の周りをウロついても大丈夫だな。病院と藤岡町《ふじおかまち》近辺の噂を集めて欲しい。それから警察情報も……情報源は問わない。リベザルは……」

「何ですかっ⁉」

リベザルは期待に満ちた眼差しで秋を見返した。

すると秋は正反対に冷めた目になって、

「留守番。せいぜい、ゲームの腕でも磨いとけ」

と、投げやりな動作で両腕を振り、その反動で立ち上がった。

「ええー、そんなぁ。俺も何かしたいですよー」

「『何か』とは何か？」

「えっとー……ズルイですよ、そんな禅《ぜん》問答みたいの」

「今のどこら辺が禅だって？　四百字詰め原稿用紙三十枚で説明せよ」

「──く」

感想文とか梗概《こうがい》というのは短くても大変だが、中途半端に長い方がもっと面倒である。リベザルは秋への反抗を諦《あきら》めて、座木に頼り付いた。座木が仕事のコトでは秋に逆らうはずがないことも知っていたが、このまま引き下がるのはあまりに口惜しい。

「兄貴、俺も仕事したいです」

「そうだねえ、連れてってあげたいけどリベザルは顔を見られてるから」

「————……」

「でも、秋の方は大丈夫ですよね？　リベザルの三人や四人増えたところで、支障はないでしょう？」

「こんなのが三人もいると思うだけで、ヒステリーを起こすけどな」

「八つ当たりはそのくらいにして。リベザルにもいい勉強になります」

「人間の汚い部分を見るのが、か？」

「社会勉強です」

（八つ当たり？）

リベザルは八つ当たりされていたのだと、言われて初めて自覚した。確かに秋はこの事件のコトになると常に機嫌が悪い。ただリベザルはそれを、その時忙しかったり、ルースが気に入らなかったりといったその場ごとの一時的なものだと思っていた。

（何で？）

「リベザル」

「はい！」

「五分後に出掛ける。一秒でも遅れたら見捨てるからな」

「はいっ。――でも、どこに？」

秋は二階に上がる階段にかけた足に躊躇《ためらい》を見せて、あまり御機嫌麗《うるわ》しくない声を投げ捨てた。

「大平町《おおひらまち》。山と、おっさんに会いに行く」

5

「こんなことならあのまま小海さんちにいればよかったですね」

「それで警察に不審人物にされるのか？」

「撤回します。あのまま病院にいればよかったですね」

「冗談じゃない。ほら、降りるぞ」

秋は裏返しになったボア付きフードを元に戻して、ステップを降りた。

リベザルは山と聴いて真っ先に動き易い格好と思い、上下黒のジャージ――学校ジャージを想像しないでもらいたい。メーカーがストリート・ファッションの一環として売り出した物だ——にカーキの毛糸の帽子をかぶった。靴ももちろん黒ベースのバッシュである。

秋もそのような服装になると踏んでいたが、予想は外れた。上は薄手の紺《こん》のVネックセーター、下は黒の綿パン。コートはフラングストーンブルーのハーフである。靴はブーツだが革で、山に向いているとは思えない。

リベザルは自動改札を通り、先を歩く秋のコートの裾を引っ張った。

「師匠、その格好……」

「人間に見えないか？」

論点が違う。というか、そもそも『その格好』と言われて返すコメントがそれか。

「いえ、何処《どこ》から見ても三百六十度人間です」

「ならいい。んー、アレか。都賀橋《つがばし》不動産」

秋の視線の先には、こぢんまりとしたコンクリートの二階建てビルが建っていた。

「いいトコに建ってるねー。駅から近くて電車の音も、それほど五月蠅《うるさ》くない」

「って、何処行くんですか？」

「仕事先に押し掛けるのはまずいだろ」

秋は直接そこには向かわず、近くの電話ボックスに入ってポケットから小銭を出し電話の上に置いた。不動産屋を見ながら何か話している。内容は聞き取れない。

リベザルは手持ちぶさたに少し離れたポストに寄りかかった。昼過ぎの駅前は静かで、キオスクの売り子も欠伸《あくび》をしている。リベザルもつられて大口を開けて欠伸した。

「ちょっと、待って下さいっ！」

声が大きくなった。リベザルが欠伸の途中で吃驚《びっくり》してボックス内を見ると、秋が片手で髪をかきあげながら困った顔をしている。リベザルはその視線を追った。

「あ！　ああ、あーあ」

店から、子機を持ったまま市橋《いちはし》が駆け出してきたのだ。

「深山木さん、ほらほら、見て下さいよ！　腕！　おかげさまで消えました、ね、キレイでしょう」

「そうですね」

「それもこれも、みんな深山木さん達のおかげです」

「こんなところで泣かないで下さい。電話も……」

さすがの秋もいきなり飛び出して来たのには面喰らった様子で、慌ただしく電話を切り、返ってきたおつりも無視して、彼を路地裏に引きずり込んだ。

「他の人にあなたと接触してるところを見られたら、せっかくの口止めもパアになるでしょう？」

「あ、それもそうですね、でも嬉しくて」

幸せいっぱいというような顔の市橋に、秋はうんざりとしているのを隠しきれない社交辞令ぎりぎり最低限度の笑顔で、彼の手の中の子機の電源を切った。それから寒い中、肘《ひじ》まで腕まくりをした市橋の袖を下ろし、ボタンまでかけてやる。

「この辺で、ゆっくり話せる喫茶店かなにかありませんか？　出来ればあなたも行ったことがない場所がいいんですが」

「それなら車を出します。隣の駅まで行けばもう少し開けてますから」

「外回りって言って出て来て下さいね」

「任せて下さい」

市橋は電話を持った手でガッツポーズをして、路地を走り去った。

秋はリベザルと目を合わせ、右手で左の首筋を掻いた。

「任せろっつっても、なあ？」

「ハハハハハ」

リベザルには乾いた笑いしか返せなかった。

＊

「────ということで、仕事は終了しました。これがお約束の薬です」

「有難うございました。これで、何の障害もなく結婚できます」

「結婚？」

リベザルは口まで持っていったケーキの苺《いちご》を皿に戻した。彼には妻と子供がいるという話だったが……。

市橋は嬉しボケという面《つら》で、コーヒーカップの取っ手に指を絡《から》ませた。

「まだ籍は入れてないんですよ。もう一緒に暮らし始めて二十五年になるんですが、そろそろ正式に、とこの間プロポーズしたんです」

「そうなんですか？　おめでとうございます」

「どうも有難う」

「………」

リベザルの祝辞に礼を言う市橋に、重なるように秋が口の中で何か呟いた。たぶん、市橋には不快で失礼な独り言《ひとごと》だろう。秋はさっきから笑顔に浮かびかかる青筋を沈めるように、紅茶を飲みまくっていて、もうオーダー表が次ページに行くほどの追加量だった。しかしそれで彼の気が治まるなら安いものである。彼の不機嫌パラメータにリミッターはついていないのだ。

「ところで市橋さん。小海さんのことなんですが」

「はい？」

「彼女の親類なんての、分かりませんか？」

「親類ですか？」

「ええ、別件の仕事でちょっと……」

「お忙しいんですね。それならお力になれます。あの人とはもう一年も世間話をしたのですから」

「助かります。悪用、口外はしませんので」

市橋は言われて少し考えてから、『ああそうか』という表情をした。この考えの浅さが、秋の彼を苦手とする所以《ゆえん》だろう。

「御両親は亡くなられて、実家にはお兄さんが住んでいます。奥様と娘二人と一緒にです」

「呉服屋は？」

「御両親が亡くなられた時、飛行機事故だったんですが、十二年前ですね。全て売り払って兄妹でキッチリ分けたそうです。それは全部小海家に渡したと聴きました。父親に兄弟はなく、母方の従兄弟《いとこ》は北海道と青森に……」

「関西には？」

「いえ、一人も。皆、栃木より北です」

「師匠？　関西にいたら何なんですか？」

リベザルが口を挟むと、秋は二人から視線を逸らしてカリカリのポテトを口に運んだ。

「旨《うま》いタコ焼き屋を紹介してもらおうと思っただけさ」

「あ、それなら。ボク、東京にある大阪のタコ焼き屋の支店知ってます。水道橋《すいどうばし》なんですけど」

「ぜひとも、後で伺《うかが》います。小海の家の方は？」

「聴いてますよ。御主人、雪久さんにご兄弟はいらっしゃいません。従兄弟は長崎県に一人、スペインに一人。長崎の方はあちらで硝子《ガラス》職人をしていて独身だそうです。スペインの方は日本に留学していたスペイン人と結婚しています。小海家とは仲がよくて、十五年前にスペインへ渡るまではよく遊びに来ていたようですね。そこに息子が一人、五親等以内はその………一、二、三……八人、ですか？」

「――フム」

秋がその相槌《あいづち》を最後に黙りこくってしまったので、リベザルはフォローのつもりで市橋に話しかけた。

「親戚ってすごいですね。同じ血が流れてるんですから」

「そういえば、君は……弟さん？」

失敗。痛いところをツッコまれた。リベザルはジュースを飲んで時間を稼ぎ、お涙モードで場を乗り切ることにした。

「お……いや、ぼく、小さい頃捨てられて、施設にいたのを引き取ってもらったんです。だからぼくには親戚なんて一人もいなくて」

「――それは悪いことを訊いて……ごめんね」

「いえ、もう慣れました。それで、八人も親類がいるなんていいなあって思って」

市橋は目頭《めがしら》を指で摘《つま》んだ。

「そうか、苦労してるんだね。でも、血なんてそんなに大したものじゃないよ。ほら、君はニュースとかあまり見ないかな？」

「スポーツくらいしか」

「うん、最近起きた事件なんだけどね、ある一族が次々と殺されてね、今最後の一人が行方不明なんだよ」

「その人も殺されちゃったんですか？」

「ううん、警察はその人が犯人だと考えてるみたいなんだ。証拠とかもあってね、今指名手配されてるよ」

「一族って、自分の子供も？」

「その人は独身だそうだよ。最近増えてるからね、一人で自活してる女性は」

「女の人……なんですか」

リベザルは青ざめた。座木ではないが、血を分けた者達を片っ端から殺していくなんて、あまり聴いていて心地よくない。何だか血まみれの鬼女を想像して、気分が悪くなった。

リベザルが蒼い顔でうなだれたのを気にしたらしい市橋が顔中に『自責』と書いて、テーブル越しにリベザルの頭を撫でる。

「ごめんごめん、子供にする話じゃなかったね。でもそんな親族なら一緒にいてくれる他人の方がずっといいだろう？」

た。

「……はい」

率直でないが慰めてくれていたのだ。リベザルは彼を秋ほどは嫌いに思えなかった。

「深山木さん」

「！　はい？」

秋は素頓狂《すっとんきょう》な声を出した。手を付けられずにいた最後の紅茶は、すっかり冷めてしまっている。

「あの、薬の代金なんですが」

「ああ、それでしたら効果を確認してからでも構わないんですが」

「いいえ、払います。払わせて下さい」

「――そう……仕事にも御協力頂いたし、ここの払いをお願いするということで、どうでしょう？」

「え？　だって……」

市橋はテーブルの隅に置かれた伝票を裏返した。追加注文のせいで枚数こそ嵩《かさ》んではいるが、合計金額にして約五千円程度だ。

「そんな、だって、定期預金解約するつもりで……」

「そのかわり、今回のことはいっさい口外しないで下さいね」

「じゃあ、もっと召し上がって下さい。それじゃあ私の気が収まりません」

メニューを開いて秋の方に差し向ける市橋に、秋はそれを閉じて定位置に戻し、ティーカップの縁《ふち》を中指の爪で叩いた。

「十分です。もう、胃がふやけてしまうほど頂きました」

「胃が!?　えっと、それは、……どうしましょう」

「冗談です」

オロオロと狼狽《うろた》える市橋を尻目に、秋は会話を笑顔で打ち切ってリュックを肩に立ち上がった。秋より奥に座っていたリベザルは、椅子の上を四つん這いになって通路に出、市橋に軽く一礼する。

「ごちそうさまでした」

「こちらこそ、ありがとうございました。御恩は一生忘れません」

「出来れば忘れて下さい。その方が有り難いです」

立ち上がって頭を下げる市橋に、秋は呆《あき》れ返った顔で辺りを窺《うかが》い苦笑いをして、逃げるように外に出た。

「あのおっさん、口止めって言葉の意味、分かってんのか？」

「さあ……」

店内からは硝子越しにまだ市橋が、何度もお辞儀を繰り返していた。

「早く行こう。情報の危機より以前に恥ずかしい」

「次はどこに行くんですか？」

「僕は図書館で調べ物をしてくるから、お前は大小寺《だいしょうじ》に行って呉服屋旦那の事件について調べて来てくれ」

「――一緒に行くんじゃないんですか!?」

「誰が？」

「師匠が……」

「馬鹿を言うな、そんな暇が何処にある？」

「何処って……」

「あくまで世間話を装《よそお》うんだぞ、自然にだ。じゃーな、健闘を祈る」

秋はさっと手を挙げ敬礼から手を振ると、リベザルを置き去りにして、ちょうど来たバスに乗ってしまった。灰色の排気ガスが砂埃《すなぼこり》と一緒にリベザルの視界を真っ白にする。次に目を開けた時にはもう誰も居ない。

「殺人事件を世間話にする小学生なんか、それだけで十分不自然ですよ～」

リベザルの虚《むな》しい独り言であった。

# 第二章　たわしと雀《すずめ》と王子様

## 1

「山寺、だあ」

リベザルは寺を見上げ、登って来た長い階段を見下ろし、再び寺に視線を戻した。太平山《おおひらさん》の中腹に建てられた寺は、大きくもなく小さくもなく、大小寺《だいしょうじ》という名に合っているとも言えないこともない。

(山にお寺建てる時って、そこに生えてた木を使うのかな？　でも石とか……どうやって運ぶんだろう？)

リベザルは山と建物を眺め、寺を一周してみる。寺は修繕、手入れが行き届いているのに、朽《く》ちかけた藤棚や蓋《ふた》の閉じた古井戸が残してあるのが不思議だった。懐古趣味というのだろうか？

一方、山は子供でも登れるように道が整地してあって、リベザルの故郷とは険しさの面では比較にならない。それでもコンクリートと建物に覆われた地面よりは、歩いているだけでずっと気分がよかった。

「世間話……の前に、人がいないですよ、師匠《ししょう》ー」

リベザルは独《ひと》りごちて、ちょこんと境内《けいだい》の階段に腰を下ろした。日陰には雪が残って凍り、沈みかかった太陽はもう力がない。こんな時期のこんな時間のこんな場所に、人が来るはずがないではないか。オレンジ色の石畳を見て、リベザルはそら悲しくなった。

昨日小海《こかい》由里子《ゆりこ》の家に行ったときは、事件の担当を任されたくせに何の役にも立てなかった。リベザルが犯人確保の為に作った密室は逆に新たな謎を呼び、そばに居たにもかかわらず由里子は別の場所で何者かに襲《ばんかい》われた。これではあまりに情けない。

それで、急ではあったが与えられた使命を挽回のチャンスと思い、勢い込んで寺まで走って来たのだ。が。人はいない、証拠があるわけがない。大体、三年も前の事故を振り返って、何があるというのだろう。

リベザルは尽きることない溜め息を吐《つ》いて、ただ時間が流れるのを見送るしかなかった。

「ねえ、いいかげん気付いてよ。あなた、迷子？」

「え、えええ？　誰!?」

開いているだけで節穴《ふしあな》と化していた目を、低いハスキーな声に反応して復活させると、男の顔のアップが視界いっぱいに映った。リベザルは階段を三段後ずさって下り、冷や汗を飛ばす。

男は竹ボウキを手に微笑《ほほえ》み、抱えた膝を解き立って開いた手を自分の胸にあてた。

「ワタシはこの寺の息子で、総和《そうわ》といいます」

「ソーワ？」

「総合の総に和解の和、『そ』に第一アクセントで総和」

「総和……さん」

「君は何君かな？」

「……恭二《きようじ》です、佐々木《ささき》恭二」

リベザルは咄嗟《とつさ》に偽名を使った。この間雑誌で見た名前である。

「恭二君、初の赤毛仲間だわ。よろしくねー」

総和が両手でリベザルの手を握った。そんな気はしないが握手だろう。

彼は黒い着物に黒袴を着ていた。無造作に縛《しば》られた長い髪は脱色され、茶を通り越して赤くなっている。目はつり目で眉は明らかに人工的な形だし、隙間から見える耳にはピアスの穴を三つも並んで開けて、手には指輪の後が日焼けによって白く残っていた。寺の坊主には到底見えないし、息子と言われても信じ難い。黒衣以外は、まるで寺のイメージからかけ離れていた。

「恭二君、お母さんは？」

「……すぐ戻るからここで待ってなさいって」

「それじゃあ、ワタシ一緒に待っててあげるね」

「え、いいですよ、俺に構わずお掃除続けて下さい」

リベザルが両手を振って断わると、総和は吹き出して、

「ワタシが掃除をしたくないのよ。協力して？」

総和はリベザルに向かってウインクをして、階段の一段下に腰掛けた。

「……総和さん？」

「なーに？」

「総和さんって、何してる人ですか？」

「何に見える？」

オカマさん。とは正直に言えなくて、リベザルは足元の階段に使われている石を数えながら、

「ビジュアル系のバンドの人？」

「そういうわけじゃないんだけど……、父親が嫌がる事ばかり追求してたらいつの間にかこうなっちゃったんだよねえ。本職は学生よ」

「お父さん、嫌いなんですか？」

「んー、中学生の反抗期をズルズル引きずっただけ、かなあ。久しぶりに会ったけど、そんなに嫌いじゃなかったみたい。……って、小学生相手にワタシ何語ってんのかしら」

「反抗期？」

リベザルは流されそうになった話を、言葉の意味が分からなくて引き戻した。総和がホホホと狐目《きつねめ》に笑って、ホウキを階段の横に立て掛ける。

「恭二君は、お父さんは？」

「……いないから」

「うーん、そっかー」

総和は二段上に逆手に手を付き、夕焼け空を仰いだ。

「反抗期って何ですか？」

「人間誰でも、一度は意味もなく親に逆らいたくなる時期があるのねー、それが反抗期。……今考えるとワタシのは、反抗期じゃなくて独占欲かな」

「独占欲？」

「そ。自分の父親が、自分の知らない子と仲良く話してるのが気に入らなかったのね。住職なんてしてるから、知り合いも多かったし。違う世界にいるみたいでさー」

「それは……ちょっとだけ、分かる気がする」

「そ？」

リベザルは石を数えるのをやめた。名称は知らなかったがそのドロドロ感には覚えがある。

「お父さんのこと、好きなんですね」

「………」

総和は目を丸くして声を失っていた。彼の目に自分の姿が映っている。その目に更に総和が映り、その総和にはまた……。合わせ鏡を見ているようで頭の芯《しん》がボーッとなり、リベザルは自分の考えに自信をなくして何だか訳も分からず心配になった。目はそのまま勘だけで総和の袖を摑む。

「違うんですか？　好きな人だから、独占したいんでしょ？」

「いや、ううん、そうストレートに言われると……育ちがいいのか純朴なのかな、恭二君は……そーね。結局親だから、嫌いになる方が難しいのね。こっちを見て欲しくて……、キャー、口に出して言うとこっ恥ずかしいわね」

総和は夕日のせいだけではなく赤らんだ頰から耳を両手で覆って、片膝を内股に恥じらいらしきポーズをとった。

（こっ恥ずかしい、って……）

顔、服、声、口調、極め付けポーズまで不自然すぎる。リベザルは初対面の緊張すらもいっそ楽しくなってしまって、腹から逆流する笑いを抑えることが出来なかった。

そんな風に何が可笑《おか》しい訳でもないのに二人でさんざん笑っていたが、不意に総和がピンと何か思いついたように髪の毛のゴムを解いた。後ろに留めていた長めの前髪が顔にかかって、牡丹灯籠《ぼたんどうろう》のようになる。

「それよりも、恭二君」

「はい？」

「まあっ、いい返事ねー。この寺の七不思議って知ってる？」

「いえ、聴いたことないです」

「教えてあげよっか？　怖いよー」

「ホントですか!?　どんなのですか？　俺そういうの、あんまり聴いたことなくって」

リベザルがワクワクと心を躍《おど》らせて総和に詰め寄ると、彼はリベザルの頭に骨ばった細い手を乗せて、

「最近の子っては、脅かしがいがないわねえ」

と口惜しそうな顔をした。

「――で、あの井戸からは馬の嘶《いなな》きがしたわけよ。今でも井戸の上の木に馬の顔が浮き出てるのね、それが『馬首の井戸』」

「あの、古井戸が……」

（懐古趣味じゃなくて怪奇趣味だったのかあ）

ほーう、とリベザルは関心を露《あらわ》にし、総和に拍手を送った。

総和の話は、いくらか演出過剰ではあったが、一人何役もこなして芝居風に教えて

くれるので、それは面白かった。枕返しに藤棚の精といった妖怪物もあれば、竈《かまど》に出る坊主の霊や拍子木《ひょうしぎ》の怪など幽霊関係も取り揃えられている。人間から見れば、幽霊も妖怪も似たようなものということだ。そうでなければ今回の小海由里子の依頼も来なかっただろう。

リベザルの目の輝きは、話を聴けば聴くほど光を増していたに違いない。総和は首を傾げ、白い息を吐《は》いて階段の下にへたり込んだ。

「恭二君、ちっとも怖がらないね」

「あんまり……その手の神経、壊れてるのかもしれないです」

「本当は紙芝居もあるんだけど、取りに行くの面倒で。ごめんねえ、ものぐさで」

「ううん、総和さんのお芝居、すっごい面白いです」

「面白い……ハハ、いちおう怪談なんだけどね。喜んで貰えて嬉しいわ」

総和は目を細めて、膝の上で組んだ腕に顔を埋めた。肩で息をしている。

「疲れましたか？　俺が次々ってせがんだから」

リベザルが階段から降りて総和のそばにしゃがみ込むと、彼は穴が開くほどリベザルを見つめてからその頭を両腕にかき抱いた。

「可愛いねー、恭二君。その心遣いに花丸っ」

「はうっ！」

いきなり首を絞められた状態になって、リベザルは足をばたつかせもがき苦しむ。

「ごめんごめん、あなた見てると友達を思い出すのよ」

「友達？」

「名前も分かんないし、今は何してるかなんてさっぱり」

総和はリベザルの手を掴んで歩き出した。

「さ、最後の怪談は階段の話。その名も、」

「油階段!!」

「あっれー、知ってる？」

「それだけは人に聴いてて……」

「そうねー。七不思議の中でも一番信憑性《しんぴょうせい》があって、一番犠牲者が出てるものね」

彼はナイロンザイルのかかった階段の前で立ち止まった。

「子供の頃からこんなの作り話だと思ってたんだけどね、三、四年前になるかな？

友達のお父さんが、本当にここから落ちて亡くなったんだよね」

「それって……」

「その子、今の恭二君と同じくらいの年だったわ。いつも生傷《なまきず》が絶えなくてね」

(やっぱり、ハジメ君のことだ)

リベザルは知らないフリを決め込んだ。

「どうしてですか？」

「月に数回、お母さんに連れられて参拝に来るんだけど、そのころのワタシ、高校生だったからよく一緒に遊んだのね。それが急に女の人の金切り声が聴こえたかと思うと、続いて男の人の悲鳴がして……駆け付けたときには、お母さんが蒼《あお》い顔して階段の上に座ってたの。一人で……」

「⁉」

(話が小海さんのと違う……少しだけど)

リベザルは朧気《おぼろげ》ながら、由里子の話を思い出そうとした。

『一緒に帰ろう、そう言って近付いて来ました。私にはまだ義母の死んだあの家に帰る決心がつかず、子供を抱いて首を振りました。主人は私達の方に駆け寄ろうとして、雪に足を取られたのです。油階段から落ち、還らぬ人となりました』

子供は総和と一緒に居た。雪久《ゆきひさ》は駆け寄ろうとして雪に足を取られた。なら何故、由里子が階段の上に居たのだろう？　雪久は階段を背にした由里子に駆け寄り、彼女を通り越して階段から落ちた？　いや、おかしい。雪久を見る為階段に寄ったのか？　それなら隣の階段から下に降りているはずだ。こんなに遠くからでは生死以前に顔すらよく見えない。

「それっきりね、ここには来なくなっちゃって。無理もないけど」

「…………」

「……恭二君？　どうしたの？　怖い顔して」

「――……え？」

顔が強張っていたかもしれない。リベザルは無理に笑おうとして口の端を引いたが、目だけはどうしても笑えなかった。

「小学生にしていい話じゃなかったね。ごめんね、恭二君。なかなか怖がってくれないから、ちょっとムキになっちゃったみたい、ワタシ」

「いいんですけど……ムキ？」

「そう、最近ワタシ、ちょっとブルーでねえ。もうっ、ちょっと聴いてくれる？」

「え？　はい」

突然怒ったように語尾を強めて、総和が両手を握って真摯《しんし》な目でこちらを見るので、リベザルは圧倒されて頷いてしまった。

「この間ね、女の子からラブレター貰ったのよ。写真つきでしかもこれが可愛いの」

「女の子……好きなんですね、ちゃんと」

「恭二君！」

「あ、ごめんなさい。黙って聴きます」

「よろしい。それでね、ワタシ行ったのよ。待ち合わせの時間に書いてあった場所に。四時にって書いてあって、ワタシが諦めたのが十一時」

「来なかったんですか？」

「玩《もてあそ》ばれちゃったのね、この純真可憐《かれん》、ナイーブな心を」

総和がホロホロと泣き真似をした。

「だってっ、差出人は？」

「名前は書いてあったけど住所はなくて。ほらこれ見て、可愛いのよ、佑海《ゆうみ》りくちゃん。でも悪戯《いたずら》だったんだねえ。大小寺の馬鹿息子って言えばこの辺では有名だから」

写真には当然だが見たこともないセーラー服の少女が写っていた。藤岡駅の改札前で、友達らしき女の子とモスのジュースを飲んで笑っている。人ごみが邪魔でスタイルは見えないが、顔が小さくてその辺のアイドルよりもずっと可愛い、とリベザルも思った。

「『高橋《たかはし》総和様。あなたを初めて見た時から、ずっとその笑顔が忘れられません。相手にして貰えないのは分かってますが、一度だけお茶に付き合って下さい。三月十四日、午後四時に大平《おおひら》公園でお待ちしています。佑海りく』」

「それが手紙ですか？」

「そう、ちょっと古風でいいカンジでしょ？　なんて、何か恭二君相手だと、話し易くてついいろいろ喋っちゃうわね。ごめんね、お喋り雀《すずめ》で」

「いい人ですね、総和さん」

「何？　急に」

「だって、十一時まで待ったんでしょ？　俺だったら無視するか、すぐ帰ります」

「そりゃあ、りくちゃんの写真があんまり可愛かったからよ」

総和が焦《あせ》った風に、足元の濡れ落葉をホウキで掃いた。葉は竹に絡み付き、剣道の竹刀《しない》のように振るが取れない。その様子は外見の軽さを打ち消して、本当に純真に見えた。

「それでもいい人に見えます。だって俺なんかに何回も謝ってくれてる。俺、仕事の邪魔してるのに」

「照れるわね、でもアリガト。お礼にその写真、恭二君にあげるわ。ハハ、お礼にもならないか」

「ううん、どうもありがとう」

リベザルは自嘲的に肩を落とす総和に何とか元気を取り戻してもらいたくて、目いっぱい明るい顔と声で礼を言った。写真をポケットにしまって代わりに入っていた帽子を取り出すと、総和がしゃがんでリベザルに帽子を冠《かぶ》らせる。

「お母さん、遅いねえ」

「大丈夫です。一人で帰れます。……その前に、気になってるんですけど」

「何でしょ？」

「七不思議の七つ目って……？」

「ちゃんと数えてたのねー」

総和は帽子の形を整えて、半分以上隠れた太陽を背に立った。

「七不思議ってのはね、たいてい七個めまで知っちゃうと呪われたりっていう特典付きなのよ。だから、六個でおしまい」

「そうなんですか、変なの」

「だから楽しいのよ。知らないことが何にもなくなっちゃったら、世の中きっと退屈よ」

『一つくらい謎があった方がミステリアスでよくないか？』

そうかもしれない。リベザルは帽子の両端を下に引いて頷いた。

「また遊びにおいでね、恭二君。待ってるから」

「いいの？」

「もちろん。赤毛連盟組合員の仲じゃない」

そんなものいつの間に……。しかしリベザルはその一言がとても嬉しかった。

「へへ、今度は総和さんの私服が見てみたいです」

「あら。これ、ワタシの私服よ？」

総和はパーティードレスのように袴の裾を左右に引っ張る。その下から覗いた足がいやに男らしくて、リベザルはケラケラとわらってしまった。

「俺も謝んなきゃ。ずっと総和さんのこと、オカマさんだと思ってました。ごめんなさい」

「いいわよー、慣れてるから。心は錦《にしき》だしね」

「それから……」

「ン？」

「本当は俺……」

リベザルは名前を偽っていたことで、彼に嫌われはしないかと思い至った途端に臆病風に吹かれた。話すのが怖い。

総和は左手を腰にあてて体を折り曲げると、右手をリベザルの頭の上に置いた。

「恭二君の謎、其の一ね。続きは今度会った時の楽しみにとっとくわ。じゃーね、恭二君。気を付けて帰んなさい」

その表情が酷く優しくて、リベザルはグシャグシャになった顔を見られないようにダッシュで階段を駆け降りた。

沈む夕日が涙に濡れて、二人の髪よりも赤く赤く輝いていた。

2

「師匠！　来てたんですか？」

リベザルが山の入り口まで降りると、電柱に背中を預けて秋《あき》が煙草をふかしていた。

「さっきな。ガキの集団にでも泣かされたか？」

「え？」

「目が赤い」

「……夕日のせいです」

「──……。旧石器時代の少年漫画だな」

秋が素っ気ない口調で言って、灰を地面に落とす。

リベザルは彼に近付く前に、指先で涙の筋を擦《こす》った。

「何か分かりましたか？」

「期待外れさ。ロクなことナッシング。そっちは？」

「あっ、ありましたよ！　住職の息子さんに話を聞けて……」

「道中ゆっくり聞かせてもらおう」

「道中？」

「目指せ、藤岡町《ふじおかまち》。呉服屋をノーマークにする訳にはいかないんでね」

秋は煙草を垂直に立て上下に動かして輪を作った。

＊

リベザルが『出来るだけ詳しく正確に』を心掛けた為、話が終わるまでには丸々一時間かかった。ハジメのこと、事故の違和感、おまけに総和のラブレターや七不思議まで話したのである。

その間中、秋は聴こえているのか疑いたくなるほど、相槌もそこそこに前方から目を逸らさなかった。リベザルは集中して聴いてくれているんだと思い、気にしないように自分もあまり秋の方を見ないようにしていたが、話し終わって、さてその反応を見ようと見上げた顔から色がなくなっている。真っ青だ。

「師匠、寒いんですか？」

「何で？」

「顔色が悪いです」

「……月明かりのせいだ」

「……カール大帝時代の少女漫画ですか？」

「惜しい。奈良時代だ」

自分の行動に後悔はない、決定的な弱味もない、感情だって『楽』以外の三つは表《おもて》に出難い秋に、嘘でもあんな青い顔をされたら誰だって心配になる。しかし、冗談を言えるくらいなら大丈夫だろう。

秋はコートのフードを髪が乱れるのも構わずに、無造作にかぶる。リベザルから顔がよく見えなくなった。

「後、よろしく。僕は帰るから」

「はい？」

「さっさと原形に戻って忍び込んで、お姫様を守ってやってくれ。いや、そんな年じゃないか。女王様だな」

今度はリベザルが蒼白する番だった。

「嘘っ、冗談ですよね」

「……今日の嘘確率五十%」

秋は呉服屋の前で足を止めて、背中のリュックをリベザルに放ってよこした。嘘は嫌いだというクセに、自分のルールから外れない限りはこの手の冗談はフルに活用してくる。リベザルにはその一線がよく分からなかった。

「僕は外にいるから、ヤバくなったら大声で叫べ。器物破損はしたくないから、窓くらいは開けてくれよ」

「了解しました」

リベザルは原形に戻って脱ぎ散らかした服をリュックにしまい、換気扇の隙間から中に侵入した。それから、眠い目を指で開いて、彼女の部屋のドアが見える位置——柱時計の陰——に隠れた。

## 3

二人が出掛けてから、座木《くらき》は一日店でパソコンに向き合っていた。ネット上の情報屋のアクセスに、思いのほか手間取った為である。

以前は、警察に接触せずに事件の情報を得ること自体は、さして難しい作業ではなかった。ネットの中には犯罪に関するホームページがそれこそ星の数程あったので、それらを訪れれば基本的な情報には困らない。しかし、それがあまりに発展し過ぎ、国からプロバイダの方に一定の常識範囲を越えない為の規制が課せられてしまった。これは手痛い打撃だった。

だが、方法がなくなった訳ではない。盗聴防止機能付きの電話を盗聴出来る機械が出来たり、ダビングをさせない為のコピーガードを外してダビング出来る機械が出来たように、人間の、殊《こと》にこういう禁止されたことへ反発する方向への発展には目を見張るものがある。

規制が敷かれてまもなく、ネットには不法なフィールド――裏ネットと呼ばれたりする――がいくつも出来た。それを利用するには特殊なIDが必要だったり、システムを一時停止させるウイルスのプログラムをしたりと多少骨を折るが、入ってしまえばその名の通り情報の波に溢《あふ》れていた。何年か前に設立された警視庁内ネット管理部のせいで一時期その数は激減したが、反対にそれのおかげで優秀有能なものだけが法の目をかいくぐって生き残ったのだ。尻尾《しっぽ》を摑まれるような無能者は、あらかじめ淘《とう》汰《た》された世界である。このいたちごっこは今のところ、個人が公を一歩リードしていた。

ところが、今回の事件に関しては問題が別のところにある。警察関連の裏ホームページを開いている者に訊いても、全く手応えがないのだ。四時間かかって会議室《チャット》や掲示板《BBS》をいくつか覗いて、総計十三人と話した。中には雪の妖精の話題も出たが、それは警察マニアのトリック予想や警察の腑甲斐《ふがい》なさへの不平不満が主で、真相や警察の見解とはかけ離れていた。情報収集はいきなり行き詰まっている。

その間来た客といえば、濡女《ぬれおんな》の枝毛相談と、注文していた手荒れクリームを取りに来た産女《うぶめ》だけだった。相変わらずまっとうな人間は一人も来ない。

そんな、もう店を閉めようかという午後七時のことだった。表のドアが開かれる音がした。妖怪の気配ではない。人間である。

「……胃薬、ありますか？」

棚の隙間から現れたのは、短い髪に細かいウェーブをあてた推定年齢二十歳の女性だった。毛糸で編んだ黄緑のロングコートに茶系のチェックのロングスカートをはいて、中に着た白のブラウスはどことなく縒《よ》れている。スカートに隠れた茶色のブーツは底が厚く、背は高く見えたがかなり歩きづらそうにしていた。

彼女のようないかにも普通の人間がこの店を訪れることも珍しかったが、何より驚いたのはその異臭である。

「お酒ですか？」

「ええ、ちょっと友達と……、こんな時間からお酒臭くてごめんなさい」

「いいえ、ちょっと待って下さいね」

座木は引き出しを開けて、秋が象と引き換えに買い込んできた市販の胃腸薬を探した。この場合液体の方がいいだろう。その時、

る。

「…すみません、お手洗い貸して貰えますか？」

彼女が真っ青になって口元を覆《おお》っている。

座木は席を立ってモニターの電源を落とし、彼女を脇から支えた。脂汗《あぶらあせ》が浮いてい
「大丈夫ですか？」

「全然、平気です」

彼女は青白い顔を上げて座木を見た。口では強がっているものの、かなり厳しい状況らしい。足元がふらついている。

彼女はトイレに入るなりその場に倒れ込んで、胃の掃除にとりかかった。苦しそうな背中が同情心を誘う。

（こんなになるまで飲まなければいいものを……）

しかし、頭で分かっていればそれを止められるのなら、この世から中毒者や犯罪者の数は激減する。理性を上回る欲望、愛憎、虚栄心。そんなものに振り回される者とその想いは共有出来ないが、理屈ではそれも仕方ないと思えた。この弱さこそが高等生物の特性なのだ。

延々と座木は背中をさすったりハンカチを濡らしたりして、遂には彼女が気の済む

まで吐いてしまうまでその場を離れることは出来なかった。二十分程かかって彼女が便器から離れて水道で口を漱《すす》ぎ始めたので、座木は安堵《あんど》の溜め息をついた。

「もう大丈夫ですね」

「ええ、はい。すみません。助かりました」

彼女は口を漱いで、汗で顔に張り付いたカールのかかった髪の毛を耳の後ろにかけた。座木の白衣に目を止めて、次いで名札を読み上げる。

「座木、さん」

「はい。胃薬出しますね。液体と粒と粉がありますけど?」

「あ、じゃあ粒が」

座木は引き出しから錠剤の入った瓶と一緒に、グラス一杯の水を机に置いた。

「どうぞ」

「スミマセン、本当に……――。あの」

「はい」

「こんなところに薬屋があったの、知りませんでした。地元なのに」

「私も、この辺に飲み屋があるとは知りませんでした」

「あ、いいえ、飲み屋じゃないんです。友達の実家で……」

彼女は勢いよく首を振って、更に青ざめ、頭を落とした。酔った時にその動作は厳禁である。

座木はふらつく彼女をパイプ椅子に座らせた。

「まだ、飲み会は始まったばかりなんでしょう？　お友達の家まで戻れますか？」

「――――別に、あたし一人帰らなくとも……」

理由は分からないが、悪いことを言ったらしい。彼女は少し黙って、それを隠すように無理に頭を押し上げた。

「このお店、一人でしてるんですか？」

「普段はそうですね」

「薬屋さんって、最近スゴク変動厳《きび》しいじゃないですか。あ、あたしこれでも看護婦の卵なんですよ」

「そうなんですか」

座木は店主席に戻った。

「そう。でも今実習中なんですけど、注射一本刺すのに最低五、六回やりなおしちゃうんですよね。もう毎日怒られてます」

「それは、災難というか……失礼」

「いいんです。あたしだってそう思います。……はっ、ごめんなさい。関係ない話で」

「構いませんよ。楽しい会話は心の薬ですから。話して軽くなるものなら何よりです」

「……本当に？」

彼女が泣きそうな、そのうえ切迫した真剣な眼差しで座木を見たので、とても閉店時間だとは言い出しづらくなってしまった。彼女がここに来てから三十四分十八秒。

(あと二十五、六分なら、しょうがないですね)

座木は一時、接続中の電話回線を閉じた。

「コーヒーか烏龍茶《ウーロンちゃ》ならすぐお出しできますが？」

「え？」

「どんな薬でも出すと表に書いてありませんでしたか？　錠剤には水、お喋りにはお茶が基本ですから」

「コーヒー、いただきます！」

彼女が瞬時に満面の笑みになって、元気よく応えた。その仕種《しぐさ》がどこかリベザルに似ていたので、座木は思わず笑いを声に出しそうになった。

「あたし、名前は水口奈々実《みずぐちななみ》っていいます。友達は名前通り『立て板に水』な口の持ち主だって……。何が悲しいって納得しちゃう自分が悲しいですよね。それで……」

奈々実は何から話すか迷ったように、焦点の定まっていない目をしてカップを指で叩いて波紋を作った。それからコーヒーに口をつける。

「今日のあたしは、刺身《さしみ》のツマなんです」

「ツマ……」

座木が繰り返すと、奈々実は芝居がかった動きで身ぶり手ぶりをした。

「おまけです。仲いい男子が友達のこと好きになって、その橋渡しのピエロなんです。彼氏、彼女がいて害のない友達ばっか集めて、場をお膳立てする……二年間も一緒にいたのに、杉山《すぎやま》のヤツ、鈍《にぶ》いにもほどがあるわ」

言葉の最後が涙でぐもる。彼女の酒はやけ酒だったということか。

「しょうがないですよね。あの子はフワフワしてて、本当に可愛いし。あたしみたいに気の強いヤツが白衣の天使なんて、自分でも似合わな過ぎて笑っちゃうもの」

座木は頭ひとつ小さい彼女を上から見下ろし、自分の失言を悔い、かける答えに窮して奈々実の肩をポンポンと叩いた。

「刺身のツマは、見た目の演出だけでなく消化作用も助ける働きがあるんですよ。いつだったか、キャッチャーとピエロと刺身のツマは陰の主役だと……私の尊敬する人が言ってました」

自分で言うのも何だが、えらく的外《まとはず》れな慰め方である。

「なんか違う気もするけど……――陰の主役？　それって格好良いですね」

奈々実は可笑《おか》しかったのか嬉しかったのか、目尻に小さな皺《しわ》を寄せてクスリと笑った。

「有難うございました。おかげですごく元気になっちゃいました」

「今度からは気を付けて下さいね」

「はい。それで、あのクスリのお金……」

「忘れてました。じゃあ、これ」座木は残りの瓶を紙袋に入れた。「消費税込みで千五百七十五円です」

「それ胃薬だけの値段じゃないんですか？」

「？　そうですよ」

「コーヒーは……」

「午後のお茶にお付き合い頂いたということで」

座木が袋を彼女の手に持たせると、奈々実は小銭をジャラジャラと金額ピッタリに出して、

「もし病気になったら……あ、縁起悪いんですけど、うちの大学へ来て下さいね。サービスしちゃいます」

「病院でサービスですか？」

「薬のボトルキープとか、食事の献立の変更とか、あ、でもあたし、産科・婦人科なんでした」

奈々実が小さく舌を出して照れ笑いする。

「お気持ちだけ頂いておきます」

「御迷惑かけちゃって、有難うございました」

「お大事に」

座木は何度も振り向いてお辞儀をする奈々実を、角を曲がるまで見送った。

店の鍵を締めて、コップや薬の空き箱を片付けた。それから再びパソコンに向かおうと思ったが、

(どうにもこうにも……気が乗りませんね)

座木はモニターに手をかけ、その上にぐったりと倒れ込んだ。報《むく》われない作業というのは、やりがいのあるその何十倍も時間のかかる仕事よりも辛《つら》い。十一時まであと二時間四十八分十二秒。

(検索は明日にして、読みかけの本を読んでしまいましょうか)

秋やリベザルが働いていると思うと少し気も引けたが、バイオリズムが低下している時に何をしても、絡まった糸を更に団子にするだけである。座木は店の電気を消して、電話の子機とグラス一杯のウイスキーを手に自室に閉じこもった。

*

この家に個人の部屋は四つある。秋と座木の部屋は六畳に三畳分のロフト付き、リベザルの部屋と空き部屋は四畳半に三畳分のロフトがついている。それぞれ好きな家

具を好きなように置いているので、同じ間取りの二部屋でも全く印象は違っていた。

秋が物は少なくシンプルにまとめているのに対して、座木の部屋は逆に物が多い。いや、言い方が悪い。物ではなく、本が多いのだ。

ロフトの上は壁際と中央に本棚を並べ、その中は全て洋書で埋まっていた。下にも可能なだけの本棚と本を床が抜けるほど置いて、居住スペースは部屋の隅に敷いた畳二枚の上だけである。服や布団、その他必要なものはクローゼットの中なので畳には読みかけの本と座椅子、それに豆型の木のテーブルしかなかった。

座木はカーテンを閉め、座椅子に掛けてテーブルの上の本を手にとった。カナダの無名の作家の詩集なのだが、一年前に日本の著名人が新聞で紹介しているのを見て、興味を引かれ取り寄せたものだ。内容は特別に目を引くものではなかったのだが、その訳のまずさに原書を読んでみたくなった。英語の韻《いん》を踏んだ言葉をそのまま和訳——それもほとんど直訳——しているので、音の美しさが台無しになっていたのである。

座木は挟んであった金色の栞《しおり》を抜いて、ウイスキーを口につけた。

『輝くものを木陰で見つけた

小さな大きな瞬《またた》く光
いつもそばに在りたいと
いつもこの目に触れたいと
鉄の檻《おり》に閉じ込めた

輝いたものは時間を止めた

光は薄れ
色は褪《あ》せ
小さく衰え
大きく悲しい

輝いたものに空を返そう

小さな大きな瞬く光

いつもそばに在りたいと
いつもこの目に触れたいと
鉄の檻から飛び出した

輝くものと木陰を歩いた』

(輝くもの──蛍か、猫か、星の欠片《かけら》……妖精なんてのもメルヘンで……)

座木は詩が得意ではない。どちらかといえば、ジャンルは問わず小説の方が好きである。しかしこの本の正体のハッキリしない表現が、半透明のセロファンに幾重にも包まれたプレゼントのようで、中身を想像するのが楽しかった。たとえそれに答えがないとしても、だ。

(輝くもの、輝く……)

「ああ、そうか。この答えはなかなかいいですね」

座木は自分の思いつきにパンと手の平を打って納得して独り微笑《ほほえ》み、次のページへと読み進んだ。

流れる金とは小麦の畑、空の穴とは星明かり。果てない大地と穏やかな草原を思い浮かべ、彼は知らず知らずのうちに眠りについていた。

## 4

ピ、ピピピピッ、ピピピピッ、ピピ……ガンッ。

(……目覚ましかけておいて正解でした)

徹夜明けの疲れた体に、ウイスキーと疎《まば》らな活字は思いのほかよく利《き》いたようだ。起きて暫《しばら》くは、眠っていたことも把握出来なかった。外はすっかり暗くなっている。

座木は、本棚の立たねば手の届かない位置に置いた目覚まし時計を、バレーボールのアタックのような格好で叩いてオフにした。寝惚けた勢いでかなり力を込めてしまったので、時計の破損を危惧してヒヤリと目が覚めたが、幸い時計の赤い秒針はカチカチと一定のリズムで右回りに回転している。

長針は九、短針は十と十一の中間にある。座木は持って来た子機を充電機から外して、黄緑色に光るボタンを十回押した。

プルルルル、ルルルルルル。

回数にしてコール十・五回目。

『はい、小海県服店でございます』

「今晩は。深山木薬店のものですが」

『深山木さん？』

「いえ、従業員です。お電話では何度か」

『……何か？』

由里子の声は決して友好的ではない。刺《とげ》はないが生気もなくて声音《こわね》の高低強弱が乏しい。座木は、腰に回した左手に右の肘をついて壁に肩を預けた。

「店長命令で今日はそちらに伺えないので、せめて電話だけでもと思いまして」

『……』

無言の内に訝《いぶか》しむような雰囲気が感じられる。

座木は半音明るい声で言葉を継いだ。

「今までの調査で、御本人に直接危害を加えるような幽霊ではないというのが……」

『本当ですか？』

「はい」

(分かっていないんですよ、それがまだ)

座木は後に続く言葉を呑み込んだ。由里子が勝手に勘違いしただけである。

「まだそちらに出ないとは言い切れませんので、気晴らしにでもなればと思って」

これは嘘ではない。息子かもしれない霊に二週間以上毎晩怖《こわ》がらされて、神経が細っているだろう彼女に同情はしていた。

『それはわざわざ有難うございます。それで、あの子は……』

「一日中その事を考えていらっしゃっては、怪我の回復にも障《さわ》ります。そうですね……料理の話はお好きですか？」

『……嫌いではないです』

「お菓子と食事ではどちらがお得意ですか？」

『ここにお嫁に来る前まではお菓子も作りましたが、ここのところはちっとも……。最近は、パンばかりで食事もあまり作ってません』

「いいですね、パン。トーストに付けるトッピング作るのが好きなんです」

『あ、私も』

返事の音階が幾らか明るい音に変わった。この話題は当たりらしい。

「お話が合って嬉しいですね。梅マヨネーズが……市販のではなく、梅を塩抜きして使うと美味《おい》しいんです」

『そう、なんですよね。売っているのはちょっと梅が梅らしくなくて……あ、スミマセン。意味の分からない言い方をしました』

「いいえ、私もそう思います。でも、自分で作ると何か別の意味で物足りない気がするんですが……」

『——紫蘇《しそ》は、お入れになりました？』

「紫蘇？　葉ですか」

『そうです。紫蘇の葉をみじん切りにして加えると、梅によく合うんです』

由里子の、口調の途切れ途切れだったのが徐々に滑らかになってくる。

「他にはどんなの作られますか？」

『赤味噌にマヨネーズとケシの実を加えたり、バターにインスタントコーヒーを入れても美味しいですよ』

「コーヒーですか、それは知りませんでした」

座木が本心から驚いて言うと、由里子が小さく笑う。

『義母の目を盗んで、家にあるものでいろいろ試してみたんです』

「家にあるもので？」

『家から出ることは出来ませんでしたの。古い家で、妻は家を支えるものというのがまかり通っていましたから』

「前向きな対処ですね」

『そうでしょうか……、でも、パンなど食卓に出したら叱られますから、全部自分で食べなくてはならないんです。親に隠れておやつを盗み食いする子供みたいでした』

由里子が照れたように、自嘲的な口調で冗談めかして言った。雰囲気はだいぶ柔らかい。

座木は本棚から薄い絵本のような料理の本を抜き出して、膝の上で開いた。

「御主人は召し上がらなかったんですか？　パンとかお菓子とか」

『主人は仕事のお付き合いや学生時代のお友達と外食することが多かったので、家では家庭的な和食を好みました。……主人の従兄弟《いとこ》の方が時々いらっしゃるので、その時だけはケーキを焼いたり……』

「ケーキ焼かれるんですか？」

『もう、十五年も前になりますけど……』

「一つお伺いしたいことがあるんです。よろしいですか？」

『なんでしょう？』

「ずっと気になってたことなんですが、パンプディング作られたことはありますか？」

『？　ええ』

「パンにソースをしみ込ませるのに、どうしても吸い過ぎたり全体が漬《つ》からなかったりするんです」

電話をスピーカーホンに切り替えて、料理の本のプディングのページを開けた。電話の向こうでも、なにやらガサガサいう音が聞こえてくる。

『……あの、こし器は通してますよね？』

「ええ、その中に漬け込んでます」

『あ、パンは漬け込むのではなくて、空のボウルの中に入れて上からこし器を通してソースをかけるんです。それから裏返してまたかけて……本によっては二、三十分浸すと書いてあるものもあるんですが、少しカリカリ感が残っても美味しいと思います』

「かけて裏返すんですか、それは思いつきませんでした。今度やって上手《うま》くいったら、御連絡しますね」

『連絡？』

「おかげさまで上手く出来ました、って」

『フフ、お待ちしてます』

ようやく由里子の人間らしい声が聴けて、座木は少し安心した。彼女とは電話でしか話したことがないが、顔でいうなら『能面のような』のっぺりとした話し口調が無機物を思わせて……怖いと言ったら可笑《おか》しいだろうか。だが、無気味ですらあったのだ。

座木は兎《うさぎ》の目覚まし時計をテーブルに座らせて、受話器を普通の通話に直し、耳にあてた。

「小海さん、柱時計はどうされたんですか？　故障ですか」

『ネジが切れたので……。!!　どうしてそれ？』

「だって、十一時の鐘が聴こえなかったでしょう？」

『――――もうこんな時間……』

由里子が息を呑んだのが分かった。十一時はもう二十分も前に過ぎている。

「今日はもう出ませんね」

『あの、その為に……興味もないのに、私の話に付き合って？』

「そんなことないですよ。趣味なんです、料理が。それでは、おやすみなさい」

『――……明日も、かけて下さいますか？』

「私でよろしければ、喜んで」

『有難うございました。……おやすみなさい』

人形の声は、完全に人間になって切れた。

「姑《しゅうとめ》の呪い、ってカンジですね」

座木は電話の『切』を押して、ホルダーにかける。充電ランプが赤く光った。

5

翌朝、座木は誰も居ないダイニングで簡単な朝食をとり、リベザルの部屋に入った。彼の部屋もやはりフローリングだが一面に緑のループパイル・カーペットが敷いてあって、ロフトの下にある檜《ひのき》の棚と机付きシステムベッドが唯一の家具である。あとはひっくり返したおもちゃ箱のようで、クッションや漫画、小型テレビにゲームのハードとソフトが散らかり放題になっていた。床には足の踏み場がない。

座木がこの部屋に来た理由は、それらを片付ける為では決してない。金魚に餌《えさ》をやる為である。金魚というのはどんな狭苦しい環境にも適合できるトップをきった動物で、例えばコップ一杯のグラスに泳がせたとしても不服に思うことなどないらしい。壁にぶつかって進路を変えた瞬間、ぶつかったことすら忘れてしまうのだ。

それでもリベザルはそんなことでは運動不足になると、直径十五センチ、肉厚二センチの透明のチューブを輪にして天井から針金で吊るし、部屋を壁沿いに一周させたその中に金魚を飼った。昔、秋が見ていた香港《ホンコン》映画の登場人物がやっていたそうだ。

座木はごった返した部屋の中から金魚の餌を探し出し、水槽の一ヵ所天井に穴の開いた部分から、茶色い粒をひとつまみ与えた。縁日ですくった赤い金魚は今ちょうど部屋の反対側にいるので、食べに来るのにもう少し時間がかかるだろう。

「二人とも、夜露《よつゆ》は凌《しの》げてるといいですけどね」

元気に泳ぐ金魚が餌に辿り着けたのを見て、彼はチューブを指で弾く。流れのない水が少しだけ波を立てた。

＊

一通り共有の部屋の掃除を済ませて、昼前には大平大学付属病院を目指して出発した。夕方には帰って来るつもりなので、手には何も持っていない。ただ何となくチャコールグレーのスーツと、春物のベージュのコートを着たので、電車や駅では出勤や営業の会社員に紛れてしまった。目立たないのはいいことだ。

座木は駅前の花屋で花を買って、見舞いを装《よそお》って病院に入った。昼の病院は思ったよりも明るくて、先日忍び込んだ時のオドロオドロしさは嘘のように消えている。

(まず、彼女のカルテが必要ですね)

座木はその為の手段を考えながら、目的もなく敷地内を歩き回った。彼の顔は誰も知らない。多少フラフラしていても、手に持った花が事情を代弁してくれるだろう。

ところが、

「あっ、座木さん!」

甲高い声が彼を呼び止めた。

(こんな所で名前を呼ばれる覚えは……)

考える暇もなく振り向きざまに続きが飛んでくる。

「やっぱりそーだー。どうしたんですか? あ、お見舞いですね。お知り合いがいらっしゃるんですか?」

「——水口さん。この病院だったんですか」

まだ記憶に新しい、昨日会ったばかりの彼女だった。寒くはないのか、シャツに薄い白衣一枚、満面の笑みで駆け寄って来る。

「わあ、覚えててくれたんですね。奇遇ですね。あたし今、実習終わったところなんです。病室まで御案内しましょうか？」

「奈々」

彼女の更に背後から、気の弱そうな少女がその名を呼んだ。白い肌に細い手足、低い背、長い髪、パーツ一つずつとっても守ってあげたい女の子の典型である。

「ごめーん、華南《かなん》。先帰ってて。杉山《すぎやま》、待たせてんだから」

「あ、うん。じゃあ、先に学食行ってるね」

奈々実の言葉に赤面した華南は、座木に向かって小さく会釈して大学の建物に走っていった。

「ね、可愛いでしょう？」

彼女が例の、昨日の主役らしい。

「いいお友達みたいですね」

「恋敵《こいがたき》になると最強なんですけど。何号室のお見舞いですか？」

「一昨日事故で入院された、小海さんという方なんですが」

次から次と流れるように言葉を列《つら》ねる奈々実に、座木は自分ののんびりしたテンポを崩さず、いちおう考えて来た言い訳を使った。するとと奈々実は得心が行くというのとは僅《わず》かに違う、「なーんだ」と呆れるというかガッカリというか、期待外れに近い反応を返した。

「ああ、あの間抜けな……っとと、お知り合いにスミマセン。その人なら昨日退院しましたよ」

「御存じなんですか？」

「御存じ――です、はい。うちの科によく来てたらしくて先生に教えて貰ったんです」

「『うちの科』？」

「あれ？　言いましたよね。産科と婦人科です」

奈々実はさらっと言って、ひっつめていた髪を解いた。

由里子が何の用事で……。考えて、座木の頭にある一つの仮定が形を成した。無駄になる可能性も高いが、賭ける価値は十二分にある。

座木は持っていた花束を奈々実の持つ教科書の上に載せた。

「退院していたんでは仕方ありません。病室ではなく、どこか食事の美味《おい》しいお店に案内して頂けませんか」

「――これ……」

「お昼、これからですよね？」

「そうです、あ、着替えるまで待って貰えますか？」

「はい」

「速攻戻って来ます！」

奈々実はレンガに足を引っかけよろめいたが、すぐさま体勢を立て直して病院の裏手にある建物に走っていった。

「元気ですね、昨日はあんなだったのに」

座木は人間の『若さ』というヤツに、心の底から感嘆した。

それから奈々実は本当に間を置かずに戻って来た。白いミニスカートに黄緑のパーカを着て、黒いリュックを背負った肩を大きく上下させている。

「もう少しゆっくりでも……午後授業なんですか？」

「午後二だから、二時半からです。お待たせしちゃ、マズイと……、はあ、はー……よし！　何がいいですか？　座木さん」

「本当に、元気ですね。店は水口さんにおまかせします」

「じゃあ、スパゲティでもいいですか？　一度入ってみたかったお店が近くにあるんです」

奈々実が選んだのは雑居ビルの一階の小さな店で、表にキリンの看板がかかっている。ドアの他に窓は一つ。それにもレースのカーテンが下りていて中はよく見えない。

「外からよく見えないと入りづらいじゃないですか。いつか入ってみたくって」

「そうですね」

しかし我が薬店に比べれば数段明るい色調の、白いドアを引いた。ガランガランとカウベルのような音が鳴る。

「いらっしゃいませー」

やる気のなさそうな店員の声。店内は木のテーブルが四つ、厨房《ちゅうぼう》を覗《のぞ》ける左右に細長い品出し窓があって、壁沿いには観葉植物を並べてある。BGMには有線だろうか、最近のポップスが間を置かずに流されていた。天井にはファンがあって、店員の吸った煙草の煙を散らしている。ちなみに客はいない。

座木は一番手前の席を選んだ。

「御注文お決まりになりましたらぁー、お呼び下さーい」

赤いエプロンをした店員の女性は、舌足らずにそう言ってメニューと水を二つテーブルに置いた。品数は少なく、メニューも地味である。

「スパゲティもリゾットもグラタンも！　二種類ずつしかありませんよ？　シチューなんかタンシチューだけ!!」

「ああ、でも店長のお薦《すす》めになってます、シチュー」

「あ、ホントだ。うっわー、どれにしようかなあ」

奈々実はたった七品と言いつつ、メニューと睨《にら》めっこして真剣に悩んでいる。その目尻が少し光っているのに気付いて、座木は彼女の思考を中断させた。

「さっき、つけてませんでしたよね。それ」

「え？　変ですか？」

奈々実はメニューで顔を隠した。

「いえ、普段化粧品とかに縁がないものですから。最近はそういうのもあるんですね」

「『そういうの』？」

「その……ラメが入ってる……」

「最近って、結構前からあるんですけど……座木さん、おいくつですか？」

「年齢ですよね？」

「はい」

「今年で二十八です」

「うーんと、とっくに出てたと思いますけど、あっ、でも興味がなかったら知りませんよね。リップグロスとかマスカラとか、マニキュアにも多いんですよ。そろそろ下火かもしれないです」

「リップグロス……」

　本当に縁のない言葉ばかりだった。マスカラにいたっては、何処に付けるものか、どんな形なのか、形状目的色効果も予測不可能である。座木が感心して言葉を失っていると、奈々実がまたメニューで顔を半分隠して、上目遣いに眉を顰《しか》めた。

「やっぱり年上の方から見たら、こういうのっておかしいですか？」

「いいえ、キラキラしてて綺麗ですね」

「そうですか？　……あ、あたし、これにします。茸《きのこ》とクリームチーズのリゾット」

「――すみません、オーダーいいですか？」

店の奥からタラタラ歩いて来た店員に二人分の注文をした。料理はわりあい早く来て、味もかなりいい。奈々実は嬉しそうにスプーンで掬《すく》った茸を口に入れ、そこから更ににんまりとした。

「おいしー、嬉しー、ラッキー。穴場発見ってカンジですね」

「ええ。水口さん」

「はい？」

「お食事中に申し訳ないんですが、さっき言っていた小海さんの事で……」

「あっ、本当にごめんなさい。間抜けなんて言っちゃって。御本人には言わないで下さいね。お友達ですか？　あ、そんな年齢じゃないですね……ハッ！　また失礼なことを!!」

奈々実は一に対して十も百も言葉を返すような勢いで、一人で言って一人で謝った。その表情が真剣で、座木はゼンマイ仕掛けのブリキのおもちゃを思い出し失笑した。クルクルと本当によく動く。

「お客様なんです、うちの」

「はあ、商売敵ですね」

「そう言えなくもないですが……『間抜け』というのは？」

「あたしも、又聞きだから信憑性《しんぴょうせい》は薄いんですけど……」

信憑性が薄いからこそ気軽に話せてしまうことも事実だろう。彼女はいったん言葉を収めて、俯《うつむ》きかげんに肩を震わせた。

「水口さん？」

「ごめんなさい、笑い事じゃないんだけど可笑《おか》しくて。初めは路上で人が倒れてたって大騒ぎになって警察まで来ちゃったんですけど、実はですね、アハハ、小海さんゴメンナサーイ」

彼女は笑いを堪《こら》えて手を合わせる。

「襲われたのって、ビニールハウスに、なんだって言うんですよ」

「ビニールハウス？」

座木は思わず気の抜けた声を出した。奈々実はいっそう派手に笑い出す。

「警察まで来ちゃって、もう何事ーってカンジで」

「ビニールハウスに襲われるって、どういう……」

「座木さんってこの辺の人じゃないんでしたね。この辺って冬から春にかけてスッゴイ強風が吹くんですよ。もう自転車なんかいくら漕《こ》いでも進まないくらい。その時に、外れかかったビニールハウスの側を通ると、不規則な動きのビニールに殴られるわ巻き込まれるわ、いくら抵抗しても一回捕まったら風がやむまで外れてくれないし、大変なんです」

「それは、壮絶な……」

座木はリアルに想像してしまって、それ以上のコメントは出来なかった。

「ただ、傷からそういう可能性もあるって話でした。本人が一部記憶が抜けちゃってるので、ホントに可能性なんですけど。生徒の間ではビニールハウスの方が滅茶苦茶噂になってます、面白いから」

「その噂は誰が？」

「いちおう、元はこっちの患者さんってことで、連絡が来たらしいんです、婦人科にも。その時に先生同士が『そうも考えられるけどまさかなあ』って話してたのを友達が聴いてて」

「『元は』？」

「病気か何かで子供が産めないらしくて、子宮の内膜が……。あ、食事中にする話じゃないですね。スミマセン。学校のクセでついペラペラ」

「いえ、私も慣れてます。薬の飲み合わせの心配があったので、お聞きできて助かりました。本人に確認しなければなりませんね」

座木が柔らかく言って休めていた手を動かした。

（襲われたのではなく単なる事故ですか。でも、小海ハジメは誰の子供なのか……調べた方がいいですね）

店内のカラクリ時計が二時を告げたので、座木はその踊る人形を見てしまってから伝票を持って立ち上がった。

「そろそろ戻らないと、授業に遅刻しますね」

「あたし、自分の分は払います」

「いちおう働いてる社会人なんですから、格好つけさせて下さい」

「ごちそうさまです」

「はい」

奈々実は服と揃いの黄緑の財布を鞄にしまって、ペコリと頭を下げた。

6

小海ハジメが実の子供ではない。これが秋にどのような示唆《しさ》をもたらすのか、座木には想像するに易くなかったが、報告する前にそれなりの調査をしておくのは彼の義務であると思っている。と同時に、秋からそれだけの信用と期待を受けていると自負もしていた。それを裏切ることは出来ない。

座木は駅前の電話ボックスが五つ並んでいるうちの一つに入って、黄色い電話帳の目次で『学校』を探した。

(東藤岡小……かけて何と言うか。……記者、身内、父兄……警察)

フッと顔を上げて駅前の交番を見た。小さなコンクリートの灰色の箱についた赤いランプと旭日章《きょくじつしょう》が国家権力を誇示している。というのは座木の穿《うが》った見方だろう。普段から避けているせいか、どうも警察に良い印象はなかった。

これはリベザルとも共通した意見で、彼は座木以上に警察を毛嫌いしている。恐怖症といってもいい。しかしその話題になると秋がいつも言う「交番には猫はいないんだよな」の台詞《せりふ》が何を示しているのか、座木は不思議で仕様がなかった。言葉の意図を訊いたコトもあるが「推して知れ」としか答えてくれなかった。リベザルとは違った意味で見ていて飽きない、面白い方だ。

それは別として、警察はとっくにハジメの出生など調べているだろうし、重複した質問はすぐにこちらの正体をさらけ出してしまうだろう。ダメだ。

しかし真っ向から訊いても、個人データを外部に教えてくれるはずもない。小海家の事情を由里子の実家が詳しく知っているとも思えないし、店の客も然《しか》りだ。

駅からそんなに距離はなかったので、東藤岡小まで歩いて行ってみたが、学校は授業中で生徒の姿は見えないし、校庭が体育館の新築の為に資材置き場と化していて、放課後でも子供に接触するのは難しそうだった。これだけ人間が居ればどうしても人目につくし、子供達も遊ばず真っ直ぐ家に帰ってしまうだろう。

藤岡に居ても無駄と判断した座木は、電車に乗り久彼山《くがやま》に引き返した。夜にはまた由里子と話す機会がある。

(せっかく友好的になって下さったのに、望ましくない話題ですね)

ドアの側に立って溜め息をつくと、硝子《ガラス》に映った自分が白く曇った。

＊

「ただいま戻りました」

ドアを開けたが誰もいない。

(まだ帰っていないんですか。こんな時間なのに)

見遣《みや》った時計は彼らが家を出た時間から二周、二十四時間経っていた。調査が長引いているのかもしれない。座木は帰りに買い物して来たスーパーの袋を持って、キッチンに入った。

たった二日全員揃って食事をしていないというだけで、ダイニングとそこに置かれたテーブルがどこか素っ気ない感じがする。キッチンに続くカウンターのハイスツールに荷を降ろし、自分も隣のスツールに座った。頬杖をついて一連の事件を思い浮かべてみる。

小海ハジメの殺人死体遺棄事件。

小海ハジメの幽霊。

それを利用した悪魔と契約。

座木の脳はまるで機械かコピー機のように、何もかもそのまま保存することが出来たが、そこから発展させるのはそれほど得意ではなかった。チェスやプログラムみたいに一定の法則性をもって発展するのならお手のものだが、前触れもなくイレギュラーな動きをする人間は手に負えない。

その最《さい》たる例が秋である。先が全く読めない、考えも分からない。だからこそ興味深いのも事実ではあるが。

座木はクスリと独り笑って腰を上げた。

「悩む前に、出来ることと役割をまっとうしますか」

軽く活《かつ》を入れ食品を冷蔵庫に納めると、情報収集をしにパソコンのある一階に移動した。

愛機に電源を入れる。新着メールはなく、いつもと変わらない動きのない画面が彼を迎えた。

特殊なＩＤとソフトを使って裏ネットにはいる。何か目新しい話が聞ければいいのだが、いつウイルスを流されるかも知れないという危険もあった。常時気を抜けないので長時間は出来ないが、リスクに見合うだけの話が聞けることも少なくないので妥協するより仕方ない。

あたっているのは犯罪関連のホームページで、昔の犯罪記録を熱心に調べて公表している者もいれば、未来の犯罪の想定をして楽しんでいる者もいる。そのどれもが異常かつ狂気に触れた情報ばかりで、現実世界での彼らに懸念《けねん》を抱かずにはいられない。人としての生活が、機能できているのだろうか？　いや、それは取り越し苦労というものだ。

座木は、その中でも比較的まともに話の通じる人間の開いているホームに行った。

シャドウの名でネットをうろつく彼――彼女?――は、基本的に警察内部の話――制服配給の裏話や○○署で使われているコーヒーメーカーの種類など他愛もない話題だ――を好んでしているが、それでどうしてなかなか犯罪の話にも精通している。

愉快でいてシニカルなポーズ、奇抜な発想に伴う膨大な知識。このチャットには二十四時間態勢で彼が待機しており、参加者も比較的コンスタントにアクセスしていた。

座木が『ホムサ』という名で途中参加すると、さっそくシャドウが座木に水を向けた。

**シャドウ〉**　今、栃木で起きた事件について話していました。雪の妖精事件。ホムサさん、動機は何だと思いますか?

手早くキーを打ってすぐに返事をかえす。

**ホムサ〉**　芸術家気取りのマニアでは?

それに別の参加者が意見を出した。

**アレグロ〉**　私は計画殺人だと思います。

**シャドウ〉**　ヒントをあげます。といっても、ボクもヒントしか分っていないのですが。被害者に複雑な出生が隠されている。警察は母親を疑っているらしい。

この語調がコロコロ変わるのはシャドウの癖だった。

**アレグロ〉**　彼女も襲われたでしょ？

**ルドルフ〉**　出生って何ですか？

**シャドウ〉**　ただでは教えられないね。苦労して手に入れた情報なんです。ところでこの間、ホワイトデーのキャンディから毒が検出されましたね。

**マスク〉**　下らない手口だ。証拠を残し過ぎている。

**ルドルフ〉**　単純なやり方だからこそ……。

すぐに他の人間が参戦して、話題はどうすれば証拠を残さずにより多くの人間を殺せるかという方向へ展開していく。座木はすっかり取り残されてしまった。

(出生、母親……)

願ってもないチャンスだった。喉から手が出る程欲しい情報が目の前にぶら下がっている。しかし、それを手に入れるのはそう容易なコトではなさそうだ。信頼性もまだ浅い。それに『ただでは』という台詞《せりふ》。何と交換すればいいのだろう。

座木はメール画面を開いて、以前に手に入れたシャドウのアドレスに、暗号化したメッセージを送った。

# 第三章　乱反射

## 1

「ヘクチッ」

「耳元でわざとらしくクシャミをするな。馬鹿者」

「だってー、何で師匠《ししよう》は平気なんですか〜?」

「僕の体内には、ありとあらゆる毒に対する抗体が出来てるんだ。今更、病原菌にやられる筈がない」

秋《あき》は尊大な態度で、背中におぶったリベザルを揺すり上げた。彼のコートは二人羽織りのようにリベザルの背に掛けられている。フードに包まって、縁のボアがリベザルの赤い鼻をくすぐった。

「クシュンッ、胡散《うさん》クサイー」

「もういいから、お前は寝とけ。よだれだけは垂らすなよ」

「はーい」

返事を伸ばしてみて、声に勝手にビブラートがかかってしまうのが分かった。

昨日リベザルは、一晩中由里子《ゆりこ》の部屋を見張っていたが、幽霊は姿を見せなかった。彼女が時間に寝室ではなく居間にいて、電話をしていたせいかもしれない。話し声が途切れて寝室に戻ったらしいその後も、いつ来るかと緊張したまま廊下で待っていたので、夜明け近くには寒さと精神的疲労からリベザルは熱を出してダウンしてしまった。

彼は身体的な強度には自信はあったが、精神的な緊張に対しては自分でも笑ってしまうくらい脆弱《ぜいじゃく》である。今原形に戻っていないのは、偏《ひとえ》にまだ残っている体力のおかげだった。

「エリックに餌《えさ》〜」

「金魚より自分の心配をしろ。いつも……」

リベザルのうわ言に秋は普段通り反応を返してくれたが、その後半は夢現《ゆめうつつ》の中に蕩《とろ》けて混ざって消えてしまった。

＊

「……は大変でしたね。今、レモネードを」

「それよりも腹に何か入れてやった方がいい。昨日の昼から飯を喰い忘れてた」

「……そうだあ」

「起きたみたいですね」

聞き慣れた囁《ささや》くような話し声に目を覚まし、開いたリベザルの両目にリビングの天井が映る。どうやら眠っているうちに家に帰り、ソファに寝かされているらしかった。

「御飯〜、兄貴〜、お腹空《す》きました〜」

「熱は下がったな」

秋が寝ているリベザルの鼻を摘《つま》んだ。酸素を求めて開いた口にすかさずドロッとした液体が流し込まれる。……思わず飲んでしまった。

「クッ、ケフ、何ですか、今の？」

「聞きたいか？」

「ふえっ？」

「聞いてから後悔するなよ。言っていいんだな？」

「やっ、やっぱいいです、やめときます」

「実は、言い難いんだが……」

「わー！　わー！　わー！　わ――――!!」

リベザルは耳を塞いで大声を出し、部屋の隅に逃げ踞《うずくま》った。

「…………」

秋が何か言って座木《くらき》の方に向き直ってしまったので、リベザルは安心して耳栓を外した、のは油断だった。

秋は無愛想な背中を向けたままで、

「生姜《しょうが》と玉葱《たまねぎ》と韮《にら》とニンニクとラッキョウと人参《にんじん》をミキサーした、民間療法特製栄養ドリンクだ」

「ギッ……！」

「ザギ、僕は先に下に降りてる。リベザルに飯をやったら続きを話してくれ」

「はい」

秋は座木に指示を出して、滅多に履《は》かないスリッパをパタパタならして階段を下りていった。

　リベザルが今飲んだものを想像して鳥肌をさすっていると、座木が空の試験管の底を振る。

「普通のビタミン剤だよ。私が帰って来た時、下で作っていたから」

「何だ、よかったー」

「先刻の秋の……」

「え？」

「聞こえなかったなら。——御飯、何がいい？」

「師匠、何か言ったんですか？」

「御飯にしよう。本物のシシャモが手に入ったから」

「シシャモに偽物なんてあるんですか？」

「今、シシャモとしてお店に並んでるものの九割は、カペリンっていう大西洋で獲《と》れる代替品なんだよ。あと、タラとか、鯛《たい》もね」

「鯛も!?　ガーン、俺知らないで食べてました」

「本物と大差はないんだけど、食べ比べてみる？」

「是非！」

お腹と背中がくっつきそうなぐらいの空腹に、リベザルは大喜びで座木の後からキッチンに入った。もし今彼に尻尾《しっぽ》があったら、ちぎれるほど振っていただろう。まともな食事との、実に二十四時間ぶりの再会だった。

## 2

リベザルは「休んでいてもいい」と言う座木の勧めを断わって、階段を裸足《はだし》で駆け下りた。階段の途中で急に止まった座木の背中に追突する。何が……。

「師匠？」

首を伸ばしてその先を見ると、パソコンもつけずに秋が椅子に座って眠っていた。クッションに身を沈め、息を吸うたびに上半身だけが揺れる。

座木が足音を忍ばせて机に近付くと、残り三メートルの所で秋の目がゆっくりと開いた。

「もういいのか？」

「大丈夫です」

「ザギ、お姫様の話の続きだ。リベザルにはざっと説明だけしてやれ」

「……お姫様？」

「しかもナースと未亡人。お約束だな」

秋がいつもの調子で笑い喋るので、かえってリベザルの方が戸惑ってしまった。彼の妙な寝起きの良さが気にかかる。

「師匠、今日、寝てないいんじゃないですか？」

「まっさか。眠い時に寝ないような馬鹿はしないさ。ザギ」

「リベザル座って。少し長いからね」

座木はパイプ椅子を二つ出して来て、由里子と水口奈々実《みずぐちななみ》という看護婦見習いの話を始めた。話すと同時にパソコンにも同じ内容を打ち込んでいる。

「ハジメ君、実の子供じゃないんですか」

「そのようだね」

「出生は調べられたか？」

「いえ、思いつく限りの情報源は、警察側からストップされてました。分かったのは四年前に養子に入ったということだけです」

「四年前……二年か。前の学校は？」

「それも不明です。東藤岡小《ひがしふじおか》は『個人情報は教えられない』としか。ですが、警察情報から分かるかもしれません。トラップの可能性は否定できませんが」

「トラップ？」

「さっき入って来たメールです」

座木が受信箱を開いた。差出人にはシャドウとあり、メールは三通。

『雪の妖精について情報あり。そちらの情報は何か』

『価値ありと認める。返事を待て』

『直に会えるなら情報交換可。本日三月十六日二十三時。鹿野浦《かのうら》のクラブ、ビタミンレスで』

「裏ネットを探っていたら、向こうからアクセスして来ました。警察情報を流してもいい、と」

「鹿野浦ね。いいだろう、僕が行ってくるよ」

「お一人で？」

「クラブにリベザルは連れていけないだろう？　ザギには他に頼みたいことがある」

秋は組んでいた足を解いてフワッと椅子から立つと、襟首にかかっていた伊達眼鏡《だてめがね》をかけて右手の三本の指を天井に向けた。

「明日の晩、そうだな……六時にしよう。リベザルと寺の息子を連れて、小海《こかい》呉服店に線香をあげに行ってくれ」

「総和《そうわ》さんを？」

リベザルはその名の場違いさに驚いてモニターから秋へ目線をターンしたが、その疑問に答えは返されない。

「僕も後から行く。食事は七人分頼んでおいて貰いたい。今日の夜も電話するんだろ？」

「分かりました」

「じゃあ、ちょっと遊んでくるわ」

「お気をつけて」

「うん」

秋は履いて来たスリッパを床に残して階段を上り、間もなく二階の玄関が閉まる音がした。

座木がそのスリッパを拾って棚にしまった。

「慣れないもの履くから」

「兄貴……七人って？」

「さあ、秋の考えることはよく分からないから。でも犯人は……」

座木は微笑《ほほえ》んで、壁の電気のスイッチを入れた。曇った硝子《ガラス》の中で蛍光灯が淡い光を放つ。

リベザルはそのランプを、目が痛くなるまで凝視した。

3

（酒臭いな…）

高遠《たかとお》は寒さを感じて腕を伸ばし、コタツの電源を入れた。腿《もも》の辺がジワジワと暖かくなってくる。ベランダの方から硝子とカーテンを通して日光が注ぎ込み、そこに時折車や子供の声が重なった。

起き上がって机の上を見ると、そこは昨晩酒盛りをした時の状態を保っており、主《あるじ》は部屋の何処《どこ》にも見当たらなかった。高遠が寝ている間に仕事に行ったらしい。普段は寝起きはいい方なのだが——同僚の葉山《はやま》には眠そうな顔に反して、と言われている

——酒が一滴でも体内にはいると最悪になる。昨夜の最後の日本酒がマズかった。

高遠は煙草に火をつけ、木の天井を見上げた。酒の記憶とともに白木《しらき》の話が脳裏に蘇《よみがえ》る。

本人と直接話した訳ではないので断定は出来ないが、来村《きたむら》という刑事、仕事に不真面目なようには思えない。部下からの報告——庄野《しょうの》か——を聴く件で、そう感じたのだ。質問は場面場面的《まと》を射ているし、台詞《せりふ》のわりに行動がきちんとしている。

「厭《いや》な組織根性だ」

高遠は銜《くわ》え煙草を燻《くゆ》らせ、紫煙を視界の中央におさめた。仕事熱心とは少し違うが、刑事職は自分が望んで選び、望んで続けている。不公平が我慢出来ない質《たち》で、本当のコトを皆に分かってもらいたいという願望がそうさせているのだと、高遠は自己分析していた。当然、来村の件は我慢出来ない。

「こんなことじゃ、万年下《した》っ端《ぱ》になってしまうな」

高遠は自分に最も適した仕事と、最も不適な組織構成に溜め息をついて、署から直接持ち帰って来たノートパソコンを開いた。

今世間に出回っているのとは一つ前のバージョンで、遅い起動画面の文字を目で追う。ウイルスバスターのロゴで画面が止まり、高遠はマウスを使ってバーのスタートからメールを開いた。モデムを携帯に繋いでプロバイダに接続する。友人にメールを送るのではない。情報屋に接触する為だ。

情報屋というのは、白黒問わずに自分に利となる人間と取り引きして、名の通り情報を売る輩《やから》である。ただし支払いは金とは限らない。情報同士の交換もよくあることだ。

高遠が専ら頼る情報屋、『シャドウ』は情報屋の中でも一風変わった男で、ネット上にしか姿を現さない。しかも彼には、普通の方法では接触出来ないのだ。彼がホームページを開いているのは不法に作られた裏ネット——警察もその存在をうすうす知ってはいるが確たる犯罪の証拠が出ず、検挙出来ないのである——で、更にアクセスするには彼とハッキング勝負をしなくてはならないそうだ。彼はそういう基準で、彼に近付こうとする人間をふるいにかけているのである。

高遠がそれを出来たのでは決してない。生身《なまみ》の彼が傷害で捕まったときに面倒を見てやったのがきっかけで知り合ったのだ。何故か警察を上回る事件の情報を持っていたり、犯人の逃げる先を知っていたりするので、高遠は警察の内部事情の話と引き換えにそれを聴くことがあった。つまり、カンニングだ。

勿論《もちろん》、上に知られれば即刻首が飛ぶ。だから上司はもちろん、同僚——仲のいい葉山や白木でさえ——にも教えていない。しかしシャドウが聴きたがるのは、専ら事件とは関係のない日常的なものだった。取り調べはどういう規定でどんな風に行われるのかとか、一課のコーヒーメーカーは何を使っているのかとか。彼の趣味か、ひょっとしたらこの情報も何処かで別の人間との取り引き材料にされているのかも知れない。

『雪の妖精について』

タイトルにそれだけ書いて、本文は白紙のままシャドウに送りつける。少し待って画面右端の赤いポストマークをクリックすると、早くも返事が返って来た。シャドウという男は、いつメールを送っても即座に返信して来るのだから不思議である。返信は『Re：雪の妖精について』と、タイトルはそのままだった。

『グラウンドをウロついて、警察関連のホームページをシラミつぶしに漁《あさ》っている。特に「雪の妖精」事件の警察の捜査進度を知りたがっているらしい。ハンドルネームは「ホムサ」。事件に関する情報があることをほのめかしていますが、内容については未確認です』

高遠はまだブラインドタッチをマスターできていないので、置き物の水鳥のように、キーボードと画面を交互に見て返事を打った。


『Re：Re：雪の妖精について』

『犯人と関わりがある、または犯人である可能性はあるか？』

二、三分して返事が来る。

『情報を見てみないと、ハッキリしたことは言えない。希望があればこちらからアクセスしてやってもいい』

『相手をよく確認の上、連絡求む。場合によっては自分が会いに行っても可』

『ホムサにはこちらから接触してみる。報酬を忘れずに』


報酬。この間は、コピー機のメーカーと紙についてだったが、

『今度は何が欲しい？』

『刑事の制服着用についての裏話、希望』

「それはもう、山ほど」

声で返事をしてメールでは沈黙を承諾とし、五分待って返事が来ないのを確認してから回線を閉じた。高遠の頭には、犯罪的にスーツの似合わないマッチョ男と、自称華麗なる美刑事——らしい——のスポンジ頭の顔が思い浮かんでいた。

＊

陽も落ち、コタツから出られない程気温が下がった頃、白木が鞄と買い物袋を下げて帰宅した。

「まだいたんスか、あ、いや悪いってんじゃないッスよ」

「分かってるよ。早かったね、白木君」

「真っ直ぐ帰って来ましたから」

そう言いながら机に置いた弁当屋の袋には、二人分の食事が入っている。気を遣《つか》ってくれたらしい。

高遠はパソコンを端に押し退け、白木から差し出されたカップに入った日本茶に礼を言い、立ち上る湯気に息を吹きかけた。続けて印刷の悪い、黒ずんだ女の写真のコピーを渡される。

「これは？」

「滋賀県であったでしょう、親族連続殺人事件。あれの犯人が全国指名手配になったんスよ」

「一族皆殺しか。もうこの人しか残ってないらしいね」

「子供まで一人残らずっス。目撃証言も取れてて、動機はまだ不明だそうっスよ。どうぞ、飯」

「済まんね」

高遠は弁当のパックを並べ、箸《はし》を割った。昼過ぎに起きてから何も食べていないので、大変有り難い。タレに浸けられた唐揚を飲み込み、海苔《のり》ののった御飯を噛んでから白木に話を持ちかけた。

「白木君。来村さんってのは、別に仕事が嫌いなんじゃないな」

「――……」

白木は飯をかき込む手を止めて、親指で口の端についた米粒を拭《ぬぐ》った。

「仕事をする気がないんでもない。違うか？」

「……そうっス。自分も人から聴いた噂なんで言わなかったんス。けど来村さん、奥さん亡くしてるんス。毎日残業して、家庭をちっとも顧《かえり》みてやれなかったって、皆はそのせいで仕事不真面目になったんだって言うっス。でも……」

「時間、か」

「そう、そうッス！」

高遠の言葉に白木はパッと顔を輝かせ、手を握り締めた。箸がバキッと音を立てて折れる。

「庄野さんともこれだけは意見が同じなんスよ。来村さんは時間にこだわってるだけで、仕事にはいっさい手抜きはしてないっス」

ようやく得心がいった。怠け者だという来村を慕う庄野、苛立ったようにその話をする白木。白木は来村が嫌いなのではない。彼が腹を立てているのは、本人が他人のつける間違った評価に甘んじている——むしろそのように見せている——のが歯痒《はがゆ》いのだ。

それを白木に言うと、彼は耳を真っ赤にして、

「当然っス。来村さんは自分が尊敬する刑事っス」

と、半分に折れた箸で残りの飯をかっ込んだ。


高遠は食べ終えたパックをゴミ袋に押し込んだ。白木は缶ビール片手にスポーツニュースを見ている。話を切りだすなら今だ。

「白木君。来村さんの力になりたくはないか？」

「へ？」

番組がCMに入って欠伸《あくび》をしていた白木は、間抜けに口を開けたままで高遠を振り返った。

高遠はパソコンをテーブルに置いてモニターを開く。

「なりたいっス。でも、何スか？」

「情報屋だ」

「情報屋？　……っスか」

「警察の情報と引き換えに、警察が知らない事件の情報を教えてくれるのさ。その仲介もやる」

「それって、服務規定違反じゃないっスか！」

白木は画面から下がって高遠を怒鳴りつけた。生真面目な彼らしい反応である。
「そう大声出すな。癒着《ゆちゃく》っていうけど、地元との交流ってのはお前が考えるよりずっと重要だ。だからって自分を貶《おとし》めることはない。情報屋の中には犯罪の手助けをしろだの言ってくるヤツもいるが、そうじゃないヤツもいる。新聞記者だって、何だっていい。相手を選ぶんだ」
高遠は、送られて来たメールをダブルクリックして開いた。
≫雪の妖精、及び被害者の母親が襲われた事件の真相について情報あり。そちらの情報は何か
＞警察未確認情報と犯人の目星《めぼし》有り。警察の捜査進度に関する情報求む
≫価値ありと認める。返事を待て
＞

＞＞直に会えるなら情報交換可。本日三月十六日二十三時。鹿野浦《かのうら》のクラブ、ビタミンレスで

＞了解した。身長百六十五センチ、ボーダーシャツの男、金木犀《きんもくせい》を探せ

「情報屋シャドウと取り引き相手ホムサの会話だ。ここ……」高遠は最初の一行を指差す。「『被害者の母親が襲われた事件の真相』、おかしな書き方じゃないか」

「何がっスか？」

「まるで襲われたんじゃないような口振りだ、と思うのは深読みのし過ぎかな？」

「————……」

白木は太い腕を組んで難しい顔をした。来村の為になる、という魅力を、己《おの》が正義感が邪魔しているようである。

来村の真実を表に出したいという名目はあったが、高遠自身、この事件と『ホムサ』に強い興味を覚えていたので、白木の来村への気持を利用しているような気になった。良心に後ろめたい。元々無理強いをするつもりはなかったが、もう一押し、それでダメなら一人で行こうと思った。

「俺は今晩コイツに会いに行ってくる。白木君は……」

「自分ッスか」

「身長百六十五なんて言って他に何人来るか知れない。もしかしたら犯人の可能性だってある。できれば白木君の力を借りたい、無理にとは……言えないが」

「犯人を見逃したりとかはしてないんスね」

「お天道様《てんとう》に顔向け出来ないようなことはしてない。誓うよ」

「……」

白木はしばらく画面を見つめたまま考えているようだった。そのうち、顎髭《あごひげ》を手でジャリジャリといじって、吹っ切ったように裏表のない笑顔を浮かべる。

「行きます。連れてって下さい」

「よし、すぐ出よう」

高遠はその頼もしい胸板を拳の甲でポンと叩いて、コートを手に立ち上がった。

＊

最近、地元で密《ひそ》かに人気を集めているクラブ、ビタミンレス。いかにも不健康そうなその名に似て、建物も内装も『健全』からは遠く隔たっていた。明るくすることが仕事ではない色付きのライトや窓のない黒い壁が、外界からこの空間を完全に孤立させている。待ち合わせのサブフロアにあるのは立ったまま使う一本足の高めのテーブルが殆《ほとん》どで、椅子はカウンターにしかない。天井が高くて体育館のギャラリーのような場所には何組かテーブルセットがあったが、そこに上る階段は見当たらなかった。

高遠は白木を連れて、店のメインフロアの見えるテーブルに肘を付いた。音楽が五月蠅《うるさ》くて、会話も困難である。周りの人間にいたっては口を動かすだけの鯉《こい》だった。誰も周りを気にしてはいない。密会には向いている。

「百六十五センチ、ボーダーのシャツ、までは分かるんだが」

「金……きんき……かね？」

「白木君、字が読めなかったのか？」

「スミマセン」

「あれは『きんもくせい』って読むんだよ。トイレの芳香剤とかによくあるだろう？」

「そうなんですよ。そう言われると思って他の花にしたかったんですけど、まあメジャーなところで」

返事をしたのは白木ではなかった。金木犀の香りが鼻をくすぐる。それは煙草や酒の匂いにかき消されることなく、それどころかそれらをかき消すように清浄な空気で周りの空間を包んでいた。

二人が背後を振り返ると、目の前には背の低い少年が立っている。VネックのTシャツに長袖ボーダーのトレーナー――大きめの襟が付いて腹の辺からジップアップになっているのを、首下十センチまで上げている――と下は黒い……ジーパンだろうか。変色光のせいで実際の色は判別できない。

（まさかこんな子供が？）

高遠は自分の目を疑った。帽子――形は野球帽だが正面に付いたマークは日本でもアメリカのリーグの物でもない――の鍔《つば》と色光を反射した眼鏡で顔は見えなかったが、声はまだ声変わりが終わっていなくて中途半端に高いし、グラスの氷を鳴らす仕《し》種《ぐさ》がいかにも初心《うぶ》だ。

少年は二人の正面に回り込んだ。青い光にあたって黒くなった液体を喉に流し込んで、口から離したグラスを持つ手の人指し指を白木に向ける。

「あなたが『シャドウ』？」

「自分は……」

「俺達はシャドウに紹介を受けて来た。あんたが『ホムサ』だな」

「……理性的に物事を考える小さな生き物、か。あいつらしい」

「それは？」

「いえいえ、あなた方は何さんと何さん？」

「名乗るのはちょっと、勘弁してもらえないかな？」

「ふうん、まあいーや」

ホムサは鼻を鳴らし、立てた親指で肩ごしにカウンターを指した。

「話の前にドリンク取って来たらどうですか？　僕一人で飲んでいるのは気が引ける」

「自分、取って来ます。な……何にしますか？」

「オレンジジュース、頼めるかな」

「あれ？　ビーグルさんは下戸《げこ》ですか」

「ビーグル？」

「迷子の迷子の子猫ちゃん」

白木が出かかった足を下ろして訊き返すと、ホムサは無表情であらぬ方向に顔を向け歌い始めた。この曲名は……。

気付いて高遠は苦笑した。

「バレてたのか、抜け目ないね」

「まーね」

「ドリンク、早めに頼むよ」

「……お、ういっス」

白木は訳の分からない表情のまま、返事だけは普通にしてカウンターに走った。

ホムサがそれを見送って左の眉をつり上げる。

「うっわ、体育会系。機動隊ですか？」

「いや、違うよ。ついでに言っておくと、二人とも地方公務員だよ。国家の犬じゃなくね」

「いいですね、その深読み」

ホムサは笑った目の奥を光らせて、雑な手付きでグラスをテーブルに置いた。

「まず訊いておきたいんだが」

「はい？」

「君は犯人なのか？」

「アッハハ、それいい。ナイス・アメリカンジョーク」

ホムサは、外貌にそぐわない開けっぴろげな笑い方をした。

それを不愉快に思ったのか、白木がテーブルに手をついて食ってかかろうとするのを高遠は手の平で押し戻した。

「短気だなあ、土佐さんは」

「土佐ア？」

「土佐犬。ベルジアンの方がいい？」

「テメエ……っ」

「まあまあ、抑えて」

「じゃあ、ハスキーにしましょう。デカくて従順で頑固、らしい」

「――……ピッタリだ」

（食えない子供だな）

まだ会って十分と経たないうちからこちらの職業も性格も、白木を怒らせた方が扱い易いことまで見抜かれているようだ。高遠は白木にうかつに喋らないよう指示を出し、クッと顎《あご》を引いて自分のうちに緊張感を作った。隙《すき》は見せられない。

「早いトコ情報交換と行こうか。酒は匂いも苦手でね」

「分かりました。これから僕がする質問に答えて下さい。こちらからはそれに見合った情報を差し上げましょう」

ホムサは「いかが？」とファーストフードの店員のように、口元に笑顔を浮かべてポーズをとった。

「そっちが主導権かい？」

「ヤだな。だって僕は知ってるだけのこと全部教えられるけど、ビーグルさん達には知ってても言えないことがある。先に僕が十教えて五しか返せないって言われても困るし。ましてやあなた方は僕がどの程度のことを知っているか見当がついていない。だからそちらからの質問はできない。目安がないんですからね」

「………」

「大丈夫。ちゃんと見合った情報を差し上げられる質問しかしませんから。フェアでしょう？」

「目的が訊きたいね。こっちのは……言わずと知れた、だろ？」

「目的、ですか」

ホムサは微《かす》かに焦点をズラして、

パチン！

指を鳴らした。その手に持っていたはずのグラスが、空中分解して蒸発してしまった、ように見えた。消えたのだ。

白木は口を間抜けに開放したまま、高遠も十秒以上反応が遅れた。

「僕は根っからの手品師で、どうしても事件のタネが気になる。それだけです」

「好奇心、ってことかな？」

「お好きに解釈して下さい」

白木は沈黙を守っている。高遠はオレンジジュースを一気に飲み干した。

「その条件でいいよ。何が訊きたい？」

「警察の捜査進度、それから小海ハジメの出生」

(どこからハジメのことを……)

養子の件は高遠も昨日知ったばかりである。公開はされていない。彼もシャドウと同じか。情報収集力は侮《あなど》れない。警察の知らない何かを掴んでる。

高遠はそう判断して質問に答えることにした。もし聞き逃げするようなことがあれば、その時こそ巨漢白木の出番である。大丈夫だ。

「……警察はハッキリ言って何も分かっていない。死体をどうやってあそこまで運んだのかも、不審人物もいっさい不明だ。犯人の目星もなし。他に調べた書類、聞き込んだ人間なんてのも聴くかい？」

「いえ結構。次へどうぞ」

「小海ハジメの出生はしっかりしている。生後五ヵ月で町田の孤児院に入って、八歳の時に小海家に引き取られた」

「前の学校は何処ですか？」

「町田南小学校だ」

「その前は？」

「その、前？」

考えてもみなかった。町田の孤児院から藤岡町の家に引き取られ、町田南小から東藤岡小に転校する。その前がある訳がない。白木の顔を窺《うかが》ったが、彼も知らないようだった。

惚《ほう》けた高遠に、ホムサは溜め息をついて二杯目のドリンク――いつの間に持って来たのだ!?――の氷をすくって頰に入れた。片頰が脹《ふく》れてますます印象が幼くなる。

「調べてないんですね。分かり次第送ってもらうことは出来ますか？」

「ああ、シャドウに頼もう。明日の昼にはいくはずだ」

「それから、あと何訊こう……んー、やっぱり殺人といったら基本は遺産の配分かな。分かりますか」

「子供がいくら持ってるかは知らないが、それは全部母親に入るんだろう。遺産相続絡《がら》みで母親が犯人と見るかい？　彼女は別で襲われてるんだ」

「警察はそう思ってるんですか？」

「そうらしいね」

「遺産の渡りそうな親族全部調べましたが、皆その日は家にいたっス」

「ふーん、つまんないの」

テーブルに頬杖をしていたホムサは、人の乱れるフロアを向いて、今度は逆に背中と肘をついた。玩具《おもちゃ》に興味をなくした子供のようである。

「もういいかな……、あ、そーだ三年前は？」

「三年前？」

「小海雪久《ゆきひさ》の遺産です。これも調べてませんか？」

「調べは？」

「自分、覚えてるッス」

ホムサがよそ見をしたり手先でストローの包みを玩《もてあそ》んでいて、話半分に聴いているように見える。そのせいか、白木の緊張がほぐれて口調がいつもどおりに戻っていた。高遠も同様、最初に比べて肩から力が抜け落ちている。本当に「タネさえ分かればどうでもいい」という、そんな不真面目さを感じ取ったのだ。

「奥さんと息子さんで半分ずつっス。確か息子さんに名義としての店、奥さんに実質的な物が配分されました」

「金が女将《おかみ》で、跡継ぎは子供と。ハスキーさん、その頭は帽子の台じゃなかったんですね」

「このガキ……ッ」

「よせ。ここで有耶無耶《うやむや》にされて逃げられたらどうする」

カッとなった白木を、高遠は小声で叱った。が、ホムサにも聞こえていたらしい。

この騒音の中でよく聞き取れたものだ。

「年のわりに融通利《き》く脳みそですね、タカトオさん」

「おかげさまで……っ!?　どうして名前を」

「当たりですね？」

ホムサはカラカラ笑っていたのが急に真顔――といっても鼻先から下半分しか見

えないが――になって、二人の正面に向き直った。

「だってさっき、二人とも僕の目の前で名前呼んでたでしょう？　訊いたからって知らないとは限らないんですよ」

「いつ……」

「だから『さっき』。ちなみにハスキーさんは白木さんでしたよね。おお、韻《いん》を踏んでていいカンジ」

啞然としてしまった二人を取り残して、ホムサは一人で手を打って喜んでいる。

高遠は乾燥した喉を溶けた氷で潤して、遅まきながら彼を睨んで牽制《けんせい》した。

「今度は……そっちの番だろう？」

「同じこと、教訓ですよ。襲われたから被害者とは限らない。遠くの事件だからって関係ないとは言い切れない」

「もっと分かり易く言ってくれないかな。襲われたってのは息子か？　母親のことか？」

「さあ？」

「遠くの事件ってのは……。！　ひょっとすると、これのことか？」

高遠は思い立って、白木から渡された連続殺人の指名手配犯のコピーを開いた。今のところ彼には遠くの事件といって思い出すものはこれしかない。管轄外の事件には疎《うと》いのである。

ホムサがそれを物珍しそうに凝視した。

「へえ、この人が親族殺人犯？　やるなあ、おばさん」

「知らなかった……？」

それもそうかと半分納得して、高遠は紙を丸めてポケットに押し込んだ。

ホムサはちょうど変わった店内の音楽に、指先でリズムをとって視線をメインフロアに固定したまま鼻白んだ。

「何で僕が知ってるんです？　僕は善良な市民だから迷子にでもならないと、交番なんかに行きません」

「善良が聞いて呆れるな」

「不確かなことは言いたくないだけです」

「何か他の事件が、裏で繋がってるってことには相違ないな？」

「場合によっては」

根っこの見えない話し方に、自分は気が長いと思っていた高遠もだんだん苛ついてきた。テーブルの上に上体を乗り出して、片肘を突き出す。

「ホムサ君、俺達は言葉遊びしに来てるんじゃないんだ。小海ハジメの前の学校、知りたくはないのか？」

「別に？　でも、いちおう違反者には罰則がそちらの決まりでしたね」

「署にバラす……か。しかしこっちも、伊達《だて》に情報屋なんかとつるんでないさ。手は打ってある」

「違反はそっちじゃねえか、オイ」

三度目、白木がホムサに手を掛けるのを、高遠は今度は止めなかった。

しかしホムサは動じない。それどころか肩の埃を払うように簡単にその手から逃れて、小馬鹿にした顔と鼻で笑った。

「まるでヤバ系の人だね。気が短い。人の話は最後まで聴けって学校の先生に言われなかった？　それともそんな注意も聴いてなかったの？」

「君の話は聴いたことないクラシックみたいに、何処で終わりなのかよく分からない。拍手の場所を間違えたのさ」

「ビーグルさん、上手いなあ」

「この期《ご》に及んでまだ……」

ビーグルと呼ぶのか。と言うはずだったのを、ホムサは口の前に人指し指を立てて制した。小さいがよく通る、身が引き締まるような寒い声が周りに静寂を作り出す。

「予告、これが最大最後の情報だよ。小海ハジメを殺した犯人はもう死んでる。小海由里子を襲った犯人は人間じゃない。三年前の小海雪久こそが正真正銘の被害者さ。小海家出息子を探すんだね」

「何？」

「それと、雪の妖精の残りの二つは近所のガキの悪戯《いたずら》さ。深追いしない方がいいよ」

「それは信用のおける情報かな？」

「不確かなことは言わないって言ったの、もう忘れた？」

「覚えてるよ、訊いてみたかっただけだ」

高遠は言葉通りはとれない——と思う——情報と忠告を脳に刻み込むように、頭の中で何度も何度も再生しなおした。

「ではでは、縁があったらまたお会いしましょう」

「待てっ……いいっ？」

半分しか減っていないグラスと屈託のない透明な笑みを残して、フロアの人込みに紛れようとするホムサを、白木が腕《く》ずくで止めようとした。

しかし肩を掴みに行った剛腕は空を掻き、背を向けていたはずのホムサが脇からその腕を鷲掴みにしている。笑顔の消えたその顔は無表情であるのに、その威圧感たるや並のものではない。

「もう用は済んだはずだよ？　僕は自殺願望に手を貸す気はない、悪いけど」

「痛っ、いたたた」

白木の目に涙が浮かんだ。ホムサの手は白木の腕を、本来曲がるべきでない方向に曲げようとしている。

折られる。

高遠は肘を軸に拳の裏を跳ね上げぶつけて、ホムサの手を白木の腕から弾き飛ばした。ホムサは口を半開きに間をおいてから、飛ばされた腕の手首を左手で握って右手首から上をクルクルと回す。

「何だ。眠そうで弱そうで文科系っぽいビーグルさんの方が、強いんじゃないですか」

「何なら試してみるかい？」

高遠が帽子の中を覗き込むようにして笑って見せると、ホムサは今ので注目が向きかけた周りの人間をチラと見て、肩を竦《すく》めた。

「その辺弁《わきま》えてますよ。じゃーまたね、ミスター・ドーベルマン」

そして眼光だけを衰えさせず、表情を和《やわ》らげて放した手を鍵盤を叩くように指先だけで振る。幾重にも重なる人に隠れてすぐに見えなくなってしまった。


「最後の最後まで犬って言い通したな」

「高遠さん、自分は強盗犯も殺人犯も怖いと思ったことはないっス」

「何だい、急に」

白木の顔から色が消えていた。カッターシャツの手首のボタンを外して、右腕を捲る。高遠の手では両手を使っても一周出来ないような太さだ、が、そこに妙な痕《あと》が残っていた。

「でもあいつは、怖い……鳥肌が消えないっス。凄い力で掴まれて振り解《ほど》こうとしたのに、ビクともしないんスよ」

腕についているのは手形だった。蒼《あお》い光にあたって、更にどす黒くそこだけ陥没して見える。

「ただの調子こいたガキだと思ってたのに……化け物っスよ」

白木は額に汗までかいている。

高遠は彼の残したグラスを倒し、流れる液体が床に滴《したた》り落ちるのをぼんやりと眺めた。

『小海由里子を襲った犯人は人間じゃないよ』

(被害者の母親は……事故、か。調べてけば来村さんのも、どうにかなるかもしれないな)

話を思い出していると、同じく回想していたらしい白木がホムサの別の台詞《せりふ》を思い出したらしく、ブルッと身震いした。

「出来れば『縁』なんて、二度とあって欲しくない相手っスね」

「興味の対象としては申し分ないが……まあ、目的は果たしたな」

濡れた床が、鏡のように閉じた世界を映し込んでいた。

4

「あらまあ、恭二《きょうじ》君。さっそく遊びに来てくれたのねー」

総和は一昨日とは一寸変わって黒い上下の作務衣《さむえ》に赤い髪を目立たせ、竹ボウキで境内《けいだい》を掃いていた。石段の途中でリベザルの顔が見えるなり、せっかく集めたゴミを蹴散らして出迎えに走ってくる。

「今日は、総和さん」

「はい、今日はー。おりょ？　こちらはお母さん？」

総和は後ろから歩いてきた座木に、ホウキの柄をマイク代わりに差し向けた。

「違います。貴方が高橋《たかはし》総和さんですね、初めまして。私、座木と申します」

「どーもー、初めましてー」

「実は彼から貴方が小海ハジメ君の御友人だったと聴きまして、お迎えに上がりました」

「迎え？『ハジメ』って……あの子のこと？」

座木が内ポケットから新聞の切り抜きを彼に渡した。

総和の顔から笑みが消えた。

＊

「そっかー。少年、死んじゃってたんだ」

総和は小海家の仏壇で真新しい線香の束をほぐして、巻いてあった紙に自分のライターで火をつけた。黒衣に仏壇が似合っている分、二人の赤い頭がいかにもミスマッチである。

リベザルはその横に座って蠟燭《ろうそく》に火を移した。

「言うの遅くなって、ごめんなさい」

「何言ってるの、恭二君。ワタシが新聞読まないのがいけなかったんだから。一人暮らしで新聞取っても無駄だと思っててねー」

「一人暮らし？　いつですか？」

「二週間前まで。大学入ってから家出同然だったんだけど、貯金が尽きてね。戻ってきたのよ。今は春休み」

「大学生……だったんですか」

「意外？　更に驚かせてあげようか？」

「何ですか？」

リベザルが立て膝で蠟燭を燭台《しよくだい》に立てると、総和はその裾を引っ張って、内緒話をするみたいに耳元で囁いた。

「こう見えても東大三年生なの」

「ええー！　嘘っ!?」

「キャハハ、入ってみればこんなもんよ。立派なのは外見と敷居の高さだけ」

総和は謙遜《けんそん》――か？――して笑って、線香の先に火をつけた。それを腕を回して振り、炎を消して無理矢理灰の中に刺す。

「総和さん、線香……」

「こういうのは派手にいかなきゃね。二十日分二十本」

それは二十本を明らかに越えている。リベザルはとても真似が出来なくて、残りの束から一本抜いて火をつけ、線香をあげた。

「もう七時になりますね」

「カレーの匂いがするわねえ」

「茄子《なす》と南瓜《かぼちゃ》……和風カレーかなあ」

「ちょっと恭二君、どういう鼻してるの？　カレーの匂いしかしないわよー？」

「これだけが取り柄なんです」

ピ――――ンポーン。

電池が切れかかっているのか、いやに間延びしたチャイムが鳴った。由里子と誰かの話し声がする。秋だ。

「今晩は。遅くなりました」

「いえ、私も。鍋を落としてしまって、一から作り直していたものですから……。どうぞ、居間でお待ち下さい」

足音が二つに分かれ、片方がこちらに近付いてくる。襖《ふすま》が思い切りよく全開にされた。

「お邪魔しまーす、あれ？　二人だけ？　ザギは？」

「師匠。兄貴なら台所でお手伝いしてます」

「そうなんだ」

秋は着ていた白いコートを脱いで丸め、部屋の隅に無造作に投げた。下に着ていた白のハイネックの襟を正して、仏壇に座り線香をあげる。

「総和さん？　大味な人ですね」

「あなたは？」

「いちおう、今日の晩餐《ばんさん》の主催者で、深山木《ふかやまぎ》秋といいます」

「高橋総和です。……はー、最近の高校生は男の子でも整形したりするらしいけど、貴方《あなた》のは本物？」

「正真正銘の生物です」

「そうよねえ、あんまり綺麗な子なんで緊張してしまうわ、ワタシ。えっと、恭二君の？」

「恭二……」

秋がチラとリベザルを見た。

「あ、あの、ですね、えっと」

「何？　恭二君」

「だから、それは……」

リベザルが偽名のことをそれぞれに上手く説明しようとして口籠《くちごも》ると、秋が手を合わせたまま顔をこちらに向けた。目が笑っている。

「恭二の母です。いつも愚息がお世話になっております」

「愚……息子ォ？」

「そう、僕が母親で、もう一人いた座木が父親」

「私が何ですか？」

「おお、パパ上。御飯出来た？」

仏壇の左側の襖が開いて、盆にサラダとグラスを載せた座木が姿を現した。頭を仰向けにする秋の額に、水のたっぷり入った水差しを乗せる。

「初対面の方まで、無差別に秋の冗談に振り回すのはどうかと思いますが」

「最近はお前が付き合ってくれなくて暇なんだよ」

「免疫ができましたから」

「僕のハイグレードな冗談を、そこらのインフルエンザと一緒にしてもらっては困る」

「楽しんでいるだけでしょう?」

「いささか短絡《たんらく》的だが……まあそういうことだ」

秋は軽口の応酬をあっさり切り上げて、額の水差しを両手で受け取った。座木の後に由里子が来たからである。

「お待たせしました。お好きな所にお座り下さい」

「急に無理言ってスミマセン」

「ワタシも……そんな親しくもないのに」

当然秋の仕事のことを聴いていない総和は、恐縮して後頭部を手で押すように頭を下げる。

それに対して、由里子は初めて相手の目を見て微笑みを浮かべた。

「息子の供養に来て下さったんですから、歓迎致します。高橋さん」

円形の卓袱台《ちゃぶだい》はすこし小さかったが、由里子から時計回りで総和、リベザル、秋、座木の順で座った。彼女が配ったのは益子《ましこ》焼の白い皿で、お子さまランチのピラフのように小さな山になった紫蘇飯《しそめし》に、アスパラ、南瓜、茄子、人参、鴨団子が添えられ、上からルーだけのカレーがかかり、更にその上には長ネギの白髪《しらが》が乗せてある。カレーとはいっても、見た目にも落ち着いて和食らしく仕上がっていた。

「遅くなって申し訳ありません。さ、どうぞ」

「スゴーい、感動だわ。カレーがこんなに上品に見えるなんて。恭二君の言ってた通りね」

総和が嬉しそうにスプーンを持った。リベザルも箸《はし》に手を伸ばしたが、ふと息苦しくなって動きを止める。

(何か、スパイスに混ざって変な匂いがする。何だろう？　どこから？　――総和さんのだ！)

それは総和のカレーから来ていた。リベザルが彼の名を呼ぼうとすると、秋がその口を手の平で覆う。

「物を噛んでる時は口を開けるな、見苦しい。あの、総和さん」

「はーい？」

「僕、カレーってルーが多いとダメなんです。まだ手つけてませんから、お皿交換してもらってもいいですか？」

「えっ？」

「ええ、構わないわよー、どーぞ」

二人は下ろしかけたスプーンを外して、カレー皿をリベザルの前で交換した。

(間違いない、これ、何か入ってる)

リベザルは確信した。しかしあからさまな嘘をついてまで、秋に沈黙を強《し》いられている。リベザルはまだ割り箸すら割っていないのだ。

秋はしおらしく総和に首を垂れた。

「ごめんなさい、我儘《わがまま》言って」

「いいわよぉ、少ないのは増やせるけど多いのは減らせないものね」

「有難う。いただきます」

「あっ！」

秋が御飯とカレーを口に運ぶのに、由里子が小さく叫んだ。

「…………クッ、カハ……」

「師匠？」

秋は一口カレーを食べるなり、床に手をついて左手で喉を押さえた。気管支からヒューヒューと空気の漏れる音がする。首には脂汗《あぶらあせ》が浮き出してきた。

「やっ、やだ。師匠、冗談でしょう？」

「………」

「うえ？　何ですか？」

リベザルの手の下で、秋はまだ小刻みに体を震わせ畳に額《ひたい》を押し付けている。それから引き付けを起こして、全身を跳ね上がらせ咳《せ》き込んだ。口を覆《おお》った指の間から赤い液体が流れる。

死。

リベザルの背に悪寒《おかん》が走った。

「どうしよう、兄貴、師匠が……」

「うん、迫真の演技だね」

「――バラすの早いよ」

「は？」

「総和さんまで青ざめてます」

「それは申し訳ない。やり過ぎました」

　顔を強張らせた由里子に向かって、秋が口から血を垂れ流したままニコリと微笑む。正直怖《こわ》い。ホラー映画である。秋は座木からハンカチを借りて、口元の血糊《ちのり》を拭った。

「ごめんね、総和さん」

「……ううん、驚いたけど。血も滴《したた》るいい男ってカンジね。すごく似合うわ」

　総和がスローテンポで、立ち上がりかけて固まり果てていた腰を座布団に落とす。まだしっくりこない顔で正座を胡座《あぐら》に直して軽く笑い、指がピンと伸び切らない頼りなげなVサインを秋に向けた。

「ハハ、どーも。あーあ、マジやり過ぎた。袖が鬼灯《ほおずき》より赤い。ザギ、これ落ちるかなあ？」

「漂白してもたぶん残りますね」

「くっそー、どうでもいい服着てくればよかった。ま、いっか」

　秋は濡れた袖口を肘まで捲って、リベザルの頭をポンポンと二度叩いた。見上げた目には『さっき言っただろう？』。

『冗談でしょう？』

『うん』

（もう、この人何とかしてくれ）

ヘナヘナと足から力が抜けていく。流した涙が馬鹿らしくなって、リベザルはそれを散らすほど頭を左右に振った。

由里子は、仏壇の方を見つめ、胸に手をあてている。腕に巻いた包帯が茶色のブラウスの中でやけに白い。

「小海さんも、違う意味で驚いてるみたいですね。でもでも心配御無用、あれは毒じゃありません。あのジョリー・ロジャーはシャレで描いただけですから」

「何の、話ですか？」

由里子が箸をそろえて下ろす。

（ジョリー・ロジャー？　あの海賊の骸骨《がいこつ》のマークのこと？）

リベザルはそれを見た記憶があった。目の前で、しかも最近だ。ジョリー・ロジャー、死の象徴、殺人、暗殺、惨殺、刺殺、毒殺。

（毒……そうだ、師匠の『春の新作』の瓶で見たんだ）

って入った。

そのことが何を意味するのか、考えの至らないうちに秋の声がリベザルの思考に割

「改めて御紹介しましょう、総和さん。こちらが小海呉服店のオーナーの由里子さん。別名、『佑海《ゆうみ》りく』さんです」

5

「佑海……りく？」

「師匠、違いますよ。顔が全然」

「本人に訊いてくれ。僕はこういう説明が苦手なんだ」

「本人って言っても」

総和が、リベザルが、彼女に視線を集めた。しかし由里子は変わらず人形のような顔を、斜め下に俯《うつむ》けている。

「お口に合いませんでしたか？　何分急拵《きゅうごしら》えなものですから」

「そうですね。前もって総和さんが来ることを言っておけば、わざわざ作った料理を床にぶちまけることもなかったのに。僕の配慮が足りませんでした」

「手を滑らせただけです。他に買い置きの材料もなかったので」

「でも、匂いを誤魔化《ごまか》すのにカレーを選んだ選択は正しいと思いますよ。ほのかな香りを楽しむハーブ園にカレープラントがあるだけで、全てが打ち消されます。あれは凄い」

由里子と秋の嚙み合わない会話に、ただならぬ空気が漂う。

「言いたいことがあるならハッキリおっしゃって下さい」

「だから言いました。あなたが『佑海りく』だと」

「私は小海由里子です。そんな人は知りません」

「そりゃそうでしょう。架空の人物ですからね」

秋はこの緊迫感の中で一人で食事を続行している。嫌いな茄子を座木の皿に移したり、サラダに塩をかけたり、一番普通のはずのそこだけが別空間になっていた。

「師匠、頭がおかしくなりそうです。佑海りくって誰……いえ、何なんですか？」

「――――。テレビとか見てていつも思うんですけど、せっかく考えたトリックを、得意顔した他人にバラされるのって気分悪くないんですか？　例えば……そう、苦労して組み立てたドミノを、人に倒されたりせき止められたりするような」

「さあ、私には何の話をしているのか」

「あの、ワタシも分からないんだけど。秋ちゃん?」

「何です、総和さん。あ、ザギ、水とって」

「はい」

座木が水差しから水を注ぐ。

総和はグラスを傾ける秋に、かなり迷った様子で声をかけた。

「秋ちゃん。今って、何の時間なのかしら?」

「食事ですね。話題は『今月の犯罪事情』」

「部外者は席を外した方がよさそうね」

「逆です」

「逆?」

「この中で総和さんだけが、小海さんの話を聴く権利を持っているんです。ねえ、小海さん?」

秋が御飯の山にスプーンを突き刺した。視線の先は由里子に向かっている。

「自分で話してくれないなら、あなたが隠しておきたいようなことまで喋っちゃいますよ。今僕疲れてるんで、そこまで気が回りそうもないんです」

由里子は答えない。誰も口を開かない。ただ沈黙が、大気に紛れてのしかかってくるようだった。

秋が小さく溜め息をついて、スプーンを皿に倒した。

「じゃあ、彼女が話したくなるまでということで。二十年前から始めましょう」

誰かの、息を呑む音が聴こえた。

＊

「以下、名前は敬称略でいきますね。面倒だから」

秋は正座から片膝を立てて、セピア色の髪に途中まで手を差し入れた。

「二十年前、小海家は閉店の危機に陥っていた。先代の当主が浪費家だった為です。あ、これは元の店舗《てんぽ》があった宇都宮《うつのみや》の、近所の御隠居に聴いたんですが。先代は小さい頃から和織物に目がなくて、いい生地《きじ》があると聴けば日本中、直に訪ね歩いて、金に糸目をつけず高い布を買い漁った。自分が気に入れば、売れ筋でないような物まで仕入れたらしいですね。彼の代になって、小海呉服店はあっという間に落ちぶれてしまった。

一方大平町《おおひらまち》、二、三年で若者にウケのいい和服ファッションを看板に、由里子の実家片山家《かたやまけ》は一気に大型呉服店へと成り上がった。そんな成功者の悩みは一つ。お金はあるがネームバリューがない。特にガッチガチの田舎《いなか》の老婦人達は、足を伸ばしてでも小海家のような老舗《しにせ》に行きたがった。

今まで影に徹してきた小海家先代の妻、姑《しゅうとめ》だね、はこの現状を打開しようと、不本意ながら片山家に縁談を持ちかけた。雪久《ゆきひさ》と由里子のね。政略結婚だったんだ」

「不本意ってどういうことですか？」

「金の為に可愛い息子を売るんだ。不本意だろう」

「師匠、小海さんの前で……」

「それはその後の生活にも影響を与えた。ですよね？」

由里子は座木の後ろに秋から隠れるようにして、顔を伏せている。返事はない。

秋はそれを冷たい目で見遣って、胡座《あぐら》で壁にもたれる総和と膝を抱えるリベザルに視線を戻した。

「それからの十五年間、義母は彼女が家から出ることを許さなかった。義母にとって彼女は純粋な金づるでしたから。『嫁』としての役目以外を任せる気はない。外で彼女が万が一にも悪い噂になってしまったら、せっかく守ろうとしている店の沽券《こけん》に関わるからです。

ラッキーなことに、もともと小中高短大まで女子校の、一人娘の箱入り娘でもともと大人《おとな》しい性格の由里子に友達は少なかった。警察が喜んでたらしいですよ、調べるのが楽だって。彼女はこの十五年間、毎日姑と顔を突き合わせるだけが人との交流だった」

「質問いいかしら、秋ちゃん」

総和が右手を上げた。

「どうぞ」

「跡継ぎを産むんだから、大事な嫁なんじゃないの？」

「彼女は子供が産めないんです。子宮の内膜異常で」

「ごめんなさい」

総和は由里子に向かって言ったようだったが、彼女の目は座木の背中に張り付いている。格子《こうし》のシャツがその目に映って、人形がロボットになった。

「続けます。五年前、義母の体調が悪くなり、彼女は跡継ぎに養子縁組を考えた。それも小海家の為になる人間がいい。取り引き先や、同業者をくまなく調べて、恩を着せられ利益になる私生児を見つけた。私生児の方が引き取るのに、親はともかく親類の承諾を得易い……そんなことだと思いますが。そうして選ばれたのが小海ハジメですね。

ハジメは出生を隠す為に一度捨て子として町田の孤児院に入れられ、町田南小学校に転入させられる。そこから再び小海家に養子に出された」

「何で出生を隠すんですか？」

「店が激戦区を勝ち抜くのに、元の家の事情がアキレス腱にならないように、かな？　ハジメの素性《すじょう》も隠した訳も、知ってる人は皆もう墓の下だから分かんないよ。でも、その徹底の仕方は凄い。孤児院のデータには、ハジメは生後五ヵ月、院の前に捨てられていたのを拾われたことになってます。学校もわざわざいったん孤児院の近くの町田南小に入れてから、東藤岡小に転校させていました」

秋はひと息ついて、グラスの水で唇を濡らした。何から話すのか、迷っている風でもある。

「ちょっといいですか？　取ってきたい物があるんで。鍵、お借りします」

秋は仏壇に手を合わせて引き出しから鍵束を取り出し、襖を開けて廊下に出て行く。それから間もなく、黒いリュックを肩にかけて戻ってきた。そして、鞄の中から一つずついろいろな物を畳の上に並べ始める。鍵、教科書、ノート……ハジメの物が多い。

「三年前、大小寺で雪久が石段から転落死。そして今月二日にハジメが行方不明になり、同十日、遺体で発見された。深夜のノックは三月三日から始まったんでしたね。ねえ、小海さん。何で僕が初めにあなたの依頼を断わったか、考えたことありましたか？　あなたが本当のことを話してくれなかったからですよ」

体はそのまま、由里子の口だけが習いたての腹話術のように、ほんの少しだけ動いた。

「話しました。たったあれだけで、何をおっしゃるんですか」

「そうあれだけ、まるで台本を考えてきたかのようにスラスラとね。本当の部分より、嘘をついてる方があなたは饒舌《じょうぜつ》だった。覚えてますか？　あの時『息子が遺体で見つかってからは……それがあの子のような気がして』って言ったでしょう？」

「……言いました」

「行方不明の息子、遺体で見つかった息子の幽霊、あなたはそのどちらの可能性にも決してドアを開けませんでしたね。母親ってそういうものなんですか？」

「そう、か」

前にこの家に来た時、ルースは言っていた。

『いくらノックしても開けてくれない』

あの時は聞き流してしまったが、言われてみると違和感が心の端に引っかかる。彼女は殺された息子に一目会おうと、話を聴こうとは思わなかったのだろうか。リベザルは秋の言いたいことが少しずつ理解できてきた。

「では何故あなたがそれほど幽霊を怖がったんですか。ただの怖がり、それでもいいですが、それだけの理由は別にあった。ハジメに恨まれているという不安がね」

「恨む？」

「そう、お前も見たな、この写真だ」

秋は二年時のハジメの写真を卓袱台の中央に立てた。

「少年団にも入っていない子供が、何処《どこ》でどうやったらこんな傷を作れるんだ？」

「その時、たまたま……」

「違う！　総和さん言ってましたよね、生傷が絶えなかったって」

「ええ、そうよ。いつも手足に青痣《あおあざ》作って、少年野球の練習でって言ってたけど、入ってなかったの？」

「女性の腕力を侮《あなど》るなかれ、ですね」

『子供を連れてこのまま離婚しよう』

彼女は確かにリベザルにそう言ったのだ。その彼女が何故？

「師匠、小海さんはハジメ君を、小海の家より大切に……」

「最愛の子供を、こんな物で部屋に閉じ込めるのが？」

秋は並べた物の中から南京錠を写真の横に置いた。

「部屋の鍵っていうのは普通、内側に付いてますよね。ハジメは自分が学校に行っている間に、親に見られては困るような物を隠していたか？　そんなわけがない。彼の部屋にはゲームと学校の物しか置いてなかった。彼に鍵は必要ない。必要があったのは……」

由里子を心理的に追い詰める為、秋は言葉を切った。と思ったのはリベザルの買い被りだった。

秋は立てた右膝を巻き込むように丸くなって、正面からは見えないよう思い切り欠伸《あくび》をしている。やる気のなさそうな目だ。

「師匠」

「ああ、えっと、理由な。一つは雪久には家庭の他に沢山の世界があって、それぞれにいろんな顔を持っていた。それに対する独占欲と、世界の狭い自分への鬱屈《うっくつ》。ストレスのはけ口ではないかと予想してみたんですが……沈黙は肯定と見なしていいんですか？」

「どうして私がそのようなことを、貴方に言われなくてはならないのですか？　こんな、人前で、非道《ひど》い侮辱《ぶじょく》です」

「最初に断わったと思いますけど？　疲れてるんで、そこまで気が回りそうもない」

「酷い……」

由里子はハラハラと涙を畳に落とした。

それを見て、一貫して無表情だった秋の眉間に立て筋が入った。

「もし僕の予想が当たっていたとしても、あなたに同情は出来ません。誰かを独占したいとか、僕には理解不能だ」

「……俺、分かります」

「ワタシも」

ほとんど同時に、総和とリベザルが口を開いた。

「だって好きな人が、自分には向けてくれないような笑顔を他の人に見せたり、まるで別人のように振る舞っているところを見たら、秋ちゃんは悲しくならない？」

「俺、師匠に友達がいるって聴いた時、なんか嫌な気分になりました。俺にはここしかないのに、師匠にはもっと大きな世界があるんだって。俺はその一部でしかないんだって思ったら……」

「――――被害者が、被告の弁護をしてどうするんです」

秋は顳顬《こめかみ》に肘をついた手をあてて、呆れた風に二人を見た。

「師匠は、好きな人が他所《よそ》を向いて、それでもいいんですか？」

「『好きな人』という定義が今イチハッキリしないが。むー、あんまり説教くさいこと言いたくないんだけどなあ」

「秋、説明しないと話が進まないようですよ」

座木が言うと、秋は暫《しば》らく不満そうな顔で二人を見ていたが、総和とリベザルの熱意のこもった目に観念して諦めたように嘆息した。

「リ……恭二には日本の色の話をしたことがあったな？」

「はい」

「昔、日本人は色に名前をつける時、基本を決めてそこから発展させるのではなく、そこにある色一つ一つに名前をつけていった。なんで最近の人間はそれが出来ない？

曖昧《あいまい》な物も、不確かな物も、キチンとした型にはめたがるんだ。

例えばこのキュウリで言おうか。これは黄色か緑か。こいつは『黄』と『緑』の二つの……顔、世界……を持っているのではなく、『キュウリ色』という集合に黄や緑が場を共有してるんだ」

秋は机に十センチほど離して小さな二つの丸を描いて、その中央に端を重ねて大きな円を描いた。

リベザルと総和が、鏡のように左右対称に首をかしげる。

「えっと」

「ごめん、ワタシさっぱりだわ」

「まだ不足のようですよ」

「察しろなんて調子のいいことは言えない、か。つまり、僕が言いたいのは、どうして曖昧も不確かもそのまま受け入れられないのかってことだ。『店の顔』『友達の顔』『息子の顔』『夫の顔』。何故自分の見えないところにある世界まで、把握していないと気が済まない？　不安になるんだ？　何処まで広がっているか、何と何が混ざっているのか。そんなことが分からなくとも、その背後にあるもの全て含めて『彼』なんだ。あーもう、自分で言っててよく分かんないよ。何が分かんないのかが分からない相手に物事を教えることほど、馬鹿な話はない。何で僕がこんなことしなくちゃならないんだ。あと続きは、ザギ、お前がやれ」

「続きとは？」

「ハジメに暴力をふるった、あと一つの原因と佑海りくについてだ。補足説明は随時入れる」

そう言って秋は部屋の隅に行き、壁に寄りかかって目を閉じてしまった。

座木はやれやれという顔をして、三人に向き直る。

「今までの秋の話は、御理解頂けましたか？」

「何となく、ハッキリはしないですけど感覚的には分かったと思うわ」

「それをそのまま持っていることこそ、彼の言いたかったことだと思います」

「でも俺……俺なら狭い世界に閉じ込めたら辛いです。壁にぶつかったことは忘れられないし、広い世界を見てしまえばそこに行けない自分が……」

「可哀相、か？　しかし、彼女は金魚と違って外に出る努力が出来た。それをせずに内にばかり目を向けたのは怠慢じゃないか」

秋が薄目を開けて、冷たい声で応える。

外に出る努力、狭い世界に抗《あらが》って、モヤモヤしたモノを抱えて、リベザルは自分がそれを出来るとはどうしても思えなかった。そこまでの強さはない。

リベザルが情けない顔で下唇を噛んでいると、秋はこれ見よがしに深い溜め息を吐き出した。不機嫌な口調に輪をかける。

「僕が彼女を理解出来ない理由で、何でお前がそんな深刻になるんだ？　僕とは考え方が違う。それだけのことだ」

「……はい」

どうでもいいことだと冷たく切り捨てられたように感じて、リベザルはこれ以上は怖くて反論できなかった。彼に嫌われたくない。でも彼のようには考えられない。秋にはこんな感情もないのだろうか。

「ザギ、再開だ」

「それでは、もう一つの原因をお話しします。総和さん」

「ワタシ？」

「はい。貴方は雪久さんが転落した時、現場を見ていましたか？」

「いいえ。悲鳴を聴いて駆け付けた時は、もう落ちた後だったわ」

「!!　……そ、嘘、そんなの……」

「小海さん？　どうされました？」

座木が震える由里子に柔らかく問い掛けると、彼女は座木の両袖を縋《すが》るように摑んだ。

「嘘です。だってこの人、ハジメと一緒に見てました。あの人が落ちるところ。ハジメがそれから私のことを責めるように見るから……それで私……」

「それで、その目を見るたびに殴っていたんですか？」

由里子は座木を見上げたまま、驚愕《きようがく》して動かなくなった。動けなかったのかもしれない。

座木は彼女を視線から逃がさず、その手も振り解かなかった。

「貴女が雪久氏を突き落としたんですね」

6

「待って、話を聴いて下さい。あの人は……違うんです！」

「大丈夫、ゆっくり話して下さい。ちゃんとここにいますから」

取り乱してますます強く腕を摑む由里子に、座木は変わらぬ微笑《ほほえ》みを向けた。由里子は周りに目もくれずに、座木にしがみつく。

「あの日、三人で太平山《おおひらさん》から見える雪を見に行ったんです。私はあの人が振り向いてくれて嬉しかった。それが、急に仕事の電話がかかってきて、帰ると言い出したんです。でも、違うんです。殺すつもりはなかったんです！　あの人は手を振り払って、バランスを崩して……。それを二人が見てました。それなのに、あれは事故ということになって、それからずっと、罪悪感と脅迫観念がつきまとって私、辛くて」

「それでこっちに引っ越されたんですね。義母と雪久さんを忘れる為に？　仏壇に線香がなかったのは、幽霊の存在を否定したいという最後の心ばかりの抵抗ですか、それともそれほど小海の人間が嫌いだった？」

「その両方です。本当は店もやめたかったけれど、遺言でハジメが店を継ぐまでは潰《つぶ》すことは出来ませんでした。でも、いつ二人があのことを言い出すかと思うと、気が気でなくて」

「それが勘違いだったんです」

座木が優しい手付きで彼女の手を片方ずつ解く。それがリベザルにはとても残酷な仕種《しぐさ》に見えた。

「秋、確認出来なかったのはこれだけでしょう？」

「お見事、王子様。好意的な人間の前だと、やってもいない犯罪には敏感だね」

部屋の端から拍手が聞こえた。秋がいつの間にか起きて、窓枠に座っている。

(『お見事』だって？　じゃあ、今のも全部彼女に話させる為の罠《わな》？)

「たぶん、今お前が思っている通りだ」

部屋の両端に分かれた二人をリベザルが交互に窺《うかが》うと、その心を読んだように秋が言った。

「小海さん、あなたハジメが死んだ時、真っ先に総和さんのこと思い出したでしょう？　あとは彼だけだと。だからあんな手紙と写真を送って、わざわざこいつを家に呼んでアリバイまで作って」

「俺、アリバイの為に呼ばれたんですか？」

「そのようだな。アリバイを証明してくれて、幽霊も退治してくれれば一石二鳥だ」

事件の依頼をして、家まで呼んで、寝ると言って部屋に籠《こも》る。それから家を出て――いや出られないはずだ。リベザルは、パーカのフードが顔にあたるほど一気に首を回した。

「師匠、糸！　密室はどうなっちゃうんですか？」

「あれを密室と呼ぶのか。自信過剰だな。彼女の部屋の向こうに物置きがあっただろう？　お前、あそこには糸をかけなかったな？」

「だって、いらないでしょう？」

「中に入っていた物を思い出してみろ」

リベザルは目を瞑《つぶ》って、最後に見た小さな物置きの光景を引き出した。

「掃除機と、ダスキンモップと、バケツ、雑巾《ぞうきん》。上にちり取り、壁にスキー板と竹ボウキ……」

「そこでストップ」

「え？」

「何処の世界に竹ボウキを室内で使う馬鹿がいる？」

「あ、あれ？」

竹ボウキは先が固くて床が傷付くし、疎らな竹の枝では小さな埃《ほこり》も掃けない。どう考えても屋外用だ。

「えーと、物置き？　でも汚かったですよ、総和さんのトコほどじゃなかったけど」

「悪かったわねえ」

「やっ、スミマセンッ。そんなつもりじゃ……え、って、もしかして」

リベザルは総和に頭を下げ、上げる途中で一度止まり、そのまま体を捻《ひね》って秋のいる方に顔を上げた。

「外からも、取れるんですか？　あの物置き」

「ビンゴ。この間来た時見たら、正面の壁が木の引き戸になっていた」

「うげ！」

「何が『うげ』だ？　壁と戸の違いぐらい見分けろよ」

「今、見て来ちゃダメですか？」

「三十秒で戻って来い」

「はい！」

リベザルは居間を飛び出して、廊下の突き当たりのドアを開けた。中身に記憶違いはない。そして正面の木の板に、節に手をかけて力を入れてみる。


ギシッ、ガッガタン。


ドアは横にスライドして、サアッと冷たい空気がリベザルの火照った頬を撫でた。

「阿呆だあ、俺」

部屋に戻ると、秋が腕時計のストップウオッチを止めた。本気で三十秒測っていたらしい。

「――続けよう。小海さん、あれは総和さんを殺すつもりで？」

秋が急に水を向けたので、由里子はビクついて、また座木の背中に隠れた。

「……口止めを、出来ればと」

「そーですか。でも、この写真がよくなかった。幸い総和さんは騙《だま》せたみたいですけど」


パチン！


秋は件の『佑海りく』の写真を喚《よ》んだ。

「自分を好きになって欲しかったら、たいていの人は一番写りのイイ写真を選んで送るでしょう？　こんな、よそ見をしていてスタイルもろくに見えないようなのは、間違ったって使わない」

「隠し撮りだったのね？」

「その通りです、総和さん。しかしその途中で彼女は不慮《ふりよ》の事故に遭って、待ち合わせの場所に行けなくなってしまった。病院のベッドで警察に『誰に襲われたのか』と訊かれた時、貴女は『分からない』と答える。そうすれば自分も被害者として、この後の事件の容疑から外れやすくなりますから。総和さんを襲うのはそれからで良いと、二次的な利益に甘んじたわけですね」

「……ええ」

「今日、思いがけずチャンスを得た貴女は、依頼に来た時にうちの棚から盗んでおいた瓶の薬を総和さんにだけ混入した。瓶には僕らの指紋が残っているから、見つかれば罪は十中八九、僕にかかる。貴女の頭脳は瞬発力には長《た》けてるんですが、前後の関連を考慮する能力が劣っているようですね。いくら薬屋だからって、毒に骸骨《がいこつ》の絵を描いたり、それを店内に放置しといたりしません」

「師匠、俺が隠してたの……」

「もちろんお見通しさ。お前も知恵が浅い」

リベザルは客の手の届く所にそれを放置したことを謝ろうと思ったのだが、秋はニッと笑っておそらくわざと違う返事ではぐらかした。

＊

「煙草、吸ってもいいですか？」

秋はポケットから出した携帯用灰皿を広げ、窓を開けて煙草に火をつけた。そのまま窓枠に座って半身になる。

「これで、総和さんが狙われた理由はお終《しま》いです。三年前の事件とこの間の『呼び出しうっかり襲われ事件』については、二人で話し合って好きにして下さい。質問反論があるなら今のうちにどうぞ？」

「はい」

「総和さん」

秋は煙草を教鞭《きょうべん》代わりに、律儀に挙手をする総和を指した。

「秋ちゃんって探偵さん？　何でそんなこと調べてるの？」

「探偵ではないですけど。まあ、縁があって小海さんにある事を調べて欲しいと頼まれまして、それについて調べているうちに何故かこんなことに……ああ、そうだよ、なんで僕、関係ない事まで喋ってたんだ？」

秋は煙草を挟んだ右手の小指で、長過ぎる前髪を視界から外した。

「成りゆき上、じゃないですか？　総和さんがいなければ小海さんのしたことに確証が取れませんでしたし、御協力頂いたからには事情を話して差し上げないと」

「あ、そうそう、そーだった」

「じゃあ、ワタシの為にやってくれてたのね」

「師匠。そんな大事なこと、忘れないで下さいよー」

「忘れてないさ。ここに来た本当の理由……」

リベザルが溜め息混じりに抗議すると、秋は窓の暗闇をバックに煙草の先の赤い火で円を描いた。

「ここからは、幽霊の正体とハジメの死因の調査報告だ」

秋が窓枠を立った。窓の向こうが開けて見える。

「彼が幽霊の正体ですよ」

「!!」

そこには、白い人影が立っていた。秋以外の全員、座木までもが窓から一歩後ずさる。

窓の外にいたのは、紛れもなく小海ハジメ本人だったのだ。

＊

ぼくは、ボクサー。

た、隊長、死体のそばにミョウガが落ちています。みょうだなあ。

こうちょうせんせい、ぜっこうちょう。

イランの虫はなにも、いらん。

缶を飲んじゃ、あかん。

おれんちにおいたるオレンジ。
敗北したのは、はい、ボクです。
えほんは、本当にええほんやなあ〜。
カーテンにはかてん。
宇宙の風邪がうちゅうった。
赤にしちゃあかん。

・・・・

# 第四章　雪に行き尽く片思い

## 1

「ハジメ……」

「生きてたの？」

「本物ですか？」

「玄関から、お母さんと、入って来てくれる？」

秋《あき》は三人が口々に言うのを無視して、窓の外のハジメにいやにゆっくり指示を出した。

ハジメが消え、玄関のチャイムが鳴る。

ピ——————ンポーン。

「六人目と、七人目の到着です」

そして秋は座木《くらき》に何か耳打ちして部屋から出て行った。

「ねえ、恭二《きょうじ》君。これ、どういうことかしら？」

「俺にも何がなんだか……、師匠《ししょう》、食事七人分とは言ってたけど」

これも秋の悪い冗談じゃないだろうか。リベザルは半ば本気でそう思った。

足音が三つ、襖の前で止まってそこから動かない。囁くような話し声が聞こえる。

「恭二君」

「はい？」

「ジャンケンで負けた方があの襖、開けに行かない？」

「ええ？　総和《そうわ》さん、行って下さいよ～」

「だって、お化けだったらどうするの？」

「出来ないなら、最初から言わないで下さい」

「そうなんだけど。何話してるのかしら」

襖が開く気配はない。時々、声高な女の声が出かかるが、しかしそれもすぐに収まり、あとは囁きが聞こえるままである。石油ストーブが何かの弾みにバチンと音を立て、更なる沈黙を呼び、室内の緊張はピークに達した。

ガラッ。


そこには、見間違いではなく、明るい光にあたって尚変わらない小海《こかい》ハジメと、秋、それに見知らぬ女性が立っていた。

「スミマセン、話がまとまらなくて」

「小海さん、部屋の奥に行って貰えますか？　ザギも。二人を入り口近くにというのがここに座って頂く条件なんで」

ハジメから目を逸らせないでいる由里子《ゆりこ》を、座木が半分引きずるようにして先程秋の座っていた窓の方に移動させた。

六人目と七人目が寄り添うように腰を下ろした。少年の方は紛れもなく写真で見た小海ハジメで、ところどころ擦《す》り切れたジーパンに赤基調のネルシャツを着ている。女性の方はショートカットに化粧っ気のない顔、アイボリーの綿パンに黄色いセーター、首には柄の多いスカーフを巻いていた。

秋は襖を閉めて、由里子とハジメの中間に座った。

「こちらは長田《おさだ》カイジ君、とお母さんの遥《はるか》さん」

「ハジメ君じゃないの？」

「長田……遥？」

由里子が横目で仏壇の側の新聞を見た。

「小海さんは御存じでしたか。そう、滋賀県で起きていた親族連続殺人事件の、あの長田遥さんです」

「親族連続」

「殺人事件？」

総和とリベザルは顔を見合わせた。彼のつり目が多くの言葉を含んで点滅している。その事件なら市橋《いちはし》に概要だけ聴いていたが、そんな事件の、しかも犯人が何故こんな所にいるのだ？　総和が胡座《あぐら》を崩して立ち上がろうとした。

「警察に……」

「通報はしないで下さい。話が終わったら帰す約束でお呼びしているんです。その代わりこれ以降、ハジメ君の幽霊が出ないことを保証します。それでいいですね？　長田さんも」

秋が念を押すように彼女を見ると、遥は無言で頷いた。

「長田さんは店に来て、近所の人間から小海さんが入院していることと幽霊に悩まされているという噂を耳にしました。そして小海さんを殺す計画に一味加えることにした。カイジ君と二人、病室の近くの女子トイレで面会時間終了の見回りをやり過ごし、消灯を待って同じことを彼にさせ、小海さんを怯《おび》えさせて最後には殺す予定でした。が、ドアを開けて貰えなかった為、カイジ君はいったんお母さんの判断を仰ぎにトイレに戻りました。

うちの座木が見張っていたのですが、女子トイレの個室まではさすがに……。ま、その後しばらく辺りをうろうろしていたおかげで、その晩の犯行が防げた訳ですが」

「この方達が、私を？　どうして？」

由里子が乱れた髪を上から押さえながら、戸惑った様子で掠れた声を絞り出す。

カイジをあやすように手を動かしていた遥は、その微笑《ほほえ》みを消し、鬼のような形相になって由里子を睨んだ。

「……『どうして？』？　よくもヌケヌケと、言えたもんやな。アンタ、ハジメに暴力ふるっただけじゃ飽き足らず命まで取って、うちの息子を返しや!!」

「息子?」

「せや! 長田の家が小海に尻尾振る為に、うちから取り上げて……取り上げて……ウウ……何でや、何であの子が死ななあかんの? 返し……、うちの子を返しぃ……」

遥は大声で泣き崩れた。カイジが、何故かそれを珍しい物でも見るような顔つきで眺めている。

混乱の態《てい》で座木の顔を窺《うかが》っては遥を見て陰に隠れる由里子に、秋は落ち着くよう細い腕と開いた手の平を彼女の方に向けた。

「お聞きの通りです。この二人はハジメの実母と弟なんですよ」

「この人が……」

「実の、お母さん? でも連続殺人の犯人には子供はいないって、市橋さんが教えてくれました」

「そう、私生児という長田家にとっての醜聞《スキャンダル》を隠蔽《いんぺい》する為、二人は捨て子として施設に引き取られたから戸籍上は赤の他人なんだ。本来、ハジメと彼は双子だった。しかし胎内で偏りでもあったのかカイジ……君の方は脳に障害があり、一方のハジメはIQがとても高かった。畸形嚢腫《きけいのうしゅ》の一種か単なる偶然か、知りたい方は病院に行って下さい。どちらにしてもハジメは、それで先代の大奥に目を付けられたんですよ。優秀な頭脳を身内に引き入れる為にね。

彼女にとっては幸い、母親にしてみれば不幸にも長田家は小海家に借りがあった。先々代同士が戦友で、戦後に多額の借金をしていたんです。大奥の申し入れに嫌とは言えない。借金を棒引きに、と言われて一家総出で彼女からハジメを引き離し、過去を消した」

「師匠、どこからそんなことを?」

「だいたいは長田さんから直で」

「いえ、その前に長田さんのこと……」

「僕も最初から全部分かってた訳じゃない。けど、ハジメの机にこれがあったのを見てから、一つの可能性として考えていたんだ。どーぞ」

並べてあったハジメの私物の中から、秋はもう一つの写真立てと一番古いノートを由里子に渡した。

「日本にも、部屋に家族や友達の写真を並べる人はずいぶん増えて来ました。でも自分一人が写ってる写真を、わざわざ写真立てに入れて飾るでしょうか? 僕だったら死ぬまで勘弁ですね、ナルキッソスじゃあるまいし。それで、もしかしたら本人じゃないのでは、と思い始めました。そう来たら可能性は一つ、双子です。この世にいるあと二人のそっくりさんと考えても面白いですが、他人の写真は飾らない、恋人やアイドルでもない限りね。関西に焦点を絞った訳はノートの方です。何年にも亘《わた》って自作のダジャレがひたすら書き連ねてあるんですが、最初の方のページの関西弁の割合が妙に高いんです。ちょっと不思議でしょ？」

由里子はノートと写真を座木に回し、それがリベザルに渡された。横から総和が身を乗り出してくる。

「ホント。でもどうやって長田さん？達を見つけたの？　警察だってまだ探してる最中なのよね？」

「まだ全国的に指名手配されて二日です。こっちの方までは、捜査も警戒もそんなに厳しくないみたいですよ。ねえ？」

遥が涙を拭かずに頷く。

秋は背後の窓を五センチばかり開けて、二本めの煙草を銜《くわ》えた。紫色の煙が窓の隙間に吸い込まれていく。

「探し物はあると思ってやるのが、早く見つかるコツなんですよ。それに僕は自分の勘には絶対的な自信を持ってます」

「説明になってないわ」

「本当ですよ、総和さん。師匠の勘って、雨を当てるカエルより正確なんです」

「……陰には努力があるんだとか、そういう幇助《ほうじょ》の仕方は出来ないのか？」

「して欲しいんですか？　秋」

「まっさか。真っ平御免だね」

秋は蕁麻疹《じんましん》でも出たかのように首筋を掻いて、余った手で目の前の空気を払った。

それまで片手を杖にして上体を支えていた遥が、ゆらりと体を揺らす。

「うちは、うちからハジメを奪った親類連中に報復してやった。あとはハジメを殺したこの女で最後や。深山木《ふかやまぎ》さん、後生やから」

「ダメですよ、長田さん。約束したでしょう？」

「警察に捕まってもええ、死刑になってもかまへん。ハジメの仇《かたき》さえとれれば、それだけで他には何もいらん」

バタフライナイフを手に、遥が秋をかわして由里子の前に躍り出た。

その前に座木が立ち塞がる。

「兄貴！」

「お兄さん、退《の》き。アンタも刺すで」

「退くわけにはいきません」

「死にたいんか？」

「命令を破るよりマシです」

（命令？　師匠の？）

リベザルは混乱した。ナイフは照準を座木に合わせ、遥の後ろ足には力が込められている。刺されてしまう、死んでしまう？

（そんなの絶対に嫌だ！）

リベザルはテーブルの、先の尖ったフォークを取った。素早くカイジの後ろに回り込み、頸動脈の位置に固定した。

カイジは状況把握が出来ないらしく、表情を変えずリベザルのされるがままになっている。

「ナイフを下ろして下さい！　さもないと……カイジ君を殺します」

「恭二君!!　よしなさい、危ないわ」

「早く！」

遥は由里子の向こうの硝子《ガラス》に映るカイジを辛そうな表情で見て、ナイフに力を込め直した。

「カイジ御免なぁ。お母ちゃん、どうしても許せへんねや。堪忍やで」

「……ええよー」

カイジが、笑顔で答えた。

## 2

「私、殺してません。本当に……」

「阿呆なこと言いなや！　今更シラ切るんか。その腐った根性ごとあの世に送ったるわ。向こうでハジメに詫び入れるんやな」

「長田さん。ハジメ君の好きだった人を、殺すんですか」

秋が抑揚のない声で言い、煙草を灰皿で消して箱の蓋を閉じた。

遥の背が半身を返す。

「なんやて？」

「ハジメ君が小海さんに暴力を受けていたのは確かです。でもね、本当に彼女はハジメを殺していない。あれは事故なんですよ」

「いい加減なこと言わんといて」

「夜は長いんです。あと十分や十五分、話を聴いてからでも遅くはないでしょう？　ナイフをしまって下さい。リベザルもだ」

遥に言い聞かせるのとは打って変わって厳しい口調で、秋がリベザルを威嚇《いかく》する。

その重圧に負けて、リベザルはカイジから手を離した。

「この女、庇《かば》う気やったら無駄やで」

「そんな義理はありません。ただ、僕が何かすれば好転するかもしれない事態を、分かっててシカトするのは後味が悪い。さ、ナイフを。僕には刃物に向き合って話をする趣味はない」

遥は長い間躊躇《ちゅうちょ》して、バタフライナイフの刃を柄にしまった。

「まず警察が調べ、マスコミ発表されたことを確認します。ザギ、覚えてるだろ？」

「何日の、どの新聞ですか？」

「三月四日、毎道新聞、朝刊」

秋はそちらに顔も向けず、窓枠に座って窓の外を見つめている。

それを受けて座木が報告書でも読み上げるように、言われた日付けの新聞記事を暗唱し始めた。

「『昨日三月三日、甲宮《こうみや》小学校校庭に、一晩の間に巨大な雪の妖精が現れた。

雪の妖精とは一般に、雪の上に大《だい》の字に倒れた人間が両手足を上下に動かすことで出来る雪上の軌跡のことで、手を羽撃《はばた》かせた跡が妖精の羽根のように見えることからそう呼ばれている。今回話題になっている雪の妖精は、全長百メートルはあろうかという大きなもので、前日の忘れ物を始業前に取りに行った生徒と教員によって、屋上から発見された。校庭いっぱいに両手を広げた雪の妖精は蝶《ちょう》の標本の様に見えて、校舎に向けて「陽光に煌《きら》めいていた」とは一緒に居た宿直の教員の言。

雪は前日夕方から三日未明まで降り続けていたが、雪の妖精跡には深さもあり、深夜から朝方にかけて作られたものだと見られている。

誰が何の目的で行ったのかは今のところいっさい不明だが、上空から見ても縁《ふち》のラインが大変滑《なめ》らかで、枠《わく》内、周囲ともに足跡などもいっさい残っていないことから、その美しさと謎が多くの観衆を集めている。学校側でも雪が溶けるまでの『新ミステリーサークル』として校庭への出入りを禁止。あと二、三日はこの不思議な光景を楽しめそうである』」

「三月十日、見間坂《みまさか》新聞、夕刊」

「『被害者は小海ハジメ十二歳、東藤岡小学校の六年生で、百メートルにも及ぶ絵模様・雪の妖精の中、密室状態で雪をかぶって死んでいた。被害者にかかっていた雪の厚さは、写真や映像からの推定で五センチから十センチ。雪の妖精は四十センチの深さがあり、この絵模様は雪が降っている最中に作られた物と見られる。

被害者の死因は心臓発作であるが、体中に無数の傷があり、警察では殺人死体遺棄事件として捜査を開始した。しかし、犯人が立ち去った後降ったと見られる五センチの雪では、その時残った深さ四十センチの足跡を消せないにもかかわらず、現場にはそのような痕跡は見られなかった。これは各テレビ局、個人のホームビデオの映像で確認されている』」

「遺体の埋まった雪原を、百人単位の人が褒《ほ》め称《たた》えてカメラに収めていたかと思うと、ゾッとしないな。ちょっと考えて貰えますか？　警察はハジメに傷があったから、殺人事件として扱った。でも、その傷が犯人によるものではないことは、皆さんもう御存じですよね」

由里子は口元に手をあてて顔を背けた。そちらを見まいと思いながらも見てしまったリベザルが、自責と羞恥《しゅうち》で赤面する。

黙って秋を見ていた遥は、再びナイフに手をかけた。

「だから、この女が犯人や。殴り倒して、雪ん中に置いて来たんやろ？」

「それなら足跡が残ってる。それに彼女には接客をしていたという、鉄壁パールのアリバイがあるんです。長田さん。最も難解な密室の作り方って知ってますか？」

「そんなもん、うちが知るはずないやろ」

「簡単なことです。内側にいる人が鍵をかけて、外に出なければいいんですよ。今回の事件と同じようにね」

「じゃあ、アンタ、ハジメが自殺したって言うんか？　冗談もたいがいにせんと」

「忘れっぽい人だなあ、自殺じゃない。事故です」

「どこの世界に、校庭の真ん中で事故に遭う阿呆がおんねん。馬鹿も休み休み言いや」

「交通事故や自然災害のように、外部から影響を受けることばかりが事故じゃありませんよ。事故というのは『普段とは違った悪い出来事』全般を指して言うんです。少なくとも今回の事故に悪意は働いていない」

「……聞こうやないの」

「どーも」

遥がようやく足を折り、秋は窓から離れて床に並べたノートと教科書を拾った。

「小海さん」

「！　はい！」

「誕生日っていつですか？」

「え？　私ですか？」

「はい」

「三月三日ですが」

「ビンゴ、かな？　これから僕の話すことは、あくまで証拠に基づいた推測です。信じる信じないは個人の自由ですが、基因となっているのは全て嘘偽りのない事実だということ、それだけは忘れないで下さい。

まずは国語。ノート、読みますね。

『①僕はお母さんが本当に幸いになることならどんなことでもする。けれどもいったいどんなことがお母さんの一番の幸いなんだろう』

『②何が幸せかは分からない。本当にどんなつらいことでもそれが正しい道でのできごとなら、峠の上りも下りもみんな本当の幸福に近付く一足なのです』

『③僕はもうあの蠍《さそり》のように、本当にみんなの幸いのためなら、僕のからだなんか百ぺん灼《や》いてもかまわない』

この解答が選ばれた問題は、『文章中で共感した言葉を書き出しなさい』。小海さん、あなたはハジメ君の前では『優秀な呉服屋女将《おかみ》』を演じなかったんじゃないですか？　苛立ちも、憎しみも、悲しみも、隠さなかった。気を遣う相手ではないってことですか？」

「……ええ」

由里子は胸にかかる髪の毛を指に巻き付けて、素直にそれを認めた。

「ハジメは暴力的な母も見ていたが、弱く頼りなく泣きくれる、不幸せそうなあなたも見ていた。『僕はお母さんが本当に幸いになることならどんなことでもする』。これが限りなく本心に近い彼の言葉だとしても、論理の飛躍ではないと思います。次はこれ、詩なんですが……三月二日の新聞に載っていたものですね」

秋はノートをめくり、それからその詩を読み上げようと口を『お』の形に開いたが、音には成らず、苦虫を噛み潰したような顔をする。

「リベザル、お前読んでくれ」

秋の手から離れ、空中で縦回転するノートを両手で挟んで受け取って、リベザルはそのページを探して開けた。

（うっわー。モロに、師匠の嫌いそうな詩だ）

直訳で、愛情溢れた、しかもメルヘンな詩である。リベザルは鳥肌を消すように腕を摩《さす》る秋への笑いを堪えて、一行ずつ丁寧に声にした。

「僕と君は大きな揺りかごの上で出会った
白い花と蒼い土
闇色の幕と虹色のカーテン
輝く太陽と揺らめく黄色い星月が
僕らをこの世界へいざなった

君は僕に幸せをくれた
君は僕に愛をくれた
君は僕に孤独を教えた

僕は君に可愛らしい猫を贈ろうか
僕は君に華やかな帽子を贈ろうか
僕は君に素晴らしい何を贈ろうか

この広い大地に花を散らして

この蒼い空にリボンをかけて
この世界の美しき全ての物に
カードを添えて君に贈ろう

幾千の苦しみと
億万の喜びをともにして
そうして二人で生きていこう
たとえ死しても離れることなく」

「この作者は、物事を何かに見立てて、さもロマンティックな言い回しにするのが得意技らしいです。だな？　ザギ、解説」

秋が詩に皮肉めいた言葉を添えて、座木に鉢を回した。

「はい。大きな揺りかごとは船、白い花は波の雫《しずく》で蒼い土とは海のことです。北極回りの船の上で女性と恋に落ち、二人でいることの楽しさと、一人でいることの切なさを教えられた。その愛する彼女には、たとえ世界中の全ての物を贈ってもまだ足りない。愛の素晴らしさを歌った詩です」

「——と、ハジメがそこまで分かっていたか？　いなかったと思います。だけど、小学生には小学生なりの解釈の仕方があった。

小海さんは、ハジメ君と雪原を見に行ったことはありましたか？」

「どうして、御存じなんですか？」

「雪はお好きですね？」

「主人と、同じ名の……」

由里子の目が虚ろになって、彼女だけに見えているだろう白銀の光景に頰を染めた。

「毎年三月には主人と二人で、ハジメが養子に入ってからは三人でスキーに行きました。そこでは義母のことも、店のことも忘れられるんです」

「ハジメ君は、その嬉しそうな顔を見たかったんじゃないのかな……雪の大地に『リボンをかけて』『カードを添えて』」

パチン！

「おおっ」

秋の手品にカイジが喜びはしゃいで、彼に近寄り手を広げた。

「欲しい？」

「うん」

「カイジ！」

「見せてあげるけど、見たら、あの人に渡してくれる？」

「うん、うん」

秋にラメの入ったカードのようなものを渡されたカイジは、それを電気にかざしたり引っ張ったりして嬉しそうに笑った。

「お母ちゃん、きれい、これ、きれいやで」

そう言って遥に近付き、しかし見せただけで彼女を通過した。カイジは座木を目新しそうに眺め回し、それからその後ろに移動する。カードを持った両手を前方に伸ばした。

「はい」

「私に？」

カイジがコクコクと笑顔で頷く。

二人の母親が、不信と喫驚《きっきょう》を織り交ぜ、目を白黒させた。

由里子の手がカードに伸びる。受け取ったのを確認して、カイジが手を離す。カードを、開いた。

「……『お母さん、誕生日おめでとう』………」

3

「オメデトー、オメデトー」

カイジがステップを踏んで、遥の側で舞う。

遥が顔色を赤から青に変えて、彼のジーパンの裾を摑みそばに座らせた。

「何やの、それ？」

「僕にはバースデーカードに見えますが？」

「そんなことちゃう！　ハジメが？　そんなん嘘や。偽物やろ？」

「指紋でも採りますか？　それとも筆跡鑑定にかける？」

「ハジメ？　私……」

「画竜点睛《がりょうてんせい》を欠く。クールでホットなプレゼントでしたね」

「プレゼントぉ⁉」

リベザルと総和がハモった。

「何がプレゼントって？」

「どこを、どう、え、誰がっ」

「ここは日本だ。日本語を話せ」

今日何度目かになるリベザルのパニックに、秋が泰然としてしかも呆れ返った声を出した。

「リベザル、雪の妖精はどうやって作る？」

「雪の上に仰向けに倒れて、手足を上下に動かします」

リベザルが両手を広げて羽撃《はばた》いて見せると、カイジが喜んでそれを真似した。

秋は一番大きい窓のカーテンを開け、気温差で曇った硝子《ガラス》に指で蝶の形を、その隣に殺人現場にあるような人型を描いた。

「そう、人がこう倒れて手を動かすと……」

その肩と膝から下に扇をつける。出来上がった形は雪の妖精と呼ばれる、羽根のついた人間の跡だった。先に描いた蝶とは何処か違う。

秋がその水滴の流れる妖精の絵の、頭部に指を指した。

「羽根と羽根の間に頭の跡が残る。『蝶の標本のよう』にはならないんだよ。あれは雪の妖精じゃない」

「――リボン！　リボンをかけたんだ」

「That's it！」

秋の言った『カードとリボン』が詩と同じく何かの比喩《ひゆ》であると思っていたリベザルは、自分で言った言葉が脳に浸透してくるまでにより多くの時間を要した。

ピンと張り詰めた沈黙に、遥の荒い息遣いと由里子の言葉にならない昏迷した声が反響する。

「そんなら、近所か、自分の学校の校庭に作るのが筋やないの？」

「この辺は住宅街でそんなスペースはありません。それと、東小は今、新体育館建造の資材置き場になっていて、校庭が使えないんです。

あなたがどんなにいい母親で、彼女がどれほどのことをしたのか僕には分からない。けどね、ハジメは義母が好きだった。死んでしまうくらいに頑張って、彼は『蠍《さそり》』になったんですよ」

「そんな話、信じろ言うんか」

「信じなくても結構です。ただ、小海ハジメが母を想った言葉を心に留め、新聞に載っていた詩をノートに書き写し、プレゼントもないのにカードを書いて、雪の中に心臓発作で倒れていたのは事実です。そこから長田さんがどんな真実を導き出そうと、僕には何の関係もない」

「……うちは二度も、母親になり損ねたんやな」

遥がえも言われぬ顔でカイジの頭を引き寄せる。この数分で三十年も年をとったように、その姿からは心が抜けてしまっていた。見ているこちらまで、心臓を鷲摑《わしづか》みにされたみたいになるほど痛ましい。

ところが、

「それじゃあ、僕そろそろ帰りますね。ここ、上りの終電が早いんで吃驚《びっくり》しましたよ。御馳走様でした」

秋は何事もなかったかのように、由里子に礼を言って手を振るカイジに笑顔を返した。座木が丸まった彼の白いコートの皺《しわ》を伸ばす。

そんな自分勝手にも見える彼を呼び止めたのは、リベザルの予想に反して、一番事件と関連が浅い総和だった。

「秋ちゃん、この人達どうする気なの？」

「どうする、とはどう？」

「ワタシの方は未遂だからいいわ。だけど、小海さんがハジメ君を殺してないにしても……長田さんも納得できてないみたい」

「でも、もうやりたいこともやるべきことも残ってないですからねえ」

「だってこのままじゃ」

秋は座木が背後で用意したコートに袖を通し、凍《い》てつくような冷たい声で全てを一蹴した。

「総和さん。僕は裁く立場じゃない」

総和の顔がカッと赤くなった。

リベザルは衝突を予感して、彼を止めに入る。

「御免なさい、総和さん、ごめんなさい」

「恭二君が謝ることじゃないわ。深山木秋！　お前、後味がどうこう言ってたクセに、アフターケアがなってないだろ⁉　この状態で放っておいて、小海さんが自殺したり長田さんがまたナイフ振り回したらどうするつもりなんだ！　今日の主催者なんだったら、責任とれよ‼」

「おお、総和さん。おっとこ前ー」

「茶化すな！」

「しかし、僕に身の振り方を決められても納得しないでしょう？」

荒立たしい総和の口調を揶揄《やゆ》して笑っていた秋が、一転して銅像みたいに無表情になる。

いままで見せていなかったあまりに色のない目に、総和は一瞬怯《ひる》んだが、すぐにヤケになったように秋の前に仁王立ちになった。

「自慢じゃないが、オレんちの親父は坊さんらしくない。生臭は喰うし酒も飲む、女も好きだ」

「ホントに。自慢じゃないですね」

秋がコートの第一ボタン穴にぶら下がった犬のキーホルダーを指に絡めて、興味なさそうにしれっと合いの手を入れた。

しかし今度は総和も引かない。

「けどなあ、そんな親父だって檀家《だんか》の人間には立派な坊主だ。お経もあげるし式も出す、迷ってればアドバイスもする。そういうのって、騙してるみたいで嫌で反抗して、家飛び出したりもした。でも一人になって、いろいろ考えて、最近になって思い直して来たんだ。親父が何者かなんてことよりも、相手が親父に何を求めてるかってことの方が何千倍も大切なんだよ。

今のこの人達にとっては、お前が誰かなんてもうどうでもいいんだよ。足元が……自分の信じていたことが崩されて、何処《どこ》へ行けばいいか道を照らして欲しいんだ。このままじゃ二人とも、先に進めないじゃないか！　崩したのはお前だからな、それはお前の役目だぞ！　百％間違いなくなっ」

総和は一気にがなりたてて手を膝に秋を下から睨み上げ、肩で息をした。

「そうかな？」

「どうでしょう」

秋がとぼけた口調で座木を見上げ、座木が穏やかに決断を促す。

「師匠。俺も、総和さんに賛成です」

「秋ちゃん！」

「――――分かったよ」

秋は両手を小さく挙げてギブアップを示すと、総和が苦しい息の下からリベザルにピースをした。

「二人とも、自分に非を認めてるんですか？」

「しょーもないこと……、当たり前やろ」

遥がカイジの髪に顔を埋めて囁くように答える。

口の中でブツブツ何かを繰り返していた由里子は、壁にかかった雪久《ゆきひさ》の写真をゆっくりと見上げてから小さく頷いた。

「じゃあ、警察に行くのも悪くないと思いますよ。法律なんて意味のない計測法の一つですけど、失敗した人に再スタートのきっかけは与えてくれます。自分で抱えきれない後悔も、人に叱ってもらえば軽くなるかもしれません。一人になって、自分が何をしたいのか、相手をどうしたいのか、じっくり考えてみるのもいい。家出しながら仕送りを受ける馬鹿息子でも、三年あれば悟るんですから」

「言うわねえ、秋ちゃん」

総和がつり目を細め顔面を引き攣《つ》らせて見下ろすと、秋は何も言わずニッと白い歯を見せて笑った。

# エピローグ

## 1

「先輩、伊原《いはら》署から電話です」

「ああ……っと、葉山《はやま》君、何番だい？」

「ひゃっ、スミマセン、二番です」

「ありがとう」

高遠《たかとお》は慌てて答える葉山に礼を言って、２と書かれたボタンを押した。

「もしもし、お電話代わりました」

『高遠さん、白木《しらき》ッス』

明るい声だ。事態が好転したのを覚《さと》って、高遠は椅子に深く腰掛け、見えない相手に笑顔を向けた。

「白木君。やあ、ニュース見たよ。一連の事件、被害者もその母親のも事故だったらしいね」

『そうなんスよ』

高遠が仕事に戻った日の夕方のニュースは、こぞって雪の妖精事件の終末を報道していた。

母を想って命と引き換えに作ったプレゼントは、多くの視聴者の涙を誘った。被害者の体の傷と、三年前に犯した罪がバレるのを恐れて黙秘を通したという母親の事故さえもが、話をよりいっそう感動的にもり立てる材料にされ、プライバシーの保護に関わる寸前のそのドラマは視聴者から大きな反響を呼んでいる。高遠などには思いつきもしない、メディアスタッフの手腕といえよう。

『おかげさまで、来村《きたむら》さんもお咎《とが》めなしっス』

「結局本人が自首したんだ。俺は何の役にもたってないよ」

それは事実だ。しかし白木は、高遠が来村の為に動いたということだけを純粋に喜び、感謝してくれていた。

『また飲みに来て下さい。今度は来村さんも誘います』

「喜んで寄らせてもらうよ」

『じゃ、失礼します。しゃっした』

これは何の略だろう？　訊こうとしたが、せっかちな電話相手は受話器を下ろしてしまい、それは叶わなかった。

「あれりゃ？　先輩、嬉しそうですね。何かいいことあったんですかー？」

机の向かい側から訊いて来る葉山に、高遠は事件とホムサを思い出し、煙草を銜《くわ》えた口の端を上げてフッと笑い返した。

「そうだな。久しぶりに楽しい休日だったんだ」

2

「暇、だ――」

薄暗い店内で新聞を広げていたリベザルは、思わず感嘆の声を漏らした。俯《うつぶ》せに寝転んだまま頬杖をつき、両足をパタパタと交互に跳ね上げる。

「リベザル、そんな所で読んでいたらお客様の迷惑になるよ？」

「だって兄貴、もう一週間も誰も来てないじゃないですか」

内容に反して別段咎《とが》めるでもない声に、リベザルは半身起こしてそばにある机の方を振り返った。

キーボードを打つ手を休めて、座木《くらき》は落ちてしまった長めの黒い前髪を後方に流し、困ったように苦笑した。

「それは、まあそうなんだけどね」

「世の中の平和に文句をつける気はないですけど、暇ですねー」

リベザルは溜め息をついて新聞の上に頭を落とした。

「――……。小海《こかい》さんと長田《おさだ》さん。裁判始まったんですね」

「うん。小海さんは自首したみたいだけど、長田さんはカイジ君を施設に預けに行く途中で職務質問されて捕まったらしいよ」

「兄貴、何でそこまで詳しいんですか?」

「これがね」

座木がパソコンを指差したので、リベザルは納得して新聞に頬をつけた。

小海由里子《ゆりこ》は三年前の雪久《ゆきひさ》殺害の、長田遥《はるか》は親族連続殺人事件の容疑者として逮捕されたが、二人の関係が表沙汰《おもてざた》になることはなかった。警察はもともと別の事件と見て、捜査本部もバラバラに行動していたし、遥が殺人の動機を私生児である息子カイジを巡る金銭トラブルと証言した為である。小海ハジメの死とその後の雪の妖精事件は事故と悪戯《いたずら》と公表され、高橋総和《たかはしそうわ》が今回の事件について口を開くことはなかった。

出所後、あの二人がどうなるのか、リベザルには予想がつかない。しかし、カイジと寄り添うように去って行った遥の暖かな後ろ姿と、最後に送りだしてくれた由里子の穏やかな顔を思い出すたび、きっと心配ないと思えるのだった。

「だけど今は、専ら冷凍食品の事件で持ち切りだよ」

「あの、不倫相手を肉塊で殴り殺して、解凍して食べちゃったってヤツですか？」

座木は年相応といっていいのか、爺《じじ》むさい意見を述べて湯気の消えたコーヒーを飲んだ。

「時代の流れを感じるね」

ギイイ。

「人間の時間は密度が濃いから仕様がないさ」

「あれ、師匠《ししよう》。出かけるんですか？」

座木の背にあたる重い木のドアを開け、調合室から秋《あき》が出て来たのを見て、リベザルは床から体を起こした。白い春物のロングジャケットに白のズボン、白い帽子。手には大きな黒い箱を持って、首からはゴーグルを下げている。

「うん。これを届けるついでに事後処理をね。そんなに暇なら、お前も行くか?」

「え、何処《どこ》ですか?」

リベザルが新聞をたたんで訊くと、秋は机の端に箱を置いて天井を見上げて少し考えるような仕種《しぐさ》をした。箱の中から中身の入った瓶の、ぶつかり合う音が聴こえる。

「あの生意気なクソガキの友達が、模倣犯の時に協力者が居たと言っていたのを覚えてるか?」

「生意気な? あっ、ルース! 忘れてました」

「思い出せ。それがたぶん、僕の友達なんだ。クソガキは『隣のよしみ』とか言ってたし、あいつが契約が取れたっていう時期的にも合ってるしね」

「桜庭《さくらば》さんですか? お隣は確か……」

「あのド間抜けなおっさんの息子だよ」

「おっさんって、市橋《いちはし》さん?」

「ですが、お隣の方は圷《あくつ》……」

「そう、圷裕志だ」

リベザルは依頼に来た時、取り乱した市橋が叫んだ名前を思い出した。

『美智子《みちこ》、裕志、父さんが悪かった』

「そっか、ザギには言い損ねてたな。おっさん、まだ結婚してないんだってさ。今度ようやく籍入れるっていうから、まあ、結婚祝いも兼ねて契約壊《こわ》して来てやろうと思って」

「契約って、何を頼んだのかなあ？」

「おっさんと同じことだろ。親に似て間抜けなヤツだけど、父を想ってのことだと思えば放っておくのも忍びない」

「秋は桜庭さんをからかいたいだけでしょう？」

「だってあいつ、面白いんだもん」

秋はいっこうに悪怯《わるび》れずに、悪戯《いたずら》っぽく笑った。ここのところ地の底を這っていた機嫌がすっかり直っている。リベザルはこの好調子に乗って、かねてからの疑問を解消しようとした。

「師匠、訊いてもいいですか？」

「料理のコト以外なら」

「この間まで、滅茶苦茶不機嫌でしたよね？　何でですか？」

「……眠かったのさ。そーだ、ザギ。帰って来たらチェスの続きをしよう。負けた方が一週間、相手の家事担当を代わるっての、どうだ？」

秋は箱を肩から袈裟《けさ》に下がった鞄にしまい、はぐらかすように話題を変えた。一緒にリベザルの表情もどん底に下降する。

「あっ、ごめんなさい！　兄貴、俺がグチャグチャにしちゃったんです」

「自分の弱小ぶりは認めたくはないが、当然のハンデだな」

「大丈夫だよ、リベザル。ちゃんと覚えてるから」

座木がシュンとなるリベザルに朗らかな笑顔を向けて、二本の指で自分の顳顬《こめかみ》を叩いた。

「動かす前のを？」

「厭な頭だ」

「お褒め頂き恐縮です」

「どーいたしまして。夜には戻るからそれまでに直しとけ」

座木の悪気からは一億光年かけ離れて見える声音と表情に、秋は力の抜けた手をひらひらと振って棚の隙間に消えた。

ギギ、ギイイイイ、ギッ、バタン。

「リベザルは行かないの？」

「師匠の友達……」

リベザルには未だ、少し蟠《わだかま》りが溶けずに残っていた。見えない世界、知らない顔。

「——一緒に歩けばいいんだよ」

囁くような声に顔を上げると、座木は栞《しおり》の挟まった洋書を開き、目は既に字を追い始めている。

「兄貴。俺が行ったら、邪魔じゃないでしょうか」

「今のままじゃよくないだろうね。秋にも桜庭さんにも嫌がられるよ」

「今のまま……」

「眉間の皺《しわ》はクセになるから、やめた方がいい」

座木が眉間に人指し指を立てた。リベザルはハッとして額に両手を当てる。眉根に山が出来ていた。

「俺、ずっとこんな顔してました?」

恥ずかしい、醜い、はしたない。顔に体中の血が昇った気がした。

「秋は相手の意見を尊重するよ。かえって顔色を窺うようなことは嫌がると思うけど?」

「顔色を窺う……俺、そんなつもりじゃ——そうだったかもしれない」

秋に反対して嫌われるのが怖くて、彼の広い世界に嫉妬して。自分が思うことは思うままに、狭い世界が嫌なら外に出る努力をすればいい、その色に帰属するのではなく、混ざらず、ともに、

「『一緒に歩けばいい』」

リベザルは押し付けられたのではなく、自分で選んだ考えとして秋の、そして座木の言葉を心から理解した。

放心したように呟いて目の前にない何かを見ているリベザルに、座木が冗談を言うような軽い声をかけた。

「今回は秋も大人気なかったね。さっきの話だけど、秋が機嫌が悪かったのは小海さんの依頼を聞いてからだよ。リベザルはその場で見ていたよね」

「依頼って幽霊?」

「嘘ついたから断わったなんてそっちが嘘、怖かっただけだよ。存在自体信じてないみたいだけど。怪談とかである無意味に怖い幽霊。あの理屈が通じない感じが嫌なんだって。だから病院には絶対行かない、怪談の巣窟《そうくつ》だからね」

「師匠が……何か可笑《おか》しい」

弱味なんてないと思っていたのに。幻滅というのではなく、何だか微笑《ほほえ》ましく思えた。それは顔にも表れたらしい。

椅子にかかっていた黒いナイロンのジャンパーをリベザルに着せ、座木がその赤い頭を撫でた。

「その顔、そっちの方がずっといい。もう大丈夫、行っておいで。車に気をつけてね」

「はい！」

リベザルが店を出て左右を見渡すと、ずいぶん先に行ってしまったと思っていた秋が、まだ割り箸ぐらいの大きさで歩いているのが見えた。今なら間に合う。

「師匠、俺も一緒に行きます！」

走り出した冬の空気に、春の匂いがした。

# あとがき

初めまして、こんにちは。

この度は薬屋探偵妖綺談『銀の檻を溶かして』をお手に取って下さり、誠に有難うございます。

文庫化に際して、数年ぶりにノベルス版のあとがきを読み返してみました。

三ページをかけて嬉しい、楽しいしか言っていませんでした……。

何だか、気の利かない人間であるのが具《つぶさ》に露呈していて甚だ情けなく恐縮ではありますが、やはりいざ書こうと思うと今でも全く同じ思いです。

私にとって、本というそれまでの人生では思いも寄らない形でしたが——螺子《ねじ》の仕組みですとか歯車の設計などを勉強しておりました——沢山の人と出会える事は嬉しくて、初めて一人でブランコに乗った時の事を思い出します。落下するのが少し怖くて、瞬きの間に行き来する景色に目を回して、けれど風を切る感覚が心地よい、幸せな気持ちです。

私にとって本は、楽しいの一言に尽きます。読み手としても書き手としても、楽しく読みたい、楽しくお届けしたいと考えて、それがいつもただ一つの願いです。

今回、カバーにイラストをお願いする事になり、既刊を御存じの方にお願い出来たら一緒に楽しんで頂けるかな——という、著しく個人的な理想を叶えて下さった唯月様、賛同と御尽力下さった担当小林さんに、心より御礼が言いたいです。有難うございます。一度「読みました」と口を滑らせたばかりに、白羽の餌食になってしまった喬林様、素敵な解説を本当に有難うございました。

そして、

ノベルスからお付き合い頂いている皆様、今日初めてお会い出来た皆様にも、一文一語、一瞬でも楽しんで頂ければ何よりの幸いです。

最後にノベルス初代担当K様（無許可なのでイニシャルで……）。数多くの原稿の中から貴方に見付けて頂けなければ、この本と今の自分はありませんでした。そのきっかけとなったこの作品のこの場で秘かに、最大限の感謝を送ります。

ではでは、再び皆様のお目にかかれる日を祈りつつ。

公園の見える縁側から。

高里椎奈

# 解説

喬林　知

突然ですが、皆様はミステリーを何処で読みますか？

就寝前のベッドで寝酒と共にとか、休日の午後にソファーでお気に入りの紅茶を楽しみながらとか、皆様それぞれの流儀があると思います。私の場合は移動中の電車の中です。走行中の電車は事実上の密室、そこで密室トリックに挑む！　まあ実際には周囲に乗客が立ちまくりで、いかに自分だけの世界に入っていけるかが勝負なわけですが。

高里椎奈さんのデビュー作に当たる本書『銀の檻を溶かして』は、冒頭から雪という気象条件による密室を作りあげ、車中の私を作品世界に一気に引き込んでくれました。

校庭に現れた巨大な雪の妖精、なんともロマンチックな光景ですが、しかしそれが溶けた跡には無惨な遺体と謎が。その謎を解き明かすのが主人公達の仕事……ではなく、まず最初に彼等の下に持ち込まれる依頼は、日常生活に密着した怪奇現象の解決なのです。

そもそも私が高里作品と出会ったのは、球場に向かう車中で読む本を物色していた時でした。

『銀の檻を溶かして』……溶かしてどうするのか、あるいはどうなるのか、というタイトルにも目を惹かれましたが、更に気になったのは副題の「薬屋探偵妖綺談」の文字です。

昨今はどんな職業でも探偵になってしまうんだなー、ついに薬剤師さんまで！　と手にとって人物紹介のページを開くと、そこにあったのは三つ並んだ「妖怪」という単語。

妖怪。イギリス出身の妖怪。ポーランド出身の妖怪。追い討ちをかけるように、フィンランド出身の悪魔。

よ、妖怪？　それも三人も？

場所は薬局ではなく薬屋で、探偵は薬剤師ではなく妖怪でした。

彼等はほぼボランティア状態で、人の手では解決できそうにない厄介な依頼も引き受けてくれるのです。平和な共存のためとはいえ、人間社会の問題や犯罪を妖怪にお任せしてしまうのは、些《いささ》か心苦しいような気もするのですが、でも時々は本当に妖精や悪魔が関わっているので、プロに任せるのが賢明なのでしょう。

ついでに二日酔いや胃痛も治してくれるので、本人達は謙遜して開店休業中なんて言っていますが、読んでいる限りでは結構繁盛している様子です。誰にも教えたくない穴場の店なのに、口コミで知られてしまうものなんですね。

店主の深山木秋と店員の座木《くらき》、見習いのリベザルは、それぞれタイプの違う美形ですが、特筆すべきはリベザルの健気さと可愛らしさ！　世を忍ぶ仮の姿、小学生スタイルのリベザルも、読者の皆様の心を摑んで離さないことと思いますが、美形の苦手な私の頭の中では、彼は常に真の姿で走り回ってしまっています。小動物好きにはたまりません。

そんな彼の保護者二人の呼び方は、ファーストネームでもなく、お兄ちゃんでもなく、師匠と兄貴。やんちゃなのに傲《おご》ったところがなく、頭を抱え込んで撫で回したくなるほどキュートです！

リベザルと、彼が師匠と崇《あが》める秋、兄貴と慕う座木は、傍から見るとまるで家族のようです。事実、人間相手にはかなりクールで突き放したところもある秋ですが、仲間達との会話の端々には、同胞に向ける愛情とユーモアが滲み出ています。

また、ミステリーの本分は謎解きですが、このシリーズは事件の解決に向かって読み進めると同時に、彼等の日常を知る楽しみもあります。

妖怪がどんな毎日を過ごしているのかなんて、普段はあまり考えません。でも秋にだって苦手なものはあるし、優しい座木だって頭にくることもあるわけです。

作者ご本人が紅茶好きということもあってか、しばしばでてくるお茶や食事のシーンでは、読んでいるこちらも思わずティーポットを用意したくなります。食い意地の張った私は、あれとあれとあれと梅マヨネーズを試してみました。どうして梅マヨネーズだけ書いてしまったかというと、非常にお気に入りだからです！　そうか微塵切りかあ、あれを微塵切りで加えれば良かったんだ！

こんなB級グルメを知っているかと思えば、彼等は人間より遥かに長い時間を過ごしてきただけあって、人生についての知識も豊富です。「史記」からプンクマインチャ（って何）まで。含蓄のある言葉を口にしたかと思うと、「探し物はあると思ってやるのが、早く見つかるコツなんですよ」なんて、明日からすぐに役立ちそうな一言も教えてくれます。

師匠、そんな豆知識を一体どこで……？

しかしいくら主人公が万能の妖怪でも、事件の本質はオカルトでは終わりません。そこには関わった人々それぞれの理由があり、誰もが抱える心の闇があり、そして納得のいく物理的な説明があります。そこが妖怪という幻想的な存在を主役にしながらも、「薬屋探偵妖綺談」シリーズがミステリーである所以《ゆえん》です。

人間ではない秋は妖怪だからこそ、私達人間の問題点をクールに指摘することができる。人間同様の年齢の重ね方をしないからこそ、感情に流されず自分の為すべきことができるのではないかと、初めて本書を読了したときに私は思いました。

私達人間も、時には秋のような存在に、ビシッと言ってもらったほうがいいのかもしれません。現実世界で理不尽な事件が起こるたびに、そんな考えが頭を過《よぎ》ります。

銀の檻が溶けてどうなったのかは判りましたが、秋と座木、リベザルの出会いや過去、どうして日本に来て、この先どこへ行くのかは、本書の段階ではまだまだ明かされていません。そのためのシリーズ、そのための以下続刊なわけですが、個人的には庶民派悪魔ゼロイチの今後も、是非もっと読みたいと思っています。

暖炉の前で黒猫を膝に載せ、ブランデーのグラスを揺らす、そんなリッチな生活をどうかゼロイチに！　……彼がそんな生活を手に入れられたかどうかは、どうぞ読者の皆様がご自分の目で確かめてください……。


『銀の檻を溶かして』は第十一回メフィスト賞の受賞作でもあります。

この作品を書かれたとき、高里椎奈さんは弱冠二十二歳の学生だったそうです。多方面にわたる造詣の深さと落ち着いた文章のせいか、もう少し年齢が上の方かと思っていました。シリーズは次々とタイトルを重ねていますので、今回文庫化されるにあたって、初めて「薬屋探偵妖綺談」シリーズを手にした皆様は、この先たっぷりと彼等の活躍を楽しめます。既読者としては少し羨ましいような気持ちです。

しかし既に最新刊まで読んでいるからといって、おとなしくしている私ではありません。これまでは電車での移動中に読んでいましたが、よりいっそう荷物に忍ばせやすいサイズになったお陰で、旅行にも連れて行けるようになりました。今度は旅先で薬屋さんのお世話になるかもしれません。

そのときはどうか、二日酔いの薬をお願いします。

見習い店員の処方でもかまいませんから。

●本書は一九九九年三月に小社ノベルスとして刊行された第十一回メフィスト賞受賞作です。

|著者|高里椎奈　茨城県生まれ。芝浦工業大学機械工学科卒業。1999年本作品で第11回メフィスト賞を受賞しデビュー。大好評で迎えられた「薬屋探偵妖綺談」シリーズは現在までに12作を数える。他の著書に「ドルチェ・ヴィスタ」シリーズ、「フェンネル大陸 偽王伝」シリーズ（すべて講談社ノベルス）がある。

銀《ぎん》の檻《おり》を溶《と》かして　薬屋探偵妖綺談《くすりやたんていようきだん》
高里椎奈《たかさとしいな》

2005年５月15日第１刷発行

発行者──野間佐和子
発行所──株式会社　講談社
東京都文京区音羽2-12-21　〒112-8001
電話　出版部（03）5395-3510
　　　販売部（03）5395-5817
　　　業務部（03）5395-3615
Printed in Japan

講談社文庫
定価はカバーに
表示してあります

デザイン──菊地信義
本文データ制作──講談社プリプレス制作部
印刷──豊国印刷株式会社
製本──株式会社若林製本工場

落丁本・乱丁本は購入書店名を明記のうえ、小社業務部あてにお送りください。送料は小社負担にてお取替えします。なお、この本の内容についてのお問い合わせは文庫出版部あてにお願いいたします。

ISBN4-06-275084-8

# 講談社文庫刊行の辞

二十一世紀の到来を目睫に望みながら、われわれはいま、人類史上かつて例を見ない巨大な転換期をむかえようとしている。

世界も、日本も、激動の予兆に対する期待とおののきを内に蔵して、未知の時代に歩み入ろうとしている。このときにあたり、創業の人野間清治の「ナショナル・エデュケイター」への志を現代に甦らせようと意図して、われわれはここに古今の文芸作品はいうまでもなく、ひろく人文・社会・自然の諸科学から東西の名著を網羅する、新しい綜合文庫の発刊を決意した。

激動の転換期はまた断絶の時代である。われわれは戦後二十五年間の出版文化のありかたへの深い反省をこめて、この断絶の時代にあえて人間的な持続を求めようとする。いたずらに浮薄な商業主義のあだ花を追い求めることなく、長期にわたって良書に生命をあたえようとつとめるところにしか、今後の出版文化の真の繁栄はあり得ないと信じるからである。

同時にわれわれはこの綜合文庫の刊行を通じて、人文・社会・自然の諸科学が、結局人間の学にほかならないことを立証しようと願っている。かつて知識とは、「汝自身を知る」ことにつきていた。現代社会の瑣末な情報の氾濫のなかから、力強い知識の源泉を掘り起し、技術文明のただなかに、生きた人間の姿を復活させること。それこそわれわれの切なる希求である。

われわれは権威に盲従せず、俗流に媚びることなく、渾然一体となって日本の「草の根」をかたちづくる若く新しい世代の人々に、心をこめてこの新しい綜合文庫をおくり届けたい。それは知識の泉であるとともに感受性のふるさとであり、もっとも有機的に組織され、社会に開かれた万人のための大学をめざしている。大方の支援と協力を衷心より切望してやまない。

一九七一年七月

野間省一

曽野綾子
# 雪あかり　曽野綾子初期作品集
進駐軍の接収ホテルで働く少女の眼をとおし、敗戦直後の日本人と米国人の平穏な日常を淡々と描く表題作のほか、才気溢れる軽妙な文体の初期の作品七篇を精選。

江藤淳
# 作家は行動する
作家の主体的行為としての文体を論じた先駆的業績。大江、石原らの同時代文学と併走しつつ、著者自らの若々しい世代的立場を鮮烈に示した、初期批評の代表作。

講談社文芸文庫編
# 日本の童話名作選　明治・大正篇
明治・大正期、外国の模倣が主流の童話の世界に、鏡花、藤村など錚々たる文豪達が競って筆を執り、香気高い日本の童話を生み出した。小波から夢二まで珠玉の十六篇。

# 海外作品

## 小説

グレッグ・アイルズ　雨沢　泰訳　24時間
グレッグ・アイルズ　雨沢　泰訳　沈黙のゲーム(上)(下)
グレッグ・アイルズ　雨沢　泰訳　戦慄の眠り(上)(下)
R・アンドルース　渋谷比佐子訳　ギデオン神の怒り
S・ヴォイエン　笹野洋子訳　雪豹
L・D・エスルマン　宇野輝雄訳　欺《あざむ》き
レニー・エアース　田中　靖訳　夜の闇を待ちながら
D・エリス　中津　悠訳　覗く。(上)(下)
チャールズ・オズボーン　羽田詩津子訳　招かれざる客〈アガサ・クリスティー〉
J・カッツェンバック　高橋健次訳　理由(上)(下)
ベイン・カー　高野裕美子訳　柔らかい棘
エイミー・ガットマン　坂口玲子訳　不確定死体
S・カミンスキー　中津　悠訳　消えた人妻

C・キング　翔田朱美訳　盗聴
W・キンソルヴィング　大澤　晶訳　外交官の娘(上)(下)
S・クーンツ　高野裕美子訳　ザ・レッドホースマン(上)(下)
S・クーンツ　高野裕美子訳　イントルーダーズ(上)(下)
S・クーンツ　北澤和彦訳　キューバ(上)(下)
ロバート・クラーク　小津　薫訳　記憶なき殺人
D・クロンビー　西田佳子訳　警視の休暇
D・クロンビー　西田佳子訳　警視の隣人
D・クロンビー　西田佳子訳　警視の秘密
D・クロンビー　西田佳子訳　警視の愛人
D・クロンビー　西田佳子訳　警視の死角
D・クロンビー　西田佳子訳　警視の接吻
D・クロンビー　西田佳子訳　警視の予感
L・グラス　翔田朱美訳　刻印
L・グラス　翔田朱美訳　紅唇《ルージュ》
W・グルーム　小川敏子訳　フォレスト・ガンプ

M・J・クラーク　山本やよい訳　緊急報道
ウィリアム・K・クルーガー　野口百合子訳　凍りつく心臓
ウィリアム・K・クルーガー　野口百合子訳　狼の震える夜
ロバート・クレイス　村上和久訳　破壊天使(上)(下)
D・クーンツ　田中一江訳　汚辱のゲーム(上)(下)
M・クーランド　吉川正子訳　千里眼を持つ男
J・ケラーマン　北澤和彦訳　モンスター〈臨床心理医アレックス〉
ダグラス・ケネディ　玉木　亨訳　どんづまり
テリー・ケイ　笹野洋子訳　そして僕は家を出る(上)(下)
エーリッヒ・ケストナー　山口四郎訳　飛ぶ教室
J・コーゾル　公文俊平　藤原作弥　訳　ドル大暴落の日〈ハードランディング作戦〉
P・コーンウェル　相原真理子訳　検屍官
P・コーンウェル　相原真理子訳　証拠死体
P・コーンウェル　相原真理子訳　遺留品
P・コーンウェル　相原真理子訳　真犯人
P・コーンウェル　相原真理子訳　死体農場

## 講談社文庫　海外作品

P・コーンウェル　相原真理子訳　私刑
P・コーンウェル　相原真理子訳　死因
P・コーンウェル　相原真理子訳　接触
P・コーンウェル　相原真理子訳　業火
P・コーンウェル　相原真理子訳　警告
P・コーンウェル　相原真理子訳　審問 (上)(下)
P・コーンウェル　相原真理子訳　黒《くろ》蠅《ばえ》 (上)(下)
P・コーンウェル　相原真理子訳　痕跡 (上)(下)
P・コーンウェル　相原真理子訳　スズメバチの巣
P・コーンウェル　相原真理子訳　サザンクロス
P・コーンウェル　矢沢聖子訳　女性署長ハマー (上)(下)
R・ゴダード　加地美知子訳　今ふたたびの海 (上)(下)
R・ゴダード　加地美知子訳　秘められた伝言 (上)(下)
R・ゴダード　加地美知子訳　悠久の窓 (上)(下)
マイクル・コナリー　古沢嘉通訳　夜より暗き闇 (上)(下)
ハーラン・コーベン　佐藤耕士訳　唇を閉ざせ (上)(下)

ジョン・コナリー　北澤和彦訳　死せるものすべてに (上)(下)
マーティナ・コール　小津　薫訳　顔のない女 (上)(下)
J・サンドフォード　北沢あかね訳　餌食
アーウィン・ショー　常盤新平訳　新装版　夏服を着た女たち
E・サンタンジェロ　中川　聖訳　将軍の末裔
S・シーゲル　古屋美登里訳　ドリームチーム弁護団
S・シーゲル　古屋美登里訳　検事長ゲイツの犯罪〈ドリームチーム弁護団〉
クリスティーナ・シュワルツ　北沢あかね訳　湖の記憶
アイリス・ジョハンセン　北沢あかね訳　見えない絆
アイリス・ジョハンセン　北沢あかね訳　嘘はよみがえる
L・スコットライン　高山祥子訳　売名弁護
L・スコットライン　高山祥子訳　似た女
L・スコットライン　高山祥子訳　代理弁護
W・スミス　大澤　晶訳　リバー・ゴッド (上)(下)
マーティン・C・スミス　北澤和彦訳　ハバナ・ベイ
ブラッド・スミス　石田善彦訳　明日なき報酬

マンダ・スコット　山岡訓子訳　夜の牝馬
ブルック・スティーヴンズ　細美遙子訳　タトゥ・ガール
ロバート・K・タネンボーム　菅沼裕乃訳　さりげない殺人者
リンゼイ・タウンゼンド　犬飼みずほ訳　スカルピア
L・チャイルド　小林宏明訳　キリング・フロアー (上)(下)
L・チャイルド　小林宏明訳　反撃 (上)(下)
S・デュナント　小西敦子訳　フィレンツェに消えた女
ネルソン・デミル　白石　朗訳　王者のゲーム (上)(下)
ネルソン・デミル　白石　朗訳　アップ・カントリー〈兵士の帰還〉(上)(下)
マーク・ティムリン　北沢あかね訳　黒く塗れ！
ジェフリー・ディーヴァー　越前敏弥訳　死の教訓 (上)(下)
アンドリュー・テイラー　越前敏弥訳　天使の遊戯
アンドリュー・テイラー　越前敏弥訳　天使の背徳
N・トーシュ　高橋健次訳　抗争街
リチャード・ドゥーリング　白石　朗訳　ブレイン・ストーム (上)(下)
スコット・トゥロー　佐藤耕士訳　死刑判決 (上)(下)

# 講談社文庫　海外作品

ホーカン・ネッセル　中村友子訳　終止符《ピリオド》
ハックスリー　松村達雄訳　すばらしい新世界
B・パーカー　佐藤耕士訳　擬装心理
B・バーガー　笹野洋子訳　リスクを追いかけろ
W・バーンハート　白石　朗訳　殺意のクリスマス・イブ
T・J・パーカー　渋谷比佐子訳　ブルー・アワー(上)(下)
T・J・パーカー　渋谷比佐子訳　レッド・ライト(上)(下)
C・ハリソン　笹野洋子訳　闇に消えた女
J・L・バーク　佐藤耕士訳　シマロン・ローズ
ジェーン・ハミルトン　紅葉誠一訳　マップ・オブ・ザ・ワールド
ジャン・バーク　渋谷比佐子訳　骨(上)(下)
シンシア・ビクター　田村達子訳　マンハッタンの薔薇《ばら》
B・プロンジーニ　木村二郎訳　幻影
W・D・ブランケンシップ　中川　聖訳　女競買人横盗り
ジーニー・ブルーワー　矢沢聖子訳　愛は永遠の彼方に
マイケル・フレイズ　西田佳子訳　天使の悪夢(上)(下)

ジム・フジッリ　公手成幸訳　NYPI
A・ヘンリー　小西敦子訳　フェルメール殺人事件
A・ヘンリー　小西敦子訳　ミッシング・ベイビー殺人事件
G・ホワイト　加地美知子訳　サンセット・ブルヴァード殺人事件
ジェイムズ・W・ホール　北澤和彦訳　大密林
ジェイムズ・W・ホール　北澤和彦訳　豪華客船のテロリスト
C・J・ボックス　野口百合子訳　沈黙の森
J・マーサー　北沢あかね訳　猜疑
M・マギャリティ　渋谷比佐子訳　弔鐘
ボニー・マクドゥーガル　吉野美耶子訳　背任
スジャータ・マッシー　矢沢聖子訳　雪殺人事件
スジャータ・マッシー　矢沢聖子訳　月殺人事件
リサ・マークルンド　柳沢由実子訳　爆殺魔《ザ・ボンバー》
S・マルティニ　斉藤伯好訳　弁護人(上)(下)
マーシャ・マラー　古賀弥生訳　沈黙の叫び
フィオナ・マウンテン　竹内さなみ訳　死より蒼く

P・マーゴリン　井坂　清訳　女神の天秤
C・G・ムーア　井坂　清訳　最後の儀式
ウォーリー・ラム　細美遙子訳　人生におけるいくつかの過ちと選
キャシー・ライクス　山本やよい訳　骨と歌う女
P・リンゼイ　笹野洋子訳　目撃
P・リンゼイ　笹野洋子訳　宿敵
P・リンゼイ　笹野洋子訳　殺戮
P・リンゼイ　笹野洋子訳　覇者(上)(下)
ギリアン・リンスコット　加地美知子訳　姿なき殺人
G・ルッカ　古沢嘉通訳　守護者《キーパー》
G・ルッカ　古沢嘉通訳　奪回者
G・ルッカ　古沢嘉通訳　暗殺者《キラー》
G・ルッカ　古沢嘉通訳　耽溺者《ジャンキー》
D・レオン　北條元子訳　ヴェネツィア殺人事件
N・ロバーツ　加藤しをり訳　スキャンダル(上)(下)
N・ロバーツ　加藤しをり訳　イリュージョン(上)(下)

2005年3月15日現在